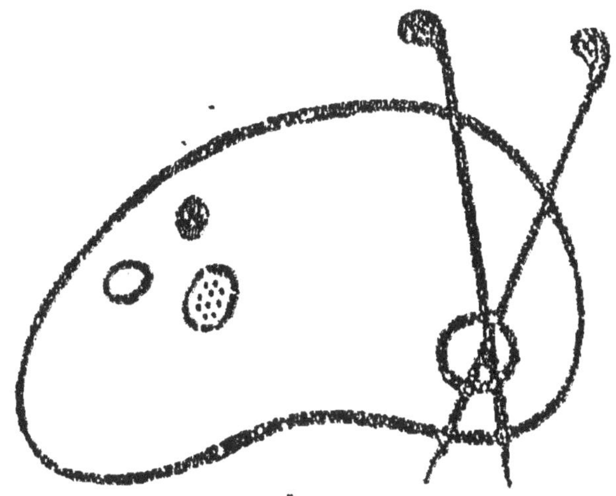

Couvertures supérieure et inférieure
en couleur

NOUVELLE BIBLIOTHÈQUE A 3 FRANCS

ROMANS — VOYAGES — HISTOIRE

MARK TWAIN

LE PRINCE

ET

LE PAUVRE

17628

TRADUIT DE L'ANGLAIS
avec autorisation
de l'auteur

H. OUDIN

LIBRAIRE-ÉDITEUR

PARIS

NOUVELLE BIBLIOTHÈQUE A 3 FRANCS

ROMANS — VOYAGES — HISTOIRE

Cette nouvelle collection de romans et de voyages sera composée d'ouvrages absolument irréprochables, s'adressant tous à la famille.

Nous en puiserons surtout les éléments dans les littératures étrangères, sans nous borner, toutefois à la littérature anglaise.

En Espagne, en Italie, en Hongrie, en Suède, en Russie, en Amérique, on trouve de véritables chefs-d'œuvre.

Nous nous proposons de vulgariser les meilleures productions de toute une pléiade d'auteurs étrangers dont la réputation, universelle en Europe, n'a encore que très imparfaitement pénétré en France, où, leurs œuvres n'ayant pas été traduites, ils sont encore tout à fait inconnus.

Nous ne nous bornerons pas à ces véritables révélations littéraires, nous réserverons encore une large place à la littérature de notre pays et nous ferons appel aux romanciers français les plus aimés du public auquel nous nous adressons.

EN VENTE :

LE SECRET DE ROCH, traduit de l'espagnol, d'après Escrich, par Charles Simond. Un fort volume in-12.

LE SUPPLICIÉ VIVANT, roman d'aventures, traduit de l'anglais par Pierre Durandal.

SOUS PRESSE :

PILLONE, traduit du Suédois, d'après Bergsoë.

VOYAGE AUX MONTAGNES BLANCHES D'AMÉRIQUE, traduit de l'anglais d'après Samuel Adams Drake.

LES ROMANS DE L'HISTOIRE :

LA SŒUR D'UN BEL ESPRIT, par A. d'Autun. 1 vol. in-12. . . . . **2 fr. 50**

LE PRINCE

ET

LE PAUVRE

MARK TWAIN

LE PRINCE

ET

LE PAUVRE

TRADUIT DE L'ANGLAIS

AVEC L'AUTORISATION DE L'AUTEUR

PAR

Paul LARGILIÈRE

LIBRAIRIE H. OUDIN, ÉDITEUR

POITIERS | PARIS
4, RUE DE L'ÉPERON, 4 | 51, RUE BONAPARTE, 51

1883

PRÉFACE

Mark Twain, — dont le véritable nom, est Samuel Langhorne Clemens,—est né le 30 novembre 1835 à Floride, dans le Missouri. Il a eu une vie très agitée et des débuts fort difficiles. Tour à tour apprenti imprimeur, commerçant ambulant, pilote sur le Mississipi, mineur en Californie, journaliste, conférencier, voyageur, il fit plusieurs fois le tour du monde, parcourut l'Europe, l'Asie mineure et séjourna assez longtemps aux îles Sandwich. Sa réputation en Amérique date d'une quinzaine d'années. Il n'y a peut-être pas d'écrivain contemporain dont la vogue soit plus retentissante. Ce n'est point par centaines, mais par centaines de milliers que se compte le nombre de ses lecteurs. Les éditions de chacun de ses ouvrages se multiplient avec une rapidité extraordinaire. Tel est pour Mark Twain l'engouement des Yankees, en général si prosaïques, qu'il n'y a pas un coin de leur vaste territoire où son nom ne soit répandu, où ses livres ne se trou-

vent dans toutes les mains. Ce succès est dû en grande partie à un genre d'esprit et à des procédés littéraires qui, pour le public français, échappent à l'analyse.

Un de nos plus charmants auteurs, qui est en même temps un critique remarquable de la littérature anglo-saxonne, M. André Theuriet, parle de Mark Twain en ces termes : « Un entrain extraordinaire dans la raillerie à froid poussé avec une flegmatique persistance jusqu'aux limites extrêmes de la bouffonnerie ; une façon originale et spirituelle de démontrer par l'absurde les vérités du sens commun ; un gros bon sens assaisonné d'une plaisanterie toujours mordante sans être amère et sans avoir l'air d'y toucher, voilà les principaux caractères de l'humour de cet essayist *américain. Mark Twain est possédé de l'amour du vrai : il a horreur de la sensiblerie et de la fausse morale conventionnelles qui ont cours dans les hautes et basses classes de la société ; avec sa rude ironie systématiquement répétée, il fait entrer, comme à coups de marteau, les saines notions du vrai et du naturel dans les cerveaux illettrés et à peine dégrossis des mineurs californiens ».*

Ce jugement est d'une exactitude absolue, mais il ne s'applique qu'aux esquisses et aux impressions de voyages de Mark Twain qui sont, il est vrai, la partie la plus considérable de son œuvre, et où il est évident que le gros sel tient seul toute la place. La Célèbre grenouille sauteuse de Calaveras, la Burlesque autobiographie, The Innocents abroad, The Innocents at home, Roughing it, Screamer a gathering of scraps, A Tramp abroad, The stolen white Elephant *appartiennent à coup sûr à cette catégorie de charges « où l'imagination n'entre qu'à doses infinitésimales, où l'observation est celle d'un homme qui voit les choses avec les yeux d'un caricaturiste plutôt qu'avec ceux d'un artiste ».*

Il n'en est pas de même des Aventures de Tom Sawyer, *et surtout du roman intitulé:* Le Prince et le Pauvre. *Dans ce dernier ouvrage Mark Twain s'est écarté presque complètement de sa manière accoutumée. Cette fois il s'adresse bien aux délicats, aux raffinés, aux âmes sensibles et poétiques; il va bien droit au cœur et montre que l'auteur, ailleurs vulgaire et négligé, sait, où il le faut, joindre le charme du coloris à la délicatesse de l'expression, le sentiment poignant et humain à l'action dramatique, vive, pressée, émouvante.*

Nous avons donc ici, en réalité, un Mark Twain tout différent de celui que nous connaissions par l'élégante traduction des Esquisses américaines *de*

M. Emile Blémont. L'ironie reste toujours le trait marquant; mais cette ironie perd ici son allure triviale. Parfois subtile, souvent ingénieuse, elle a en certains endroits les plus hardis élans de la satire

D'une lecture attrayante, instructive, morale, au sens large et élevé de ce mot, d'une pureté de style que la traduction française s'est attachée à faire encore mieux ressortir, d'un grand fond de vérité où l'analyse psychologique se constate presqu'à chaque page sous la science de la composition et l'animation de l'intrigue, Le Prince et le Pauvre *est de ces livres qui laissent une trace durable.*

Les Anglais, dont il critique les institutions et les mœurs d'un air naïf ou narquois, ne pardonnent point à Mark Twain, et Le Prince et le Pauvre *a réveillé toutes les vieilles haines de John Bull contre Frère Jonathan. En France, on le jugera, croyons-nous, avec plus d'impartialité, de sang-froid, et par conséquent avec plus d'équité.*

Je tiens ce récit de quelqu'un qui le tenait de son père, lequel l'avait appris de son père, lequel l'avait aussi ouï dire à son père, et ainsi de suite; en remontant de génération en génération, pendant plus de trois cents ans, les pères l'ont transmis aux fils; et c'est de cette manière qu'il a été conservé. Il se peut que ce récit soit historique ; il se peut aussi que ce ne soit qu'une légende, une tradition. Il se peut qu'il soit authentique, il se peut encore qu'il soit apocryphe, mais en tout cas il n'a rien d'invraisemblable. Il se peut que jadis les gens instruits l'aient accepté pour réel; il se peut, au contraire, que les ignorants et les simples aient été les seuls à plaisir et à y ajouter foi.

LE PRINCE ET LE PAUVRE

CHAPITRE I

NAISSANCE DU PRINCE ET DU PAUVRE.

Dans l'antique Cité de Londres, par un beau jour d'automne du second quart du seizième siècle, naquit à une famille pauvre du nom de Canty un garçon dont elle n'avait que faire. Le même jour un autre enfant anglais naissait à une famille riche du nom de Tudor, qui aurait pu difficilement se passer de lui. Toute l'Angleterre, d'ailleurs, le réclamait avec impatience. L'Angleterre l'avait si longtemps attendu, elle l'avait tant souhaité, elle avait tant prié Dieu de le lui accorder que, maintenant qu'il était là, le peuple était presque fou de contentement. Des gens qui se connaissaient à peine se sautaient au cou et s'embrassaient en pleurant. Tout le monde chômait. Grands et petits, riches et pauvres festoyaient, dansaient, chantaient, s'attendrissaient. Cela dura plusieurs jours et plusieurs nuits. Le jour, Londres était splendide à voir :

ce n'étaient que gais drapeaux flottant à tous les balcons et sur tous les toits, superbes cortèges marchant processionnellement. La nuit, le spectacle n'était pas moins magnifique : partout, au coin des rues, flambaient de grands feux de joie, et la foule, qui se pressait autour, éclatait en bruyants transports d'allégresse. Dans toute l'Angleterre, il n'y avait qu'une voix pour conter merveille du nouveau-né, de cet Édouard Tudor, qui se nommait aussi le prince de Galles. Quant à lui, emmaillotté dans ses langes de satin et de soie, inconscient de tout ce tapage, il regardait avec de grands yeux, sans y rien comprendre, les beaux seigneurs et les belles dames qui le soignaient,. le veillaient ou ne le veillaient pas — ce qui, au reste, lui était égal. Mais personne ne parlait de l'autre bébé, de ce Tom Canty, empaqueté dans ses pauvres guenilles, et si malencontreusement tombé comme une tuile parmi les misérables qui déjà ne s'accommodaient guère à leur sort.

CHAPITRE II.

ENFANCE DE TOM.

Sautons quelques années.

Londres avait alors quinze siècles d'existence. C'était une ville fort grande pour l'époque. Elle comptait cent mille habitants ; d'autres disent le double. Ses rues étaient très étroites, tortueuses et sales, surtout à l'endroit où demeurait Tom, près d'un pont appelé London Bridge. Les maisons étaient en bois, le second étage surplombant le premier, le troisième étalant les coudes par-dessus le second. D'année en année elles gagnaient en hauteur et s'étendaient en largeur. Des poutres en croix de par Dieu formaient le squelette de la charpente ; dans les intervalles s'entassaient des matériaux solides enduits de plâtre. Les poutres étaient peintes en rouge, en bleu ou en noir, au gré et au goût du propriétaire, ce qui donnait à l'ensemble des constructions un aspect pittoresque. Les fenêtres étaient petites avec des vitres en losange ; elles s'ouvraient extérieurement et tournaient sur des gonds comme des portes.

La maison qu'occupait le père de Tom était au fond d'un cul-de-sac empuanti, nommé Offal Court, c'est-à-dire la cour des issues d'animaux, qui donnait dans Pudding Lane. C'était une masure, basse, délabrée, rachitique, mais pleine comme un œuf de pauvres et de va-nu-pieds. La tribu des Canty nichait dans un galetas au troisième étage. Le père et la mère avaient une espèce de lit dans un coin. Par contre, Tom, sa grand'mère et ses deux sœurs Bet et Nan n'étaient pas limités : ils avaient tout le parquet pour eux et couchaient où et comme ils voulaient. Il y avait bien les restes d'une paire de draps et quelques bottes de paille malpropre, mais cela ne pouvait bonnement faire des lits ; on les roulait en tas le matin, et chacun en prenait, le soir, ce qu'il jugeait bon.

Bet et Nan avaient quinze ans ; elles étaient jumelles. C'étaient de braves filles, très sales, vêtues de haillons et ignorantes comme des carpes. Leur mère était comme elles. Le père et la grand'mère vivaient à couteaux tirés. Ils étaient presque toujours ivres, et alors ils se battaient et assommaient ceux qui voulaient les séparer. Qu'ils eussent bu ou non, ils ne parlaient qu'en jurant et en blasphémant. John Canty volait et sa mère mendiait. Les enfants mendiaient aussi, mais on n'avait pu faire d'eux des voleurs.

Parmi l'ignoble racaille qui grouillait dans ce logis vivait, sans en faire partie, un bon vieux prêtre dépouillé de ses biens par le roi, et n'ayant pour toute ressource qu'une pension de quelques farthings (1). Il prenait souvent les enfants à l'écart et leur enseignait en secret à discerner le bien et le mal. Le Père André avait aussi donné à Tom quelques

(1) C'est-à-dire de quelques liards. Le farthing, petite monnaie de cuivre, est le quart d'un penny et vaut environ 2 1/2 centimes.

notions de latin, et lui avait montré à lire et à écrire. Il aurait fait de même pour les deux filles, si elles n'eussent craint les quolibets de leurs compagnes, qui ne leur auraient certes pas pardonné cette éducation distinguée.

Offal Court n'était en somme qu'une grande ruche dont chaque alvéole ressemblait exactement à la chambre des Canty. On n'y voyait que rixes et scènes d'ivrognerie, on n'y entendait que tempêtes de gros mots et criailleries. On s'y rompait bras et jambes aussi communément qu'on y criait la faim.

Avec tout cela, Tom n'était pas malheureux. Il avait la vie dure, mais il n'en savait rien. C'était après tout la vie de tous les enfants d'Offal Court. Aussi la trouvait-il convenable et même confortable. Quand il rentrait, la nuit, les mains vides, il savait d'avance que son père l'accablerait de malédictions et de coups, et qu'aussitôt après son affreuse grand'mère renchérirait sur la correction en lui donnant triple rossée. Mais il savait aussi qu'au milieu des ténèbres, sa mère, mourant de faim, se glisserait à la dérobée jusqu'à lui avec une misérable croûte de pain qu'elle avait épargnée sur sa bouche, quoiqu'elle fût prise souvent en flagrant délit de désobéissance par son mari, qui alors la battait comme plâtre.

Pourtant Tom avait la vie assez gaie, surtout en été. Il ne mendiait que tout juste pour sauver sa peau, car les lois sur la mendicité étaient rigoureuses et les pénalités sévères. Aussi pouvait-il consacrer une bonne partie de son temps à écouter le brave Père André qui lui contait de vieilles et charmantes histoires, des légendes de géants et de fées, de nains et de génies, de châteaux enchantés, de rois et de princes magnifiques. Sa tête s'emplissait de toutes ces choses merveilleuses. Bien des fois, la nuit, quand il était étendu sur sa paille grossière et incommode, moulu, la faim au ventre, le corps meurtri par les coups, son imagination donnait carrière à ses songes. Il oubliait alors ses souffrances et ses maux, en se figurant le délicieux tableau de la vie que mène un prince au sein des délices de la cour. Peu à peu une idée le hanta jour et nuit : il aurait voulu voir un prince, mais le voir de ses yeux. Une fois, il en parla à quelques camarades d'Offal Court : on se moqua de lui, on le bafoua si impitoyablement qu'il se promit de garder à l'avenir ses rêves pour lui.

Il lisait souvent les bouquins du prêtre et se les faisait expliquer et commenter. Ses rêveries et ses lectures opérèrent petit à petit une transformation dans tout son être. Les personnages dont il peuplait son cerveau étaient si beaux qu'il se prit à avoir honte de ses guenilles, de sa saleté, et à souhaiter d'être mieux lavé et mieux habillé. Il est vrai qu'il n'en continuait pas moins à se vautrer dans la boue ; mais, au lieu de dévaler la berge de la Tamise et de piétiner dans l'eau simplement pour s'amuser, il commença à apprécier l'utilité et l'avantage des bains et à s'en payer à cœur joie.

Tom trouvait toujours quelque chose à voir aux abords de l'Arbre de Mai, dans Cheapside, ou bien dans les foires. De temps à autre, il avait la chance, comme le reste de Londres, d'assister à la parade, quand on conduisait par terre ou par eau quelque illustre malheureux à la prison de la Tour. Un jour, pendant l'été, il vit brûler vifs, à Smithfield, la pauvre Anne Askew et trois hommes. On les avait attachés à un poteau ; il entendit un ex-évêque leur prêcher un sermon qu'ils n'écoutaient pas. Tom menait ainsi une existence variée et passablement agréable.

Petit à petit, les lectures et les rêves où réapparaissaient sans cesse les pompes de la vie princière firent une si forte impression sur son esprit qu'il se mit inconsciemment à jouer lui-même le rôle de prince. Son langage et ses gestes devinrent cérémonieux; il affecta des airs de cour, au grand ébahissement et à l'ébaudissement général de ses intimes. En même temps, il prenait de jour en jour plus d'ascendant sur le peuple de petits vagabonds et de vauriens dont il était entouré. Bientôt il en arriva à leur inspirer un sentiment d'admiration et de crainte, comme eût fait un être supérieur. Et, en effet, il paraissait savoir tout! Il disait et faisait des choses si surprenantes! Il était si profond, si sensé! Chacune de ses remarques, de ses actions était rapportée par les enfants à leurs aînés et à leurs parents; ceux-ci, à leur tour, ne tardèrent point à s'entretenir de Tom Canty, à vanter ses mérites, à le regarder comme une espèce d'enfant sublime extraordinairement doué. Les hommes mûrs lui soumettaient leurs embarras et étaient tout stupéfaits de la justesse et de la sagacité de ses réponses et de ses avis. En un mot, il était devenu un héros pour tous ceux qui le connaissaient, excepté pour sa famille, qui ne voyait en lui rien de particulier.

Au bout de quelque temps, Tom eut sa cour. Il était le prince; ses meilleurs camarades lui servaient de famille royale, de gardes d'honneur, de chambellans, d'écuyers, de lords. Pendant la journée, le prince pour rire était reçu avec le cérémonial prescrit par Tom lui-même et emprunté à ses lectures romanesques ; les grandes affaires du royaume pour rire se discutaient en conseil royal, et Sa Majesté pour rire rendait des décrets qui mettaient en branle ses armées, ses vaisseaux et ses vice-royautés imaginaires.

Après cela il s'en allait, couvert de loques, mendier quelques farthings, dévorer une croûte de pain dur, recevoir ses gifles et ses bourrades accoutumées s'étendre sur sa poignée de paille infecte, et se replonger en rêve dans ses vaines grandeurs.

Malgré tout, son désir de voir un vrai prince en chair et en os allait croissant de jour en jour, de semaine en semaine, si bien que cette idée l'emporta pour lui sur toute autre et devint l'unique préoccupation de sa vie.

Un matin de janvier, comme il faisait sa ronde habituelle en tendant la main, il parcourut désespérément, pendant plusieurs heures, le quartier qui avoisine Mincing Lane et Little East Cheap. Il était pieds nus, transi, et dévorait des yeux les énormes pâtés de porc et autres tentations exposées aux fenêtres des gargottes. C'était là — son odorat le lui disait suffisamment — des mets exquis faits exprès pour les anges et que lui, pauvre diable, n'avait jamais eu le bonheur de goûter du bout de la langue. Une pluie fine et glacée perçait ses vêtements ; l'atmosphère était lourde, le ciel sombre, les rues mélancoliques. Quand vint la nuit, Tom arriva chez lui, si complètement trempé, si harassé, si affamé, que son père et sa grand'mère remarquèrent son triste état et s'en émurent à leur manière : on lui donna double ration de soufflets, et on l'envoya au lit.

Pendant longtemps la douleur et la faim, les jurons et les batailles qui faisaient trembler la maison, le tinrent éveillé; mais, à la fin, ses pensées allant à la dérive l'entrainèrent dans des pays lointains et chimériques, et il s'endormit en compagnie d'une foule de petits princes couverts d'or et de pierreries, habitant de vastes palais, et servis par des domestiques qui se répandaient en salamalecs ou partaient comme des flèches, au premier ordre donné. Puis il rêva, comme toujours, qu'il était *lui-même* un prince.

Toute la nuit, la gloire et la magnificence de sa condition royale éclatèrent autour de lui ; il marchait, parmi les grands lords du royaume et les dames les plus illustres, dans un flot de lumière, respirant les parfums les plus suaves, bercé par la plus ravissante musique, accueillant les hommages et les marques d'obéissance de cette foule brillante qui s'ouvrait pour lui livrer passage, et répondant à ceux-ci par un sourire, à ceux-là par un mouvement presque imperceptible de sa tête princière.

Puis, quand il s'éveilla à la pointe du jour, quand il vit son abjection, sa misère sordide, il eut horreur de la réalité, de son entourage, de sa saleté ; son cœur brisé s'abreuva d'amertume, et il fondit en larmes.

CHAPITRE III

TOM RENCONTRE LE PRINCE

Tom se leva le ventre creux ; il l'avait creux encore quand il sortit pour aller battre le pavé ; mais, par contre, il avait la tête pleine des splendeurs de son rêve. Il erra çà et là dans la Cité, allant sans savoir où, sans prendre garde à ce qui se passait. On le coudoyait, on le rudoyait, l'apostrophait ; lui, perdu dans ses pensées, poursuivait machinalement sa flânerie. Il arriva ainsi à Temple Bar, qui était la limite extrême de ses explorations accoutumées. Il s'arrêta un moment pour se consulter ; puis, replongé dans ses visions, il passa outre et se trouva hors de l'enceinte de Londres. Le Strand n'était déjà plus alors un chemin vicinal ; on lui donnait le nom de rue, quoiqu'il fût encore peu bâti. D'un côté, il y avait une file assez longue de maisons, mais, de l'autre, on ne voyait qu'un petit nombre de constructions éparses, résidences de la haute noblesse, avec de grands et beaux domaines qui descendaient jusqu'au fleuve, et qui sont aujourd'hui couverts, pouce à pouce, d'affreux bâtiments en brique et en pierre.

Tom découvrit ensuite le village de Charing, et il se reposa près de la belle croix plantée en cet endroit par un roi du temps jadis, qui avait été dépouillé de ses possessions ; il descendit alors en baguenaudant une route tranquille et charmante, passa devant le palais somptueux du grand cardinal, et se dirigea vers un autre palais beaucoup plus important, plus majestueux, qui se trouvait au delà, et qui était Westminster. Tom contempla, avec des yeux émerveillés, cette masse énorme de maçonnerie aux ailes éployées, les bastions sourcilleux, les tours menaçantes, la large porte de pierre avec sa grille dorée, ses superbes lions, colosses de granit, et tous les signes et symboles de la puissance. Le rêve qu'il avait si longtemps caressé allait-il enfin se réaliser? C'était bien là, en effet, le palais d'un roi ; mais lui serait-il donné d'y voir un prince, un prince en chair et en os? Ah! si le ciel pouvait exaucer ce vœu!

De chaque côté de la grille d'entrée se dressait une statue vivante, c'est-à-dire un homme d'armes, raide, immobile, couvert de la tête aux pieds d'une armure d'acier resplendissante. A une distance respectueuse étaient attroupés des gens de la campagne ou de la Cité, attendant une occasion pour saisir au passage quelque manifestation de la grandeur royale. De splendides carrosses, à l'intérieur desquels se prélassaient de splendides personnages, tandis qu'au dehors se perchaient des laquais non moins splendides, entraient et sortaient par d'autres portes pratiquées dans le mur d'enceinte.

Le pauvre Tom en haillons se rapprocha à pas de loup et passa timidement devant les sentinelles. Son cœur battait à rompre sa poitrine, mais une secrète espérance remontait son courage. Tout à coup il aperçut à travers la grille dorée un spectacle qui faillit lui arracher un cri de joie. Dans la cour du palais se tenait un jeune garçon de son âge, au teint bruni par le soleil, aux membres vigoureux et souples. Il portait, avec une aisance pleine de charme, de beaux habits de satin et de soie semés de pierreries étincelantes. Une petite épée et une dague ornées de joyaux lui pendaient au côté ; de jolis brodequins à talons rouges, une toque écarlate coquettement posée sur la tête, et garnie de plumes pendantes, retenues par une grande escarboucle, complétaient son costume. Près de lui se trouvaient quelques beaux messieurs, qui étaient sans aucun doute ses serviteurs. Oh ! c'était bien là un prince, un prince vivant, un vrai prince ! Il ne pouvait y avoir, à cet égard, pas même l'ombre d'une hésitation. Le souhait de l'enfant pauvre était à la fin exaucé !

Tom haletait, suffoqué, transporté ; ses yeux se dilataient ; les bras lui tombaient ; il n'en revenait pas. Ravi, extasié, il n'eut plus qu'une pensée : être tout proche du prince, face à face, pour le dévorer du regard. Sans savoir comment, il se trouva le visage collé contre la grille. L'instant d'après, un des soldats le saisit à bras le corps, l'arracha rudement et l'envoya pirouetter au milieu des manants et des badauds, en criant :

— Veux-tu bien te retirer, petit drôle !

La populace avait applaudi et éclaté de rire ; mais le jeune prince avait bondi de colère. Le rouge au front, les yeux flamboyants d'indignation, il s'était exclamé :

— Insolent ! Oser maltraiter ainsi en ma présence ce pauvre petit ! Oser porter la main sur un Anglais, fût-il le dernier des sujets de mon père ! Qu'on ouvre la porte et qu'on le fasse entrer !...

Il eût fallu voir alors l'inconstance de la foule. Chapeaux et bonnets volèrent en l'air ; de toutes les poitrines partit un hourra : Vive le prince de Galles !

Les sentinelles présentèrent les armes en tenant devant eux leurs hallebardes ; les portes tournèrent sur leurs gonds. Le petit prince pour rire d'Offal Court s'élança, guenilles au vent, vers le vrai prince de Westminster et lui tendit la main.

— Tu as l'air harassé, affamé, avait dit Édouard Tudor. On t'a fait mal, viens avec moi.

Une demi-douzaine de gens de service s'étaient élancés, pour faire je ne sais quoi, mais évidemment pour se mêler de ce qui ne les regardait pas. Un geste vraiment royal les tint à distance, et ils s'arrêtèrent cloués sur place, comme autant de statues.

Édouard conduisit Tom dans un somptueux appartement, en lui disant que c'était là son cabinet de travail. Puis il commanda d'apporter un repas si copieux, que Tom n'en avait jamais vu de pareil, si ce n'est dans les livres.

Le prince, avec toute la délicatesse qui seyait à son rang et à son éducation, renvoya ses serviteurs, pour ne pas augmenter l'embarras de son humble convive, en l'exposant à leurs propos malicieux ; ensuite il s'assit tout près de lui et se mit à le questionner pendant que Tom mangeait.

— Comment t'appelles-tu, petit?

— Tom Canty, pour vous servir, messire.

— Drôle de nom. Où demeures-tu ?

— Dans la Cité, messire. Dans Offal Court, au bout de Pudding Lane.

— Offal Court ! Drôle de nom aussi. As-tu des parents ?

— Des parents ? Oui, messire, j'ai mon père et ma mère ; et puis j'ai ma grand'mère, mais je ne l'aime pas, Dieu me pardonne ; et puis j'ai mes deux sœurs jumelles, Nan et Bet.

— Tu n'aimes pas ta grand'mère ? Elle n'est pas bonne pour toi, je vois.

— Ni pour moi, messire, ni pour les autres ; elle a mauvais cœur et fait du mal à tout le monde, tout le long de la journée.

— Est-ce qu'elle te maltraite ?

— Il y a des fois qu'elle s'arrête, quand elle dort ou quand elle n'en peut plus de boire ; mais dès qu'elle y voit clair, elle me règle mon compte, et alors elle n'y va pas de main morte.

Un éclair passa dans les yeux du petit prince.

— Elle te bat, dis-tu ? s'écria-t-il.

— Oh ! oui, messire.

— Te battre ; toi, si délicat, si petit ! Ecoute, avant qu'il soit nuit, ta grand'mère sera enfermée à la Tour. Le roi, mon père...

— Vous oubliez, messire, que nous sommes des misérables, des vilains, et que la Tour n'est faite que pour les grands du royaume.

— C'est vrai, je n'y pensais plus. Je verrai ce qu'il y a à faire pour la châtier. Et ton père, est-il bon pour toi ?

— Comme ma grand'mère Canty, messire.

— Tous les pères se ressemblent, paraît-il. Le mien non plus n'a pas l'humeur tendre. Il a la main lourde quand il frappe ; mais moi, il ne me bat pas. C'est vrai qu'il me mène souvent très durement en paroles... Et ta mère ?

— Ma mère est très bonne, messire, elle ne me fait jamais ni peine ni mal. Et Nan et Bet sont bien bonnes aussi.

— Quel âge ont-elles ?

— Quinze ans, messire.

— Lady Elisabeth, ma sœur, en a quatorze, et lady Jane Grey, ma cousine, a mon âge, et elle est bien gentille et bien aimable; mais ma sœur, lady Mary, avec sa mine toujours renfrognée et... Dis-moi, est-ce que tes sœurs défendent à leurs femmes de chambre de sourire, parce que c'est un péché qui causerait la perdition de leur âme?

— A leurs femmes de chambre? Oh! messire, vous croyez donc qu'elles ont des femmes de chambre?

Le petit prince contempla gravement le petit pauvre; puis d'un air intrigué:

— Pourquoi pas? dit-il. Qui les déshabille quand elles se couchent? Qui les habille quand elles se lèvent?

— Personne, messire. Vous voulez qu'elles ôtent leur robe et couchent toutes nues, comme les bêtes?

— Oter leur robe! Elles n'en ont donc qu'une?

— Ah! mon bon seigneur, que feraient-elles de deux? Elles n'ont pas deux corps.

— Tout cela est fort drôle, fort surprenant. Pardonne-moi, je n'ai pas voulu me moquer de toi. Tes braves sœurs Nan et Bet auront des robes et des femmes de chambre, et cela tout de suite; mon trésorier s'en chargera. Ne me remercie pas, il n'y a pas de quoi. Tu parles bien, ta franchise me plaît. Es-tu instruit?

— Je ne sais pas, messire. Un bon prêtre, qu'on appelle le Père André, m'a laissé lire ses livres.

— Sais-tu le latin?

— Un peu, messire; pas trop bien, je commence.

— Continue à l'apprendre, petit; il n'y a de difficile que les premières règles. Le grec donne plus de mal. Pour lady Elisabeth et ma cousine, ces deux langues et les autres ne sont qu'un jeu. Si tu les entendais!... Mais parle-moi d'Offal Court; est-ce qu'on s'y amuse?

— Oh, oui, beaucoup, quand on n'a pas faim. Il y a Punch et Judy (1); et puis il y a les singes; ils sont si drôles, si bien dressés! Et puis on joue des pièces où l'on tire des coups de feu: on se bat, et tout le monde est tué. Il faut voir comme c'est beau; et ça ne coûte qu'un farthing; — mais on n'a pas tous les jours un farthing, car c'est dur à gagner, mon bon seigneur.

— Et puis?

— A Offal Court nous nous battons aussi avec des bâtons, comme font les apprentis.

Le prince ouvrait de grands yeux.

— Vraiment, cela doit être très amusant. Et puis?...

— Et puis, il y a aussi les courses, pour voir qui arrive le premier.

— Oh! j'aimerais ça aussi. Et puis?...

— Et puis, messire, l'été nous marchons dans l'eau, nous nageons dans les canaux et dans la Tamise; et puis on fait faire le plongeon aux autres, on leur jette de l'eau plein le visage; on crie, on saute, on fait des culbutes; et puis...

— Oh! je donnerais le royaume de mon père pour voir cela, rien qu'une fois. Et puis?...

— Nous dansons, nous chantons autour de l'Arbre-de-Mai dans Cheapside. Nous jouons dans le sable. On fait de grands tas et on s'y ensevelit. Et

(1) Punch et Judy sont les deux principaux personnages du Guignol ou théâtre de marionnettes en Angleterre.

puis il y a les pâtés de boue.... Oh! la boue, il n'y a rien de plus délicieux; on patauge, on se roule...

— Tais-toi; tu me fais venir l'eau à la bouche. Si je pouvais, oh! mais rien qu'une fois, une seule fois, m'habiller comme toi, courir pieds-nus, piétiner, me rouler dans la boue, sans que personne m'en empêche, sans qu'on me dise rien, il me semble que je sacrifierais la couronne...

— Et moi donc? Si je pouvais rien qu'une fois, une seule fois, être beau comme vous, être ha...

— Tu voudrais?... C'est dit. Ote tes guenilles, et mets mes beaux habits. Ce ne sera qu'un bonheur d'un moment, mais je serai si content! Fais vite, nous nous amuserons chacun à notre manière, et nous referons l'échange avant qu'on ne vienne.

Quelques minutes après, le petit prince de Galles avait endossé les nippes en loques de Tom, et le petit prince des pauvres, transformé des pieds à la tête, avait revêtu le splendide costume royal. Côte à côte, ils se regardèrent dans la grande glace. O miracle! On eût dit qu'aucun changement ne s'était fait en eux! Ils se contemplèrent ébahis, se toisèrent, se mirèrent, puis se regardèrent et se contemplèrent encore. A la fin, le prince embarrassé rompit le silence.

— Hein! dit-il, que t'en semble?

— Ah! de grâce, que Votre Altesse ne m'oblige pas à répondre. Il n'appartient pas à un vil sujet comme moi...

— Tu n'oses pas; eh bien, j'oserai, moi! Tu as mes cheveux, mes yeux, ma voix, mon geste, ma taille, ma tournure, mon visage, mes traits. Si nous étions nus tous les deux, il n'y a personne qui pourrait dire si c'est toi qui es Tom Canty et moi qui suis le prince de Galles. Maintenant que j'ai tes habits, il me semble que je sens les coups que t'a donnés cette brute de soldat. Fais voir ta main, elle est toute meurtrie.

— Oh! ce n'est rien; Votre Altesse sait que le pauvre homme d'armes...

— Tais-toi! C'est une honte, une cruauté, cria le petit prince en frappant le parquet de son pied nu. Si le roi... Ne bouge pas d'ici jusqu'à mon retour. Je le veux.

Il avait saisi et serré un objet qui se trouvait sur la table; puis il avait pris sa course, traversant les corridors et la cour du palais, en guenilles, le visage enluminé, les yeux étincelants. Arrivé à la porte de pierre, il s'attacha des deux mains à la grille, tâcha de l'ébranler et cria :

— Ouvrez!

Le soldat qui avait maltraité Tom s'empressa d'obéir; mais comme le prince filait devant lui, méconnaissable sous son dépenaillement, il lui envoya un grand coup de poing dans le dos qui le fit rouler en pirouettant sur la chaussée.

— Tiens, graine de mendiant, dit-il, voilà pour te payer de m'avoir fait gourmander par Son Altesse!

La foule éclata de rire. Le prince s'était ramassé couvert de boue, et menaçant les sentinelles d'un geste superbe :

— Je suis le prince de Galles, dit-il, ma personne est sacrée. Vous serez pendu pour avoir mis la main sur moi!

Le soldat présenta les armes et dit avec un air goguenard :

— Salut à Son Altesse!

Puis d'un ton sec et rude :

— Au large, crapaud !

Une tempête de cris, d'acclamations, de beuglements, de glapissements, de piaulements, partit des rangs de la foule. On se mit à la chasse de l'enfant en hurlant à tue-tête :

— Place à Son Altesse Royale ! Place au prince de Galles !

CHAPITRE IV

PREMIERS TOURMENTS DU PRINCE.

Au bout d'une heure de poursuite obstinée, la populace finit par lâcher le petit prince et l'abandonna à lui-même. Tant qu'il avait pu exhaler sa rage et prendre des airs de dignité pour menacer, pour donner des ordres qui faisaient pâmer de rire, il avait été très amusant ; mais, une fois que l'épuisement l'eut réduit au silence, la foule, qui n'avait plus que faire de le tourmenter, avait cherché ailleurs d'autres distractions. Alors il regarda autour de lui, sans pouvoir dire où il se trouvait. Il était dans l'enceinte de la Cité de Londres, c'était tout ce qu'il savait. Il continua son chemin, ne sachant où il allait. Bientôt les maisons devinrent plus clairsemées, les passants plus rares. Il avait les pieds en sang et les baigna dans le ruisseau qui coulait à l'endroit où est maintenant Farringdon Street. Il se reposa quelque temps, puis il reprit sa marche. Il arriva ainsi dans une grande plaine, où il y avait çà et là des maisons et une grande église, qu'il reconnut. Tout autour il vit des échafaudages et des essaims d'ouvriers, car on y faisait d'importantes restaurations. Le prince était tout ranimé ; il se disait que ses peines touchaient à leur fin.

— C'est l'ancienne église des Frères-Gris, pensait-il, celle que le roi mon père a prise aux moines afin d'en faire un asile pour les enfants pauvres et abandonnés, et à laquelle il a donné le nom de *Christ's Church* (1). Ils seront heureux de pouvoir rendre service au fils de celui qui les a traités si généreusement, d'autant plus que ce fils est maintenant aussi infortuné, aussi délaissé que ceux qui reçoivent ou recevront ici un abri.

Il ne tarda pas à se trouver au milieu d'un groupe de jeunes garçons qui couraient, gambadaient, cabriolaient, jouaient à la balle, à saut-de-mouton, criant et s'ébattant à qui mieux mieux. Ils avaient tous le même costume et étaient vêtus à la mode en vogue à cette époque parmi les gens de service et les apprentis : au sommet de la tête une calotte noire, grande à peine comme une soucoupe, ce qui ne faisait ni une coiffure, ni un ornement ; des cheveux sans raie, tombant au milieu du front et coupés courts tout autour ; au cou un rabat ; une robe bleue serrant le corps et descendant jusqu'aux genoux ou un peu plus bas ; des manches longues ; une large ceinture rouge ; des bas jaune clair attachés au-dessus du genou par des jarretières ; des souliers plats avec de grandes boucles en métal ; le tout suffisamment laid.

Les enfants avaient suspendu leurs jeux et s'étaient attroupés autour du prince. Celui-ci avait pris un air majestueux.

— Mes petits amis, fit-il, allez dire à votre maître qu'Édouard, prince de Galles, désire lui parler.

(1) Eglise du Christ

Un grand éclat de rire accueillit ces paroles. Un des plus grossiers de la bande s'écria :

— Vraiment! Tu es sans doute le courrier de Son Altesse, sale mendiant.

Le prince rougit de colère; il porta vivement la main au côté, mais il n'y trouva rien. Il y eut une nouvelle explosion d'hilarité.

— Avez-vous vu ce geste? s'exclama l'un des enfants. Il cherche son épée. On dirait le prince en personne.

Cette saillie provoqua un redoublement de folle gaieté.

Le pauvre Édouard s'était redressé fièrement.

— Je suis, en effet, le prince, dit-il, et c'est fort mal à vous qui vivez de la bonté du roi, mon père, de me traiter de la sorte.

Une tempête de sarcasmes répondit à cette apostrophe. Celui qui avait parlé le premier cria à ses camarades :

— Allons, pourceaux, esclaves, pensionnaires du père de Son Altesse, un peu de manières, je vous prie. A genoux tous tant que vous êtes, et faites la révérence à votre prince en guenilles!

Tous pouffaient, se tordaient, déliraient. Ils firent la génuflexion en corps pour singer la cérémonie de l'hommage.

Le prince repoussa du pied le premier qui s'approcha de lui, et d'un ton hautain :

— Tiens, dit-il, en attendant que demain je fasse dresser ton gibet!

Ceci n'était plus de jeu et dépassait la plaisanterie. Les rires cessèrent tout d'un coup et firent place à la rage. Une douzaine de voix hurlèrent :

— Enlevez-le ! A l'abreuvoir ! A l'abreuvoir ! Lâchez les chiens ! Hardi, Lion ! Bien ça, Fangs !

Alors il arriva une chose qui jusque-là ne s'était jamais vue en Angleterre : la personne sacrée de l'héritier du trône fut grossièrement souffletée, rossée par la plèbe et harcelée par des chiens qui arrachaient ses vêtements à belles dents.

A la nuit, le prince se trouva au fond de la Cité, dans la partie bâtie, où les maisons se serraient les unes contre les autres. Il avait le corps tout contusionné, les mains en sang, et ses haillons étaient couverts de boue. Il allait, il allait, éperdu, affolé, défaillant et si harassé qu'à peine il pouvait mettre un pied devant l'autre. Il n'osait plus questionner personne, sachant d'avance qu'il n'obtiendrait pour réponse que des injures.

— Offal Court, murmurait-il à part lui, c'est bien le nom ; si j'y puis arriver avant d'être épuisé et de tomber, je serai sauvé, les gens me ramèneront au palais, ils prouveront que je ne suis pas des leurs, que je suis le vrai prince, et l'on me reconnaitra.

Par moments ses pensées le ramenaient aux mauvais traitements que lui avaient fait subir les enfants de *Christ's Hospital*, et il disait.

— Quand je serai roi, ils n'auront pas seulement le gîte et le pain, ils apprendront aussi à lire dans les livres ; à quoi sert d'avoir le ventre plein quand il n'y a rien dans la tête ni dans le cœur ? Je garderai de tout ceci un constant souvenir, afin que la leçon d'aujourd'hui ne soit pas perdue pour moi, et que mon peuple en profite à son tour ; car l'instruction calme les passions et engendre la bonté et la charité.

Les lumières commençaient à s'éteindre ; il s'était mis à pleuvoir ; le vent se levait ; la nuit allait être rude et orageuse. Le prince sans abri, l'héritier du trône sans asile marchait toujours, s'engageant à chaque pas plus avant dans le réseau d'allées sordides où se massaient et se tassaient les ruches bourdonnantes de la pauvreté et du vice.

Tout à coup un grand gaillard ivre le saisit au collet.

— Ah! je t'y prends, ricana-t-il. Encore dehors à cette heure de la nuit! Et tu ne rapportes pas un farthing, je gage. Si je ne te casse pas tous les os de ton squelette de corps, c'est que je ne m'appelle plus John Canty.

Le prince s'arracha à l'étreinte, épousseta inconsciemment son épaule profanée, et s'écria avec chaleur :

— Quoi! vous êtes *son père*! Se peut-il? Dieu soit béni! Vous allez le chercher et me reconduire!

— *Son* père? Ah! ça, que signifie ceci? Je ne suis pas *son* père, mais *ton* père, et tu vas t'en apercevoir.

— Oh! *ne raillez pas, ne tardez pas!* Je suis exténué, je suis blessé, je n'en puis plus. Menez-moi chez le roi mon père; il vous donnera plus d'or que vous n'en avez jamais vu dans vos rêves les plus beaux. Croyez-moi, brave homme, croyez-moi! Je ne mens pas, je dis la vérité, rien que la vérité. Donnez-moi la main, sauvez-moi, je suis le prince de Galles.

L'homme regarda l'enfant avec stupéfaction et le toisa; puis il hocha la tête et murmura :

— Si tu n'es pas plus fou que ceux qui sont à Bedlam (1)!

Et le reprenant au collet, il ajouta avec un rire hideux entrecoupé de jurons :

(1) Le Bicêtre de Londres. Hospice pour les fous et les condamnés.

— Fou ou non, ta grand'mère Canty et moi, nous allons te tâter les os comme il faut, mon petit, ou j'y perdrai mon nom.

Le prince furieux voulut se débattre. L'homme le prit par le milieu du corps et l'emporta comme il eût fait d'un paquet de chiffons. Ils disparurent dans la cour, suivis par une poignée de gamins et d'ivrognes.

CHAPITRE V.

TOM PARVIENT AUX HONNEURS.

Tom Canty, laissé seul dans le cabinet de travail du prince, mit aussitôt sa bonne fortune à profit. Il se pavana, se carra, prit vingt poses diverses devant la grande glace, admirant l'élégance de son costume et la richesse de ses bijoux, marchant fièrement, en avant, à droite, à gauche, à reculons, imitant les grands airs de distinction du prince, et étudiant amoureusement l'effet de chacun de ses mouvements. Ensuite il tira sa belle épée, la fit ployer, baisa la lame, la ramena gravement sur sa poitrine, en manière de salut, comme il avait vu faire, cinq ou six semaines auparavant, par un gentilhomme chargé de remettre aux mains du lieutenant de la Tour lord Norfolk et lord Surrey, pour les conduire en captivité. Puis il joua avec la dague, ornée de joyaux, qui lui pendait sur la cuisse ; il examina les précieuses tentures de l'appartement et les objets d'art qui en rehaussaient l'éclat ; il essaya l'un après l'autre les fauteuils somptueux ; et il souhaita que la population parquée dans Offal Court pût regarder par les joints de la porte pour le contempler dans toute sa magnificence. Il se demanda si on le croirait bien quand il raconterait cette histoire merveilleuse , une fois rentré chez lui, ou si l'on se contenterait de hausser les épaules et de dire que les extravagances de son imagination lui avaient troublé la cervelle.

Au bout d'une demi-heure il lui vint tout à coup à l'esprit que le prince était parti depuis longtemps ; alors il commença à se sentir isolé, il tendit l'oreille, il tendit le cou, il laissa là les jolies choses qu'il avait sous les mains ; il devint inquiet, impatient, alarmé. Si quelqu'un allait entrer, le surprendre, le trouver vêtu des habits du prince, sans que le prince fût là pour donner des explications ! Ne le pendrait-on point sur-le-champ, quitte à ouvrir ensuite une enquête ? Il avait entendu dire que les grands vont vite en besogne, quand ils ont affaire aux petits. Sa frayeur augmentait de minute en minute, il tremblait de tous ses membres. Doucement il ouvrit la porte qui menait à l'antichambre. Il était décidé à fuir, à chercher le prince, à l'appeler au secours pour se faire relâcher. Six magnifiques gentilshommes attachés au service du prince et deux jeunes pages de haute lignée, beaux comme des papillons, bondirent sur leurs pieds et s'inclinèrent jusqu'à terre. Il recula brusquement de plusieurs pas et ferma la porte. Il se dit :

— Ces gens-là se moquent de moi. Ils vont tout rapporter. Pourquoi suis-je venu ici sottement jouer ma vie ?

Il arpenta le parquet, peureux, frissonnant, la mort dans l'âme, faisant le guet, tombant en arrêt au plus léger bruit.

Tout à coup la porte s'ouvrit, et un page vêtu de soie annonça :

— Lady Jane Grey.

Une jeune fille, douce et belle, et richement costumée, s'élança vers lui. Mais elle s'arrêta soudain, et avec un accent de frayeur :

— Ah ! mon Dieu ! qu'avez-vous, mylord ? dit-elle.

Tom était près de suffoquer ; il rassembla tous ses efforts pour balbutier :

— Oh ! ayez pitié de moi ! Je ne suis pas lord, je ne suis que le pauvre Tom Canty d'Offal Court dans la Cité. Je vous en conjure, faites-moi voir le prince, qu'il me fasse la grâce de me rendre mes haillons, et de me laisser sortir d'ici sain et sauf. Oh ! par pitié, sauvez-moi !

Il s'était jeté à genoux, les yeux suppliants, les mains jointes, la prière sur les lèvres.

La jeune fille eut un saisissement.

— Oh, mylord, s'exclama-t-elle, vous à genoux ! et devant moi !

Puis elle s'enfuit épouvantée. Tom, accablé, s'affaissa en murmurant :

— Ils vont venir et m'emmener ! Plus de remède, plus d'espoir !

Tandis qu'il demeurait ainsi stupéfié, frappé de terreur, des rumeurs sinistres se répandaient dans le palais. Les chuchotements — car on ne faisait encore que chuchoter — se transmettaient, avec la rapidité de l'éclair, de domestique à domestique, de lord à lady, enfilaient les longs corridors, montaient d'étage en étage, pénétraient de salon en salon.

— Le prince est devenu fou ! Le prince est devenu fou !

Bientôt, dans tous les appartements, dans toutes les salles de marbre se formèrent des groupes étincelants de lords et de ladies, puis d'autres groupes brillants de gens de moindre condition, tous se parlant gravement à l'oreille, l'air vivement préoccupé.

Tout à coup un splendide personnage s'approcha de ces groupes, et lut solennellement la proclamation suivante :

« AU NOM DU ROI !

« Mandons et ordonnons à un chacun de ne point écouter les dires faux et insensés, sous peine de mort, ni les discuter, ni les porter au dehors. Au nom du roi! »

Les chuchotements avaient cessé comme si les chuchoteurs eussent été subitement frappés de mutisme.

Presque en même temps un sourd bourdonnement courut dans les corridors :

— Le prince ! Voici le prince !

Le pauvre Tom s'avança en traînant ses pas. Les groupes firent de profondes révérences; il essaya de s'incliner à son tour, en regardant timidement son étrange entourage, les yeux effarés, la physionomie triste et touchante. A ses côtés marchaient deux grands dignitaires. Il s'appuyait sur eux, près de défaillir. Derrière lui venaient les médecins de la cour et quelques gentilshommes.

Tom se trouva quelques instants après dans un vaste appartement dont il entendit les portes se fermer. Autour de lui étaient rangés ceux qui l'avaient accompagné. Devant lui, à quelque distance, était couché un homme très grand et très gros, au visage large et bouffi, au regard dur et sévère. Il avait une grosse tête, des cheveux tout blancs, une barbe toute blanche qui encadrait sa figure. Son costume était riche, mais vieux, et légèrement usé par endroits. Une de ses jambes fortement enflée reposait sur un oreiller et était enveloppée de bandages.

Il y eut un grand silence. Toutes les têtes étaient baissées, excepté celle de l'homme qui était couché.

Ce malade, presque hors d'état de bouger, était le terrible Henri VIII. Un sourire avait éclairé son visage.

— Eh quoi ! dit-il, mylord Edouard, mon prince, tu t'amuses à faire de tristes plaisanteries au roi, ton père, qui t'aime tant et qui est si bon pour toi ?

Le pauvre Tom écoutait et suivait ce discours autant que ses facultés anéanties le lui permettaient. Mais quand les mots : « le roi, ton père », frappèrent ses oreilles, il pâlit affreusement et tomba à genoux, comme s'il eût reçu un coup de feu.

— Le roi ! s'écria-t-il, vous êtes le roi! Alors je suis perdu !

Cette exclamation parut abasourdir le redoutable monarque. Ses yeux se promenèrent vaguement sur tous les visages, puis ils s'arrêtèrent sur l'enfant, qui demeurait atterré devant lui.

Enfin il dit avec un accent de profond désappointement :

— Hélas ! j'avais cru la rumeur exagérée, je crains qu'elle ne soit que trop fondée.

Il poussa un grand soupir, et adoucissant sa voix :

— Viens, enfant, dit-il, viens auprès de ton père, tu n'es pas bien.

Tom se releva avec l'aide des lords, puis il s'approcha du roi d'Angleterre, humble, embarrassé, tremblant. Le roi lui prit affectueusement la tête dans ses deux mains; il interrogea longuement, tendrement, cette pauvre physionomie bouleversée, comme pour y découvrir quelque indice d'un retour à la raison ; puis il le serra avec effusion sur sa poitrine et lui passa les mains dans les cheveux, en le caressant :

— Reconnais-tu ton père, enfant ? Ah ! ne me brise point le cœur ; me reconnais-tu, dis ?

— Oui, vous êtes le roi, mon seigneur redouté, que Dieu préserve.

— Bien, bien, très bien, rassure-toi, ne tremble pas ainsi ; personne ici ne te veut du mal, tout le monde ici te chérit. Tu vas mieux, ce mauvais rêve est passé, n'est-ce pas ? Tu recouvres tes sens, tu reprends possession de toi-même, n'est-ce pas ? Tu sais bien maintenant qui tu es ? Tu ne te prends plus pour un autre, comme tu le faisais, il y a un instant ?

— Je vous supplie en grâce de me croire, j'ai dit toute la vérité, mon redouté seigneur ; je suis le plus vil, le plus bas de vos sujets ; je ne suis qu'un pauvre, et c'est par malechance et par accident que je me trouve ici, quoiqu'il n'y ait rien de blâmable dans ma conduite. Je suis trop jeune pour mourir, et vous pouvez me sauver d'un mot. Oh ! parlez, sire !

Tom se jeta à genoux avec un cri de désespoir.

— Mourir ! ne prononce pas cette parole, prince chéri ; ton pauvre cœur troublé a besoin de paix, tu ne mourras point !

— Dieu vous fasse merci, ô mon roi, et vous garde de longues années pour le bonheur de votre peuple !

Tom s'était relevé d'un bond, et le visage illuminé de contentement, il se tourna vers les deux dignitaires :

— Vous l'avez entendu, s'exclama-t-il, je ne mourrai pas ? Le Roi l'a dit !

Personne ne bougea ; tous les assistants s'étaient gravement inclinés avec respect ; mais tous se taisaient.

Tom hésita. Il était un peu confus. Il regarda anxieusement le roi et lui dit :

— Puis-je m'en aller maintenant ?

— T'en aller ? Sans doute, si tu le désires. Mais pourquoi ne pas rester un moment avec moi ? Où veux-tu aller ?

Tom baissa les yeux et répondit humblement :

— Me serais-je mépris, d'aventure ? Je me croyais libre et je voulais m'en retourner au ruisseau où je suis né, où je croupis dans la misère, mais où je retrouverai ma mère et mes sœurs, tandis qu'ici, cette pompe, ces splendeurs, auxquelles je ne suis pas accoutumé... Ah ! je vous en conjure, sire, laissez-moi partir.

Le roi demeurait silencieux et pensif ; son visage trahissait ses angoisses et sa perplexité. A la fin, il dit avec un accent qui laissait percer quelque espérance :

— Peut-être n'y a t-il de trouble dans son cerveau qu'à l'occasion de certains faits. Il est possible qu'il ait conservé sa lucidité pour tout le reste. Dieu le veuille ! Essayons.

Alors il adressa à Tom une question en latin, et Tom répondit assez gauchement dans la même langue. Le roi était ravi et laissa éclater sa satisfaction ; les lords et les médecins manifestèrent également leur joie.

— Ce n'est pas tout à fait correct, dit le roi, et sans doute on lui a appris mieux ; mais cela prouve qu'il a l'esprit malade sans avoir perdu tout à fait la tête. Qu'en pensez-vous, docteur ?

Le médecin s'inclina profondément et répondit :

— Je suis absolument de votre avis, sire, et j'ai l'intime conviction que Votre Majesté a touché le mal du doigt.

Le roi se montra heureux de cet encouragement qui venait d'une si grande autorité, et continua avec assurance :

— Suivez-moi bien, je vais compléter l'expérience.

Il questionna Tom en français. Tom resta coi, embarrassé sous les regards qui s'attachaient sur lui; puis il dit timidement:

— Que Votre Majesté me pardonne ; je ne comprends pas cette langue.

Le roi se laissa lourdement retomber en arrière. Les médecins coururent à lui, mais il les écarta de la main :

— Rassurez-vous, dit-il, ce n'est rien qu'une petite syncope. Soulevez-moi. Là, très bien, cela suffit. Viens ici, mon enfant, repose ta pauvre tête malade sur le cœur de ton père, et sois calme. Tu iras mieux bientôt : ce n'est qu'un accès, cela passera. Ne crains point, cela passera.

Ensuite il se tourna vers l'assistance ; ses traits avaient perdu leur expression de douceur ; des éclairs sinistres commençaient à briller dans ses yeux.

— Ecoutez, fit-il impérieusement, mon fils que voici est fou, mais ce n'est qu'une folie passagère. C'est l'excès des études qui en est cause, et peut-être aussi un peu trop d'assujettissement. Vous allez me jeter tous ses livres et me cesser ses leçons. Vous imaginerez des plaisirs, des distractions, des divertissements qui lui rendent la santé.

Il se redressa autant qu'il put et il ajouta avec fermeté :

— Il est fou, mais il est mon fils, il est l'héritier du trône. Fou ou non, il régnera! Ecoutez encore, et que ceci soit proclamé. Quiconque parlera de cette maladie agira contre la paix de mon royaume et portera sa tête sur l'échafaud!... Qu'on me donne à boire, je brûle de soif; ce chagrin a miné mes forces... Tenez, enlevez cette coupe... Soutenez-moi. Là, bien. Ah! il est fou! Eh bien, fût-il fou cent mille fois plus, il est le prince de Galles et je suis le Roi, et je le ferai voir. Ce matin même, il sera mis en possession de sa dignité de prince en due forme et suivant l'antique usage. Donnez immédiatement des ordres à cet effet, mylord Hertford.

Un des seigneurs s'agenouilla au pied de la couche royale et dit :

— Sa Majesté sait que le grand maréchal héréditaire du royaume est enfermé à la Tour pour crime de haute trahison. Il ne serait pas convenable qu'un criminel de lèse-majesté....

— Silence! Prononcer ce nom exécré, c'est me faire injure! Cet homme vivra donc toujours? Qui ose ici se mettre à la traverse de mes desseins, de ma volonté? Il faudrait sans doute que la cérémonie de l'inauguration fût retardée parce que l'on ne trouve plus, dans le royaume, un maréchal qui n'ait pas trahi, pour investir le prince de ses honneurs et de ses droits! Allez dire à mon Parlement que j'attends de lui, avant le coucher du soleil, la condamnation de Norfolk, sinon je le rendrai responsable.

Lord Hertford s'inclina :

— Il sera fait, dit-il, selon la volonté du Roi!

Et, se levant, il alla reprendre sa place.

Peu à peu la colère qui empourprait le visage du monarque se dissipa, et il dit :

— Embrasse-moi, prince. Pourquoi as-tu peur ? Ne suis-je pas ton père bien-aimé ?

— Vous êtes bon pour moi et je suis indigne de votre bonté, ô mon seigneur tout-puissant et tout miséricordieux. Mais... mais... ce qui me peine, c'est de penser que quelqu'un va mourir, et...

— Ah ! te voilà bien, oui, te voilà bien tel que tu es ! Je te reconnais à ton cœur, même quand ton esprit est souffrant, car tu es et tu restes généreux ; mais le duc s'est mis entre toi et moi : je veux choisir un autre grand maréchal qui ne trahisse point les hauts devoirs de sa charge. Rassure-toi, prince, ne fatigue pas ta pauvre tête, ne t'occupe point de cette affaire.

— Sire, ce n'est pas moi qui demande sa mort ; ah ! que je voudrais, au contraire, qu'on lui laissât la vie !

— Laisse cet homme, prince, ne t'occupe pas de lui, c'est un infâme. Viens, embrasse-moi encore, et puis retourne à tes jeux, à tes amusements. Je suis malade, je suis las, j'ai besoin de repos. Va, suis ton oncle Hertford. Tu reviendras quand j'irai mieux.

Tom se laissa emmener. Il avait le cœur gros. Les dernières paroles qu'il venait d'entendre étaient pour lui comme le coup de la mort. Elles lui ôtaient tout espoir d'être mis en liberté. Un sourd bourdonnement frappa de nouveau son oreille ; c'étaient les voix qui répétaient : « Le prince ! voici le prince ! » Son courage s'en allait à mesure qu'il traversait les files brillantes des courtisans inclinés devant lui. Une chose était sûre, c'est qu'il était prisonnier, enfermé à jamais dans cette cage dorée ; prince, soit, mais sans amis, délaissé, à moins que le ciel en sa merci n'eût pitié de lui et ne le rendît à la liberté.

De quelque côté qu'il se tournât, il lui semblait voir rouler dans l'espace la tête du condamné; il apercevait le visage livide du duc de Norfolk qui attachait sur lui ses yeux courroucés.

Quelle différence entre les rêves heureux d'autrefois et la réalité, triste et terrible!

CHAPITRE VI.

TOM S'INSTRUIT.

Tom fut conduit dans un splendide appartement composé de plusieurs pièces en enfilade. On le fit asseoir. Il n'y consentit qu'avec répugnance, voyant qu'il y avait autour de lui des hommes d'âge et de haute distinction qui restaient debout. Il les pria de s'asseoir aussi; mais ils n'en firent rien et se confondirent en remerciements. Il insista. Alors son oncle, le comte Hertford, lui dit à l'oreille :

— Je vous en prie, ne les pressez point, prince. Il ne convient pas que l'on soit assis en votre présence.

Lord Saint-John se fit annoncer. Il entra, salua, et dit :

— Je viens de la part du roi pour une affaire qui demande un entretien secret. Plaise à Votre Altesse Royale de renvoyer tous ceux qui sont ici, à l'exception de mylord le comte Hertford.

Tom ne bougea point. Il paraissait ignorer ce qu'il avait à faire. Lord Hertford lui dit tout bas :

— Que Votre Altesse fasse un geste de la main et qu'elle se dispense de parler.

Les assistants se retirèrent. Lord Saint-John reprit :

— Sa Majesté le Roi ordonne et veut, pour de hautes et légitimes raisons d'Etat, que Son Altesse

Royale fasse mystère de son infirmité par tous les moyens qui sont en son pouvoir, jusqu'à ce que le mal soit passé et qu'Elle se retrouve telle qu'Elle était auparavant. En conséquence, Son Altesse Royale ne démentira à personne qu'Elle est le vrai prince, l'héritier de la couronne d'Angleterre ; Elle maintiendra et sauvegardera sa dignité de prince, en recevant, sans aucune parole ni aucune marque de protestation, les hommages et les serments d'allégeance auxquels Elle a droit suivant la coutume; Elle renoncera à tout commerce avec les individus de basse extraction et de condition vile enfantés dans son esprit par les troubles malsains de son imagination surmenée; Elle s'efforcera avec diligence de repeupler sa mémoire des images auxquelles Elle a été accoutumée ; et si tant est qu'Elle n'en ait point gardé souvenance, Elle se taira, ne trahissant ni par semblant de surprise ni par aucun autre signe quelconque qu'Elle a oublié; dans les occasions de réception officielle, toutes les fois qu'il se présentera un cas perplexe où Elle ne saurait comme il convient d'agir et de parler, Elle ne laissera voir aucune inquiétude aux curieux qui la regardent, mais Elle prendra en cette matière l'avis de lord Hertford et de mon humble personne, qui ai charge, de par le Roi, de me tenir au service et à la disposition de Son Altesse Royale jusqu'à ce que cet ordre soit révoqué. Tel est le bon plaisir de Sa Majesté le Roi, qui adresse ses salutations à Votre Altesse Royale et prie Dieu qu'il daigne en sa merci promptement vous rétablir et vous ait maintenant et à jamais en sa sainte garde.

Lord Saint-John fit une révérence et se rangea à l'écart. Tom répliqua avec résignation :

— Le Roi a parlé. Personne n'a le droit de se soustraire par subterfuge aux commandements du Roi, ou, s'ils n'agréent point, de les accommoder à son loisir par de subtils artifices. Le Roi sera obéi !

Lord Hertford, qui se tenait debout derrière le siège du prince, dit avec respect :

— Sa Majesté le Roi ayant ordonné que Votre Altesse Royale s'abstienne de lectures et de travaux sérieux, peut-être il vous conviendra de passer le temps à quelque joyeuse fête, à moins qu'il ne vous lasse de prendre part au banquet et que vous n'en éprouviez quelque malaise.

Tom ouvrit de grands yeux. Il ne savait ce qu'on voulait lui dire et demeurait surpris. Il rougit vivement quand il vit les regards de lord Saint-John tristement fixés sur lui.

— La défaillance de mémoire persiste, dit l'envoyé du roi, Votre Altesse Royale a montré quelque étonnement, mais qu'Elle ait confiance et soit sans trouble; ceci est un état qui ne saurait durer et qui disparaîtra avec la convalescence. Mylord Hertford a parlé du banquet de la Cité auquel Sa Majesté le Roi a promis, il y a deux mois, que Votre Altesse Royale assisterait.

Tom hésita et rougit de nouveau.

A ce moment on annonça lady Elisabeth et lady Jane Grey. Les deux lords échangèrent un regard d'intelligence, et le comte Hertford alla rapidement soulever la portière. Quand les jeunes filles entrèrent, il s'inclina et chuchota :

— Je vous en prie, princesses, n'ayez pas l'air de vous douter de son état, ne vous montrez point surprises des lacunes de sa mémoire; vous serez peinées de voir comme son esprit s'égare à tout propos.

Pendant ce temps, lord Saint-John, qui s'était approché de Tom, lui disait à l'oreille :

— Plaise à Votre Altesse de garder diligemment souvenir des désirs de Sa Majesté. Rappelez-vous autant que possible, ou tout au moins ayez l'air de vous rappeler. Ne leur laissez pas voir le changement qui s'est fait en vous, car vous savez combien vos nobles compagnes vous portent tendrement dans leur cœur, et combien elles seraient affligées. Votre Altesse veut-elle que je reste, que nous restions, mylord Hertford et moi?

Tom fit un geste d'assentiment et murmura une parole inintelligible. Il se décidait à accepter sa situation, à faire de son mieux pour obéir aux ordres du roi.

Cependant, malgré toutes les précautions, l'entretien avec les jeunes princesses ne laissa point d'être par moments assez embarrassant. Plus d'une fois Tom fut sur le point de rester court, d'avouer ingénument qu'il n'était pas de taille à soutenir cette redoutable épreuve; mais il s'en tira toutefois, grâce au tact de lady Elisabeth, grâce aussi à la vigilance des deux lords qui lui venaient en aide par l'un ou l'autre mot jeté comme au hasard. Pourtant la petite lady Jane faillit le démonter lorsqu'en se tournant gracieusement vers lui, elle demanda :

— Votre Altesse a-t-elle rendu aujourd'hui ses devoirs à Sa Majesté la Reine?

Tom était tout décontenancé ; il avait l'air malheureux ; il allait balbutier n'importe quoi, quand lord Saint-John prit la parole et répondit pour lui avec l'aisance et la grâce d'un courtisan accoutumé à rencontrer les difficultés épineuses et toujours prêt à les surmonter.

— Assurément, Mylady, dit-il. Sa Majesté la Reine a été fort sensible aux hommages de Son Altesse.

Tom mâchonna entre ses dents quelque chose qui pouvait au besoin passer pour une affirmation ; mais il sentait qu'il glissait sur un terrain dangereux.

L'instant d'après, on fit allusion à la suspension des études du prince. Là-dessus, la petite princesse s'exclama :

— C'est dommage, grand dommage ! Vous faisiez des progrès. Mais prenez patience, cela ne sera pas long. Vous avez tout le temps de devenir instruit comme votre père, et d'être comme lui passé maître dans la science des langues, mon bon prince.

— Mon père ! s'écria Tom en s'oubliant tout à coup. Ah ! je vous jure bien qu'il parle comme pas un porc d'Angleterre ; et quant à ce qu'il sait, ma foi...

Il leva la tête et s'arrêta sous le regard que lui lançait lord Saint-John.

Il était devenu tout rouge et reprit tout bas avec tristesse :

— Ah ! ce mal qui m'accable, ce trouble de ma raison ! Je n'ai pas eu l'intention d'offenser le Roi.

— Nous le savons, Monseigneur, dit la princesse Elisabeth en prenant la main de « son frère » dans les siennes et en la caressant avec respect ; mais ne vous tourmentez point. Ce n'est pas votre faute. C'est votre état seul qui en est cause.

Tom eut un geste de remerciement :

— Vous êtes bien gentille de me consoler ainsi, bonne lady, dit-il, et si j'osais, je vous dirais tout ce que mon cœur éprouve de reconnaissance pour vous.

La petite lady Jane lui jeta malicieusement une

phrase en grec. Heureusement la princesse Elisabeth vit d'un coup d'œil que le trait avait dépassé le but. Elle se chargea de fournir la réplique pour le compte de Tom, et la conversation changea de sujet.

Somme toute, la chose allait à bien, les écueils et les précipices devenaient moins fréquents. Tom se mettait peu à peu à l'aise, maintenant qu'il voyait tout le monde s'empresser à lui venir en aide et à réparer ses bévues. Quand la question du banquet, qui devait être donné le même soir par le lord-maire, revint sur le tapis, quand il apprit que les petites princesses devaient l'y accompagner, il laissa éclater toute sa joie, car il sentait qu'il n'était point dépourvu d'amis parmi cette multitude d'étrangers qu'il tremblait, une heure auparavant, de devoir accompagner.

A vrai dire, les deux lords, qui faisaient office de gardiens auprès de Tom, étaient moins satisfaits que lui de la tournure qu'avait prise l'entretien. Ils étaient dans la position de quelqu'un qui doit piloter un grand navire pour le faire passer par un canal étroit et dangereux; ils étaient constamment sur le qui-vive et trouvaient que ce n'était pas un jeu d'enfant. Aussi, lorsque la visite des princesses toucha à sa fin et qu'on annonça lord Guilford Dudley, non seulement ils furent d'avis que leur patience avait été suffisamment mise à l'épreuve, mais ils s'avouèrent qu'ils n'étaient guère en état de ramener leur navire au point de départ pour lui faire recommencer son périlleux voyage. Ils conseillèrent donc respectueusement à Tom de s'excuser, ce qui lui allait à merveille, bien qu'il eût vu un léger nuage passer sur le front de lady Jane quand elle entendit que l'illustre rejeton royal refusait de donner audience.

Il y eut alors un moment de silence et d'attente. Tom se demandait ce qu'on allait faire. Il regarda lord Hertford qui lui fit signe, mais il ne comprit pas. Ce fut encore la princesse Élisabeth qui le tira d'embarras avec sa grâce accoutumée. Elle fit la révérence et demanda :

— Votre Altesse nous donne-t-elle le droit de nous retirer ?

— Vos Seigneuries, répondit Tom, savent bien que leurs désirs règlent ma volonté, et qu'il me serait agréable de leur donner tout ce qui est en mon pouvoir pour n'être point privé du plaisir et du bonheur que me procure leur présence ici. Mon cœur est avec vous, princesses, et ma pensée vous suit. Dieu vous ait en sa sainte garde.

Un sourire accompagna la fin de cette tirade, à laquelle il ajouta mentalement :

— Ce n'est pas pour rien que j'ai vécu parmi les princes dans mes rêves et mes livres, et que j'ai façonné ma langue à leur parler mielleux et doré.

Quand les deux illustres princesses furent parties, Tom se tourna vers lord Saint-John et dit avec lassitude :

— Vos Seigneuries voudront bien m'accorder la permission de m'en aller dans un coin pour me reposer.

— C'est à Votre Altesse de commander, répondit lord Hertford, à nous d'obéir. Votre désir de prendre du repos est d'autant plus légitime que Votre Altesse doit aujourd'hui se rendre à la Cité.

Il donna un coup de sonnette. Un page apparut et reçut l'ordre de mander sir William Herbert. Ce gentilhomme se présenta aussitôt et conduisit Tom dans un autre appartement.

Le premier mouvement de Tom fut d'étendre la main pour se verser de l'eau. Mais un serviteur habillé de velours et de soie le prévint, mit un genou en terre et lui présenta la coupe sur un plateau en or massif.

Tom la vida et s'assit. Il voulut tirer ses brodequins : un autre serviteur, également vêtu de velours et de soie, s'agenouilla à ses pieds pour l'en empêcher. Deux ou trois fois il essaya de se déchausser lui-même. Peine inutile : le serviteur devançait chacune de ses intentions. A la fin il se laissa faire et, poussant un soupir de résignation, il murmura :

— Si ça continue, ils vont m'offrir de respirer pour moi !

On lui avait mis des pantoufles, on l'avait enveloppé dans une superbe robe de chambre, et on l'avait couché. Il ne dormit pas. Il avait la tête trop pleine de pensées, et la chambre était d'ailleurs trop pleine de gens ; il ne pouvait chasser les unes qui s'obstinaient à envahir son cerveau ; il ne savait comment renvoyer les autres qui s'obstinaient, eux aussi, à l'obséder, à son grand dépit et au leur.

Après le départ de Tom, les deux lords étaient restés seuls. Ils s'interrogèrent quelque temps du regard, hochant la tête et arpentant le parquet ; puis lord Saint-John demanda :

— Franchement, que pensez-vous de tout ceci ?

— Hem ! hem ! Le roi n'en a plus pour longtemps ; mon neveu est fou, il sera fou quand il montera sur le trône et restera fou. Dieu protège l'Angleterre ; elle en aura bien besoin !

— Vraiment, sont-ce là vos prévisions ?... Mais... ne vous trompez-vous point sur... sur...

Lord Saint-John balbutia, hésita, et finit par

prendre le parti de se taire. Il se sentait évidemment sur un terrain délicat. Lord Hertford fit un pas vers lui, le regarda dans le blanc des yeux, puis d'une voix brève :

— Parlez vite, dit-il, personne ne peut nous entendre ici. Vous dites que je me trompe...

— J'ai certainement une grande répugnance à prononcer la parole que j'ai sur les lèvres, et cela devant vous, mylord, qui êtes si proche parent de Son Altesse Royale. Mais je vous supplie de me pardonner mon langage s'il pouvait vous offenser. Ne vous semble-t-il point étrange, mylord, que sa maladie ait pu changer si complètement sa tournure et ses manières, non que cette tournure et ces manières aient cessé d'être celles d'un prince; mais elles sont, — sur des riens, il est vrai, — si différentes de celles que nous avions coutume d'admirer en lui! Ne vous semble-t-il point étrange que sa folie ait effacé de sa mémoire jusqu'aux traits mêmes de son père, lui ait fait oublier les devoirs et les hommages auxquels il a droit de la part de ceux qui l'entourent, et, tout en lui laissant la connaissance du latin, lui ait ôté toute notion du grec et du français! Mylord, excusez-moi, mais l'incertitude, le doute.... Ah, je vous serais bien reconnaissant de m'exprimer toute votre pensée. N'a-t-il pas dit qu'il n'est pas le prince; si...

— Prenez garde, mylord, vous commettez un crime de haute trahison. Vous oubliez les ordres du Roi. Vous me rendez votre complice en m'obligeant à vous écouter.

Lord Saint-John pâlit.

— C'est vrai, dit-il vivement, je me suis laissé prendre en flagrant délit, je l'avoue. Mais ne me livrez point, je vous en supplie; que Votre Seigneurie me fasse grâce : je jure de ne plus parler de ceci, de n'y plus penser. Votre Seigneurie tient ma vie en son pouvoir, un mot d'Elle peut me perdre.

— Tranquillisez-vous, mylord. Votre sincère repentir vous donne droit au pardon. Si vous ne retombez point dans une faute aussi grave, ici ou ailleurs, j'oublierai ce que je viens d'entendre. Mais bannissez vos soupçons criminels. Le prince est fils de ma sœur ; sa voix, sa physionomie ne me sont-elles point connues depuis sa naissance ? Vous vous demandez si la folie peut produire les terribles effets dont vous êtes témoin. Pourquoi pas ? Avez-vous oublié que le vieux baron Marley, devenu fou, ne se reconnaissait plus lui-même après soixante ans d'existence et se prenait pour un autre, qu'il se disait le fils de Marie-Madeleine, soutenait qu'il avait une tête en verre et ne souffrait point qu'on y touchât, de peur qu'un maladroit ne la lui cassât ? Chassez donc ces pensées coupables, mon cher lord. Le prince qui vient de sortir d'ici est bien le vrai prince ; qui le connait mieux que moi ? Il sera bientôt notre maitre. Souvenez-vous-en, mylord, et craignez que vos folles suppositions, si vous y persistiez jamais, ne tournent contre vous.

Lord Saint-John se répandit en protestations : il s'était manifestement laissé égarer par les apparences ; mais sa conviction était maintenant raffermie ; il croyait sincèrement, franchement, fermement à l'identité du prince. Lord Hertford, ému de son trouble, le rassura, lui promit le silence le plus absolu, et le congédia amicalement.

Alors l'oncle du prince s'abîma lui-même dans de profondes réflexions. Plus il pensait, plus il était anxieux. Les mains derrière le dos, la tête baissée, il arpentait le parquet.

— Saint-John est insensé, murmura-t-il en se parlant à lui-même. Il n'est pas possible qu'il ne soit pas le prince. Comment ! Il y aurait dans un même pays, dans une même ville, deux enfants du même âge, aussi exactement ressemblants, aussi égaux l'un à l'autre en toutes choses, plus égaux même que ne le seraient deux jumeaux ! Et en supposant qu'il en pût être ainsi, par quel miracle l'un d'eux aurait-il pris la place de l'autre, ici, dans ce palais, en plein jour, sous nos yeux? Non, non, cela n'est pas, cela ne saurait être. Saint-John est insensé, halluciné !

Il s'était arrêté un moment et demeurait absorbé.

— Admettons, reprit-il, que nous ayons affaire à un imposteur, qu'il ait pris habilement le nom et les qualités du prince, cela s'est vu après tout, cela serait naturel, cela se comprendrait à la rigueur. Mais a-t-on jamais vu un imposteur qui, déclaré prince par le roi, déclaré prince par la cour, déclaré prince par tout le monde, soit venu dire : Non ! je ne suis pas le prince, et ai refusé de recevoir le serment d'allégeance ? Non ! par l'âme de saint Swithin, non ! Cela n'est pas possible ! Il est le prince, le vrai prince, mais, hélas ! il est fou !

CHAPITRE VII

TOM A TABLE.

Une heure venait de sonner. C'était le moment où il fallait habiller le prince pour le dîner. Tom se laissa faire machinalement. On lui ôta tout ce qu'il avait sur le corps, jusqu'aux bas et à la chaussure ; puis on lui mit un costume aussi beau que le premier, mais tout différent. Ensuite, on le conduisit en grande cérémonie dans une vaste salle magnifiquement décorée, où l'on avait dressé la table pour une seule personne.

Les plats et les couverts étaient d'or fin et rehaussés par d'admirables ciselures dues à Benvenuto, le plus grand artiste de l'époque. La pièce était presque entièrement remplie par les serviteurs du prince.

Un chapelain dit le *Benedicite*.

Tom faillit s'évanouir à la vue de tous les mets placés devant lui, et qui lui donnaient la fringale, comme au temps où il errait dans Offal Court et par les rues de la Cité. Il allait bravement se jeter sur le premier plat venu, quand il fut arrêté par le comte de Berkeley, qui lui attacha gravement la serviette, car les Berkeley avaient seuls ce privilège institué, en leur faveur, de longue date, par acte royal.

Le premier gentilhomme du gobelet se tenait à quelque distance du premier gentilhomme de la serviette. Il devait prévenir le geste que ferait Tom pour demander à boire.

Il y avait aussi le premier gentilhomme de la dégustation, prêt à goûter les mets suspects, au risque de s'empoisonner. Cette charge n'était plus qu'honorifique, et le gentilhomme qui en avait le privilège ne l'exerçait plus que fort rarement ; mais il y avait eu des temps peu éloignés où cette dignité, enviée sans être enviable, ne laissait pas d'avoir ses périls. On aurait sans doute mieux fait de la confier à un chien ou à un misérable déjà condamné à mort ; mais les rois et les princes ont leurs idées qui ne sont pas celles de tout le monde.

Il y avait là encore mylord d'Arcy, le premier gentilhomme de la chambre, qui y faisait je ne sais quoi, mais qui y était en tout cas. Il y avait le lord premier sommelier, qui se tenait derrière le siège de Tom pour surveiller le cérémonial, sous les ordres du lord grand-sénéchal et du premier gentilhomme de la cuisine.

Tom avait comme cela trois cent quatre-vingt-quatre officiers attachés à sa personne. Ils n'étaient pas tous présents, cela se conçoit, car la pièce en eût à peine contenu le quart. Aussi Tom ne se doutait-il point qu'il eût besoin de tout ce monde pour boire, manger, dormir et se mouvoir.

Tous ceux qui étaient là avaient reçu le mot d'ordre ; ils avaient été avertis de l'indisposition passagère du prince ; ils savaient qu'ils n'avaient pas à se montrer surpris de ses excentricités. Précaution fort utile ; car ces « excentricités » ne tardèrent pas à se manifester. Seulement elles ne firent qu'exciter la pitié. Tous étaient silencieux, peinés ; personne n'eût osé sourire. D'ailleurs tous étaient profondément affligés du malheur qui frappait le jeune prince, si sincèrement aimé.

Le pauvre Tom mangeait avec ses doigts ; mais personne ne riait de sa gaucherie ou n'avait l'air de s'en apercevoir. Il regardait curieusement, attentivement sa serviette dont le tissu et le dessin étaient en effet merveilleux.

— Enlevez-la, s'il vous plait, dit-il à lord Berkeley, la bouche pleine, je pourrais la salir.

Le premier gentilhomme héréditaire de la serviette obéit en faisant la révérence et sans prononcer une parole.

Tom examina ensuite les navets et la laitue, et demanda ce que c'était et si cela se mangeait. Car il n'y avait pas longtemps que ce légume et cette salade avaient été importés de Hollande en Angleterre. On lui répondit gravement, respectueusement, sans paraître étonné.

Au dessert, il se bourra les poches de noisettes. Personne n'eut l'air de s'en douter ; personne ne le contraria. Seulement, un moment après, il s'aperçut lui-même de sa maladresse, et chercha à la réparer en remettant une partie des noisettes sur la table, il avait compris qu'il venait de faire quelque chose qui ne convenait point à la dignité d'un prince.

Tout à coup il sentit les muscles de son nez se contracter, et il éprouva à l'extrémité de cet organe une très vive démangeaison. Il la supporta d'abord courageusement ; mais bientôt la titillation augmenta au point de devenir intolérable. Alors il éprouva un grand trouble. Il regarda, avec anxiété, le premier gentilhomme qui se tenait à sa droite, puis le premier gentilhomme qui se tenait à sa gauche, et ses yeux se remplirent de larmes.

A cette vue, les gentilshommes se consultèrent d'un coup d'œil, et l'un d'eux se risqua à lui demander la cause de son chagrin.

Tom répondit naïvement :

— Excusez-moi, je vous prie, mais mon nez me chatouille horriblement. J'ignore les us et coutumes en pareil cas. Dépêchez-vous, de grâce, de me dire ce qu'il y a à faire, car dans un moment je ne pourrai plus le supporter.

Personne ne sourit. Tout le monde était grandement embarrassé. On s'interrogeait des yeux. La tribulation était générale. On ne savait à quoi se résoudre. Il y avait là, en effet, un cas imprévu, sans précédent dans les annales de l'Angleterre. Or, le maître des cérémonies était absent, et personne n'eût osé prendre sur soi de donner un avis en cette délicate matière, de proposer une solution de ce grave problème. Hélas! il n'y avait point de gentilhomme qui eût pour privilège héréditaire de gratter le nez du prince!

Cependant les larmes brillaient plus grosses sous les paupières du pauvre Tom et commençaient à rouler sur ses joues. Son nez, qui lui démangeait, réclamait impérieusement aide et secours. A la fin, la nature renversa les barrières de l'étiquette. Tom demanda intérieurement pardon du mal qu'il allait faire, et porta craintivement la main à son visage.

L'assistance se sentit tout à coup soulagée d'un grand poids : le prince s'était gratté lui-même.

Le repas était achevé. Un gentilhomme apporta un grand bol en or massif, rempli d'eau de rose au parfum délicieux, et le présenta à Tom pour se rincer la bouche et se laver le bout des doigts. Le premier gentilhomme héréditaire de la serviette se tenait à coté de lui; il avait sur le bras un linge d'une éclatante blancheur. Tom plongea les yeux dans le bol; il eut deux ou trois secondes d'hésitation, puis il le porta des deux mains à ses lèvres et avala une grande gorgée. Ensuite il se retourna vers lord Berkeley et faisant claquer sa langue :

— Tenez, dit-il, buvez ça vous-même, si vous voulez, ça ne sent pas mauvais, mais ça n'est pas assez fort.

Cette nouvelle excentricité attestait d'une manière indubitable le triste état de l'esprit du prince. Aussi déchira-t-elle tous les cœurs, car ce lamentable spectacle était peu fait pour provoquer l'hilarité.

Ce ne fut point la dernière gaucherie de Tom. A peine le chapelain avait-il pris place derrière le siège du prince, et les yeux demi-clos, la tête un peu penchée en arrière, les mains jointes, avait-il commencé les grâces, que le prince se leva et quitta la table au beau milieu de la prière. Toutefois personne ne prit garde à cette inconvenance, et pas un des assistants ne s'avisa de faire remarquer que le prince avait commis un acte inouï, inqualifiable, contraire à toute étiquette et même irréligieux.

Au reste, Tom paraissait ne plus s'inquiéter du qu'en dira-t-on. Il avait demandé où était sa chambre, s'y était fait conduire et avait exprimé le désir qu'on le laissât seul.

Il promena ses regards autour de lui et vit pendre à la boiserie de chêne les diverses pièces d'une armure d'acier splendidement damasquinée. C'était une panoplie que la reine Catherine Parr avait, peu de temps auparavant, offerte en cadeau à Edouard Tudor.

Tom mit les cuissards, les gantelets, le heaume empanaché, tout ce qu'il put attacher sans aide; il se demanda un moment s'il n'appellerait pas quelqu'un pour le reste, mais il se rappela tout à coup qu'il avait dans ses poches quelques noisettes du dîner, et il se dit qu'il ne pouvait mieux faire que de les casser et de les manger là, loin des yeux de ses gens de service et de tous ces gentilshommes héréditaires qui l'accablaient de leurs ennuyeuses obséquiosités. Il remit donc les pièces de l'armure à leur place et croqua bravement ses noisettes.

C'était le premier instant de bonheur qu'il eût goûté depuis que Dieu, pour la punition de ses péchés, avait fait de lui un prince. Quand il n'y eut plus de noisettes, ses yeux se fixèrent sur la bibliothèque. Il parcourut les titres des livres, et en trouva quelques-uns qui parlaient de l'étiquette de la cour. C'était une bonne fortune. Il se coucha sur un divan et se mit en devoir de compléter son instruction princière.

CHAPITRE VIII.

LA QUESTION DU SCEAU.

Vers cinq heures, le roi Henri VIII s'éveilla. Il avait eu un sommeil fort agité.

— Ces rêves sinistres ne présagent rien de bon, se dit-il. Ma fin est proche. J'en ai le pressentiment. Ces songes le confirment. D'ailleurs mon pouls baisse.

Tout à coup ses yeux flamboyèrent.

— Et pourtant, murmura-t-il, je ne veux pas mourir avant d'être débarrassé de lui.

Un des officiers de service, voyant que le roi était éveillé, demanda ce qu'il y avait à répondre au lord chancelier qui attendait au dehors le bon plaisir de Sa Majesté.

— Qu'on l'appelle ! qu'on l'appelle ! s'exclama vivement le roi.

Le lord chancelier entra, mit un genou en terre et dit :

— J'ai donné l'ordre que m'a transmis Votre Majesté, et conformément à la volonté du Roi, les pairs du royaume, revêtus de leurs robes, se sont présentés à la barre du Parlement où, ayant confirmé la sentence prononcée contre le duc de Norfolk, ils attendent humblement que Votre Majesté daigne leur faire connaître ses desseins ultérieurs.

Un éclair de joie illumina le visage de Henri VIII.

— Soulevez-moi, dit-il, je veux me rendre en personne au Parlement et sceller de ma propre main l'ordre d'exécution qui me délivrera de...

Sa voix s'éteignit ; une affreuse pâleur envahit ses traits; les gentilshommes l'avaient respectueusement soutenu dans leurs bras. Ils le couchèrent sur ses oreillers et lui donnèrent un cordial pour le ranimer.

Quand il eut recouvré ses sens, il dit tristement :

— Hélas ! J'avais pourtant attendu avec impatience cette heure bénie, et maintenant qu'elle est là, je me trouve déçu dans la plus chère de mes espérances. Mais hâtez-vous ! Hâtez-vous ! Que d'autres se chargent de ce devoir, puisqu'il m'est refusé de le remplir. Qu'on nomme une commission du grand sceau, qu'on choisisse à l'instant les lords qui doivent la composer ; choisissez-les vous-même ; mettez-vous à l'œuvre. Hâtez-vous ! Hâtez-vous ! Avant demain je veux que l'on m'apporte sa tête !

— Les ordres du Roi seront exécutés. Plaise à Votre Majesté de commander que le grand sceau me soit rendu pour pouvoir remplir ma tâche.

— Le grand sceau ? Mais vous l'avez !

— Votre Majesté oublie qu'elle m'a donné l'ordre de le lui remettre, il y a deux jours, en disant qu'il n'en serait point fait usage avant que Votre main royale n'eût scellé l'arrêt d'exécution du duc de Norfolk.

— C'est vrai, je me rappelle... Mais qu'est-ce que j'en ai fait ?... Je suis si faible... Je perds la mémoire... C'est étrange ! étrange !

Le roi prononça quelques mots mal articulés ; il secoua à plusieurs reprises sa tête appesantie et porta la main à son front, comme s'il eût voulu feuilleter ses souvenirs. A la fin, lord Hertford s'agenouilla au pied du lit, et d'une voix tremblante :

— Sire, dit-il, que Votre Majesté me pardonne l'audace de lui rappeler que plusieurs de ceux qui sont ici présents se souviennent, comme moi, que vous avez remis le grand sceau entre les mains de Son Altesse Royale le prince de Galles, en lui enjoignant de le garder jusqu'au jour où...

— C'est vrai ! interrompit le roi, allez le chercher, mais faites vite, le temps presse.

Lord Hertford courut à la chambre où Tom était tout entier attaché à l'étude du cérémonial de la cour. Un instant après, il se retrouvait devant le roi. Il avait l'air défait, anxieux ; il avait les mains vides.

— Hélas ! Sire, dit-il, en baissant la tête, je n'eusse certes point voulu annoncer à Votre Majesté une nouvelle aussi grave et aussi déplaisante ; mais que pouvons-nous contre la volonté de Dieu qui prolonge l'état affligeant du prince et ne lui permet point de se souvenir que vous lui avez remis le grand sceau ! Aussi ai-je eu hâte de vous apporter ce pénible message, afin de ne point perdre un temps qui est précieux, car il serait inutile de faire fouiller la longue suite de chambres et de salons qui composent les appartements de Son Altesse Roy...

Un geste de mécontentement l'interrompit.

Il y eut un long temps de silence. Puis le roi dit avec un accent de profonde tristesse :

— Pauvre enfant, qu'on le laisse en paix ! La main de Dieu s'est cruellement appesantie sur lui. Mon cœur se brise de pitié à la pensée de sa souffrance ; je me sens navré de ne pouvoir porter plus longtemps le lourd fardeau des affaires sur mes vieilles épaules écrasées. Qu'on le laisse en paix !

Il ferma les yeux, murmura quelques paroles, puis se plongea dans un silence immobile. Un instant après ses paupières se rouvrirent ; son regard erra vaguement dans la pièce et s'arrêta enfin sur le lord chancelier, qui était demeuré à genoux. Son visage s'empourpra de colère :

— Quoi ! s'écria-t-il. Toi encore là ! Par la gloire de Dieu, va, et qu'on en finisse avec ce traître ; sinon ta couronne de comte pourrait bien se réjouir demain de n'avoir plus à coiffer ta tête.

Le chancelier tressaillit.

— Sire, s'écria-t-il, que Votre Majesté ait pitié de moi ! J'attendais le sceau.

— Tu es donc fou, toi aussi, Hertford ! dit le roi avec dédain. Qu'importe le grand sceau ? N'ai-je point dans mon trésor le petit sceau qu'autrefois je portais sur moi ? Puisque le grand sceau est perdu, le petit suffira ; va, va le prendre, et souviens-toi que tu n'as point à reparaître ici sans m'apporter la tête de ce misérable.

Le pauvre chancelier ne se le fit pas répéter. Il ne se dissimulait point combien le voisinage du roi était dangereux. Un frisson lui courait dans tous les membres. Il porta sur-le-champ son redoutable message au Parlement, alors composé de créatures serviles, et fixa au lendemain matin l'exécution du premier pair d'Angleterre, l'infortuné duc de Norfolk.

CHAPITRE IX.

LA FÊTE NAUTIQUE.

A neuf heures du soir, toute l'immense façade du palais qui donnait sur la Tamise était illuminée à *giorno*. Le fleuve même, aussi loin que le regard pouvait porter dans la direction de la Cité, était couvert de bateaux et de canots de plaisance, bordés de lanternes vénitiennes, et gaiement balancés par les flots. On eût dit un vaste jardin semé de fleurs de feu, qui se jouaient sous la brise d'été. Le grand perron de pierre dont les marches descendaient jusqu'au ras de l'eau, et où l'on eût pu masser sans gêne toute l'armée d'une principauté allemande, offrait un aspect féerique, avec sa double rangée de hallebardiers royaux miroitant sous leurs armures d'acier poli, tandis que des essaims de gens de service, aux costumes voyants et pailletés d'or et d'argent, passaient devant eux comme autant d'étoiles filantes, allant et venant, montant et descendant, pour activer les préparatifs de la fête.

Tout à coup les soldats et les serviteurs qui encombraient les degrés du perron s'évanouirent comme par enchantement. Il se fit un calme profond et solennel. On sentait dans l'air l'annonce de quelque chose de merveilleux. Sur les bateaux et les canots, où des torches allumées mariaient maintenant l'éclat de leurs flammes rutilantes aux scintillations des lanternes, s'étaient dressés debout des myriades de gens, tous tournés vers le palais.

Une file de quarante ou cinquante barques de cérémonie glissaient en amont vers le perron. Elles étaient richement dorées et inclinaient avec grâce tantôt leurs proues élevées, tantôt leurs poupes légères, ornées d'admirables sculptures. Quelques-unes étaient élégamment décorées et portaient des bannières, des flammes, des pavillons; d'autres se cachaient presque entièrement sous des dais de drap d'or, sous des tentes en tapisseries de haute lisse, fabriquées alors à Arras, et chargées d'armoiries brodées; d'autres arboraient des centaines de petits drapeaux de soie garnis de grelots d'argent, qui résonnaient joyeusement à chaque caresse du vent; d'autres, plus superbes, appartenant aux gentilshommes que leurs dignités mettaient en rapport direct avec le prince, laissaient flotter au fil de l'eau des quantités de boucliers et d'écus suspendus cote à côte avec une symétrie pittoresque, et donnaient à épeler, sur leurs magnifiques blasons, les plus illustres devises, les plus nobles armes peintes de l'armorial d'Angleterre. Chacune de ces barques de cérémonie était remorquée par un bateau à rames, portant, outre les rameurs, un corps de musiciens et un certain nombre d'hommes d'armes, le morion en tête, la poitrine couverte d'une cuirasse étincelante.

Une troupe de hallebardiers, qui devaient servir d'avant-garde au cortège, vint alors s'échelonner sur le perron. Ils avaient pour coiffure une toque en velours coquettement piquée au côté d'une rose en argent, pour vêtements de grandes chausses rayées en long, noir et brun, des pourpoints de drap rouge foncé et bleu, blasonnés devant et derrière aux armes du prince, qui étaient trois plumes d'or enlacées. Les hampes des hallebardes étaient couvertes de gaines de velours cramoisi, attachées par des clous d'or, et agrémentées de glands également en or. Ils étaient rangés sur deux files formant la haie depuis le haut du perron jusqu'au niveau de l'eau.

Des serviteurs portant la livrée du prince, or et cramoisi, déroulèrent sur les marches un épais tapis de drap mi-parti.

Alors on entendit à l'intérieur du palais une brillante fanfare, à laquelle les musiciens des barques firent écho; deux huissiers tenant à la main une verge blanche descendirent d'un pas grave et majestueux les degrés du perron. Derrière eux s'avançaient l'officier qui portait la masse civique, puis l'officier qui portait le glaive de la Cité, puis les différents sergents d'armes de la garde de la Cité, en grand et bizarre accoutrement, les manches chargées de plaques; puis le roi d'armes en tabard avec les insignes de la Jarretière; puis les chevaliers du Bain, avec leurs manchettes de dentelles; puis les écuyers; puis les juges en robes d'écarlate et les sergents de la coiffe, ainsi appelés à cause de la coiffe de linon qu'ils mettaient sur leur tête et sous leur toque le jour de leur installation comme premiers avocats de la Cour; puis le lord grand chancelier d'Angleterre, en robe d'écarlate ouverte par devant et bordée de petit-gris; puis une députation des aldermen, qui sont les magistrats municipaux ou échevins, en manteaux d'écarlate; puis les sommités des différents corps de la Cité, en costume d'apparat.

Venaient ensuite douze gentilshommes français, en

splendide pourpoint de damas blanc barré d'or, avec le petit manteau court de velours cramoisi doublé de taffetas violet et les hauts-de-chausses couleur de chair. Ils faisaient partie de la maison de l'ambassadeur de France. Après eux marchaient douze chevaliers de la maison de l'ambassadeur d'Espagne, vêtus des pieds à la tête de velours noir sans aucun ornement. Des seigneurs appartenant à la haute noblesse d'Angleterre fermaient le cortège avec leurs gens.

Une nouvelle fanfare résonna à l'intérieur du palais. Alors l'oncle du prince, le futur duc de Somerset, se montra sous le portail. Il avait un justaucorps de brocart noir, un manteau d'écarlate semé de fleurs d'or et garni de dessins en fil d'argent. Il se tourna de manière à regarder l'ouverture du portail, ôta sa toque ornée de plumes, fit une révérence jusqu'à terre et marcha à reculons, en s'inclinant à chaque marche qu'il descendait.

Il y eut une salve prolongée de fanfares, et un héraut proclama d'une voix retentissante :

— Place à très haut et très puissant lord Édouard, prince de Galles !

Des langues de flammes coururent tout à coup sur la crête des murailles du palais ; une explosion pareille à celle de la foudre ébranla les airs ; la foule, massée sur le fleuve et aux abords, éclata en une immense clameur de joie ; et Tom Canty, le héros de cette fête, apparut à tous les yeux éblouis, debout, la tête légèrement inclinée, comme il convient à un prince qui reçoit l'hommage de son peuple.

Il avait un ravissant pourpoint de satin blanc, avec plastron de drap rouge poudré de diamants et bordé d'hermine. Sur ses épaules s'attachait légèrement un manteau de brocart blanc où brillait en poncis le cimier aux trois plumes. Ce manteau était doublé de satin bleu, il était semé de perles et de pierres précieuses et retenu par une agrafe en brillants.

Tom portait au cou l'ordre de la Jarretière et plusieurs ordres étrangers. Il se tenait sur la plus haute marche du perron, et les milliers de lumières concentrées sur lui le rendaient si resplendissant que ceux qui le contemplaient avec avidité en étaient pour ainsi dire aveuglés.

Qui donc aurait cru dans cette multitude fascinée que l'enfant, objet de ces transports presque idolâtres, n'était autre que Tom Canty, le petit pauvre d'Offal Court, né dans un galetas, grandi dans les ruisseaux de Londres, mourant hier encore de faim quand il errait, vêtu de haillons, et se vautrait dans la boue?

CHAPITRE X.

SOUFFRANCES DU PRINCE.

On se rappelle que John Canty avait emporté le vrai prince dans l'allée empuantie d'Offal Court, traînant sur ses talons une meute d'affreux drôles braillant et battant des mains. Une seule voix s'était élevée au milieu de cet ignoble concert de vociférations pour protester en faveur du pauvre enfant; mais le tumulte était tel que la voix se perdit étouffée.

Le prince continuait à se débattre, furieux, écumant, rugissant d'être ainsi outragé.

John Canty n'avait, on le sait, d'ordinaire qu'une faible dose de patience. Le moment arriva bientôt où, hors de lui, il leva son gourdin de chêne sur la tête du prince. Alors l'homme qui avait été seul à prendre la défense de la victime, saisit le bras du bourreau, qui reçut sur son propre poing le coup destiné à l'enfant.

— Ah! tu veux te mêler, cria Canty. Tiens, voilà pour ta peine!

La terrible massue s'abattit sur le crâne de l'homme; il y eut un cri d'horreur; une masse confuse s'affaissa sur le sol, et disparut sous les pieds de la populace, sans que cet incident eût arrêté un moment les rires, les beuglements et les blasphèmes.

Puis la bande hideuse s'écoula, abandonnant dans les ténèbres celui qui était tombé et gisait inanimé.

Quelques instants plus tard, le prince se trouva dans l'affreux réduit de John Canty, qui avait fermé la porte au nez des derniers curieux. Une chandelle de suif, fichée dans le goulot d'une bouteille, éclairait d'une vague lueur le gîte repoussant et ceux qui l'occupaient. Deux jeunes filles, sales, crasseuses, mal peignées, étaient blotties dans un coin auprès d'une femme encore jeune; elles avaient l'air hagard des animaux habitués à être battus et paraissaient s'attendre à une terrible averse de coups. Dans un autre coin se tenait accroupie une épouvantable vieille, aux cheveux gris pendant en désordre sur son visage, aux traits flétris par le vice et la boisson, pareille à une sorcière, les yeux haineux et les poings crispés. Ce fut à elle que s'adressa John Canty en entrant :

— Ne bouge pas, la vieille, dit-il avec un juron. Je vais te faire voir une drôle de mascarade. Donne-toi le temps de rire, tu lâcheras ensuite tes poings sur qui tu voudras. Approche ici, mauvaise herbe, répète ce que tu m'as dit, si tu t'en souviens encore. Allons, crache-nous ton nom. Hein! Tu dis que tu es...

Le petit prince sentit affluer le sang à son cerveau. Il leva sur l'infâme personnage, qui osait l'apostropher, un regard ferme et indigné.

— Il faut que vous soyez dépourvu de toute éducation et de toute vergogne pour me commander de vous parler. Je vous le dis encore, comme je vous l'ai dit déjà, je suis Édouard Tudor, prince de Galles. Je vous ai donné l'ordre de me reconduire au palais. Faut-il vous le répéter?

Cette réponse froide, hautaine, cloua la sorcière

au parquet. Elle était stupéfiée, suffoquée. Ses yeux démesurément ouverts se fixaient avec hébêtement sur le prince. Quant à Canty, ce qu'il venait d'entendre lui avait donné un accès de fou rire. Sur la mère de Tom et sur ses deux sœurs l'effet produit avait été tout autre, au contraire. Leur effroi, leurs angoisses se traduisirent par l'expression chagrine et éperdue de leur visage. Elles s'élancèrent avec effarement vers le malheureux enfant, dont elles lisaient déjà le sort dans les regards menaçants de la vieille et de son fils.

— Oh! Tom, pauvre Tom, pauvre petit!

La mère de Tom était tombée à genoux devant le prince, et, les deux mains appuyées sur les épaules d'Edouard Tudor, elle attachait sur lui ses grands yeux pleins de larmes.

— Ah! mon pauvre enfant, dit-elle, tes folles lectures ont fait leur œuvre et t'ont pris le peu de cervelle qui te restait. Je te l'avais bien dit pourtant; mais tu n'as pas voulu m'écouter. Pourquoi as-tu brisé le cœur de ta malheureuse mère?

Le prince la regarda avec pitié, et d'une voix affectueuse:

— Votre fils n'est ni malade, ni fou, brave femme, dit-il. Calmez-vous. Il est au palais. Que l'on m'y ramène, et sur-le-champ, le roi mon père donnera l'ordre de vous rendre celui que vous regrettez.

— Le roi ton père! Oh! mon enfant, ne parle point ainsi. Tu ne sais pas ce que ces mots peuvent attirer de malheurs sur toi et sur nous. Tu veux donc nous perdre tous tant que nous sommes. Chasse ces rêves affreux. Recueille tes souvenirs égarés. Regarde-moi bien. Ne suis-je pas ta mère; n'est-ce pas moi qui t'ai bercé, qui t'ai toujours aimé?

Le prince laissa aller faiblement sa tête de droite à gauche.

— Dieu m'est témoin, dit-il, que je suis navré de vous affliger ainsi ; mais, en vérité, je ne vous connais point, et c'est la première fois que je vous vois.

La femme s'affaissa sur elle-même et, couvrant son visage de ses deux mains, elle éclata en sanglots déchirants.

— Hein, la vieille, ricana John Canty, que t'avais-je dit ? Admirablement jouée, n'est-ce pas, cette comédie ! Çà, Nan, çà, Bet, voulez-vous bien ne pas rester plantées sur vos jambes devant votre prince, drôlesses éhontées ! Allons, à genoux, et plus vite que ça, graine de misère, et qu'on fasse la révérence !

Un rire sarcastique accompagna cette injonction. Les deux filles voulurent plaider timidement pour leur frère.

— Laisse-le, père, supplia Nan, il a besoin de se coucher, le repos et le sommeil lui guériront sa folie.

— Oh ! oui, laisse-le, père, appuya Bet. Il n'en peut plus. Il est plus malade que d'habitude. Il sera mieux demain et il mendiera gentiment, et il ne reviendra pas les mains vides.

Ces dernières paroles calmèrent l'hilarité de John Canty, car elles le ramenaient brusquement à la réalité de sa misère. Il se tourna avec colère vers le prince, et d'une voix brutale :

— Demain l'homme qui nous loue ce taudis viendra nous réclamer les deux pence que nous lui devons ; deux pence, entends-tu, pour une demi-année de loyer ; et si nous ne payons pas tout cet argent, on nous mettra dehors. Et c'est toi qui en seras cause, avec ta paresse à mendier, vaurien que tu es !

Le prince recula.

— Votre langage et vos gestes ne m'inspirent que dégoût, dit-il. Je vous affirme encore une fois que je suis le fils du roi.

La large paume de Canty s'était appesantie sur l'épaule du prince ; il le poussa dans les bras de la mère de Tom. Celle-ci le serra sur sa poitrine et le couvrit de son corps pour le soustraire à la pluie de gifles qui, sans elle, l'aurait accablé.

Les deux filles épouvantées s'étaient pelotonnées dans le coin. Alors la grand'mère accourut, le poing levé pour assister son fils.

Le prince s'était arraché aux bras qui le tenaient généreusement emprisonné.

— Laissez-moi, dit-il, je ne veux pas que vous ayez à souffrir pour moi. Laissez ces bêtes brutes assouvir leur fureur sur moi seul.

Les bêtes brutes ne se firent pas prier. L'exclamation du prince avait porté leur fureur au comble. Aussi abattirent-elles consciencieusement leur besogne. Le pauvre enfant passa comme une balle de main en main. Quand il ne lui resta plus une place sur le corps qui n'eût été criblée de coups, ce fut le tour des filles, puis celui de la mère, et elles payèrent toutes trois avec usure la sympathie qu'elles avaient montrée pour la victime.

— Et maintenant, rugit Canty, tout le monde au lit. La farce est jouée !

Il souffla la chandelle, et chacun fit silence. Quelques instants après, des ronflements sonores annoncèrent que le chef de la famille et sa mère cuvaient leur boisson.

Les deux jeunes filles se glissèrent auprès du prince et le couvrirent tendrement de paille et de haillons pour réchauffer ses membres meurtris et glacés. La mère de Tom rampa aussi jusqu'à lui, écarta doucement les cheveux qui lui couvraient le visage, le baisa au front en pleurant tout bas, et en lui murmurant à l'oreille des paroles de pitié entrecoupées de grosses larmes qui lui tombaient sur les joues. Elle tenait caché dans sa main un croûton qu'elle lui apportait; mais la douleur avait ôté tout appétit au fils infortuné de Henri VIII, et d'ailleurs il ne se sentait aucune envie pour ce pain noir, rassis, sale et écœurant.

Il se montra toutefois très touché du courage qu'avait eu les pauvres femmes en prenant sa défense et de la commisération qu'elles lui témoignaient. Il les remercia en termes nobles et princiers et leur donna la permission de se retirer, en les priant de bannir leurs soucis. Et il ajouta que le roi son père ne laisserait point sans récompense ce loyal dévouement et ces charitables marques de soumission.

Ce retour à la folie serra plus que jamais le cœur de la malheureuse mère; elle enlaça le prince de ses bras, le combla de baisers, puis, suffoquée par ses larmes, elle regagna son lit, en s'aidant des pieds et des mains pour ne faire aucun bruit.

Accablée de tristesse, elle se livra aux plus sombres réflexions. Cependant, petit à petit, un doute étrange surgit dans sa pensée. Elle se demanda s'il n'y avait point dans cet enfant qu'on venait de maltraiter si cruellement sous ses yeux je ne sais quoi d'indéfinissable qui avait jusque-là manqué à Tom Canty, qu'il fût sain d'esprit ou fou.

Elle ne pouvait préciser ce qu'elle pressentait, elle ne pouvait dire au juste ce que c'était, et pourtant son instinct de mère percevait, discernait quelque chose.

Si cet enfant n'était pas son fils, après tout? Certes, la supposition était absurde. Elle ne pouvait s'empêcher d'en rire, quels que fussent son affliction et son trouble; mais c'est égal, elle ne pouvait se résoudre à repousser complètement cette idée qui hantait son cerveau. C'était une de ces idées qui poursuivent l'esprit, l'obsèdent, le harcèlent, se cramponnent sous l'arcade sourcilière, et ne se laissent déloger à aucun prix.

A la fin, la pauvre mère n'y tint plus, elle comprit qu'elle n'aurait de trêve et de cesse qu'à la condition d'avoir établi par une preuve irréfragable, irréfutable, hors de tout conteste, que cet enfant était ou n'était pas son fils; elle se persuada qu'il n'y avait pas d'autre moyen de bannir ce doute affreux qui l'envahissait de plus en plus.

Oui, c'était bien là le vrai, le seul remède qui lui restât pour sortir de cette poignante incertitude.

Alors elle mit son esprit à la torture. Quel était le signe infaillible auquel elle reconnaitrait Tom? Problème plus facile à poser qu'à résoudre. Elle passa successivement en revue tous les indices qui eussent pu lui fournir le dernier mot de cette navrante situation; mais elle se vit obligée de les écarter l'un après l'autre, car aucun d'eux n'était absolument sûr, absolument parfait, et il lui fallait un témoignage qui ne laissât prise à aucune objection.

En vain elle se creusait la tête, en vain elle déshabillait Tom dans sa pensée et parcourait anxieusement tout son corps, le palpant en quelque sorte; en vain elle se représentait sa tournure, ses gestes accoutumés : elle ne trouvait rien qui lui donnât satisfaction. Elle en arriva bientôt à se dire qu'il était inutile de chercher plus loin, qu'il fallait y renoncer.

Au moment où elle allait prendre cette résolution découragée, elle entendit le souffle régulier de l'enfant qui s'était endormi. Elle écouta, et il lui sembla que ce souffle, produit par un retour normal à intervalles égaux des phénomènes d'inhalation et d'exhalation, était entrecoupé de petites saccades, de légers cris étouffés comme ceux que l'on pousse quand on a le cauchemar. Le hasard venait enfin de la mettre sur la voie.

Elle se dressa sur son séant, agitée, fiévreuse, et sortit de son lit avec un redoublement de précaution. Et tandis qu'elle rampait vers la table où était la chandelle éteinte, elle se disait :

— Pourquoi cela ne m'est-il pas revenu plus tôt? Oui, je me souviens parfaitement qu'un jour, quand il était tout petit, un peu de poudre lui éclata au visage et faillit l'aveugler, et que depuis ce moment on ne l'a jamais brusquement arraché à ses rêves ou à ses pensées, sans qu'il ait, comme il fit alors, couvert ses yeux de la main, non comme tout le monde avec la paume en dedans, mais toujours avec la paume en dehors ; je l'ai vu cent fois, et cela n'a jamais manqué. Ah ! je saurai bien à quoi m'en tenir maintenant !

Elle avait atteint la chandelle, l'avait allumée, avait caché la flamme avec sa main et était arrivée auprès du petit prince.

Doucement, avec une extrême circonspection, elle se pencha sur lui, retenant sa respiration et tremblant d'émotion et de peur. Puis, tout d'un coup, elle fit passer la lumière sur ses yeux et donna avec l'articulation du doigt deux coups secs sur le parquet.

Le dormeur ouvrit les paupières, promena autour de lui un regard inconscient et se rendormit. Il n'avait pas remué la main.

La pauvre femme demeura frappée de stupeur ; son sang se glaçait dans ses veines ; elle fit un violent effort pour se contenir, rampa un peu à l'écart et s'abima dans ses pensées.

L'expérience avait échoué. Mais la folie de Tom n'avait-elle pas eu pour effet de lui faire perdre toutes ses habitudes passées, jusqu'à ses tics mêmes ? Cela était-il possible ? Elle y crut un moment, mais aussitôt après le doute l'étreignit plus cruellement.

— Non, dit-elle, si sa tête est folle, ses mains ne le sont point ; il ne se peut pas qu'il ait d'un instant à l'autre perdu ce mouvement instinctif, qui lui était familier depuis tant d'années. Ah ! que je suis malheureuse et quelle rude épreuve !

Toutefois l'espoir n'était pas moins opiniâtre que le doute. Elle ne pouvait se décider à accepter la première expérience comme décisive. L'avait-elle bien faite ? Ne valait-il pas mieux recommencer ? Il était clair que si elle n'avait pas réussi, il y avait eu accident, précaution mal prise, peut-être même n'avait-elle pas exactement observé.

Elle arracha l'enfant à son sommeil une deuxième fois, une troisième fois. Le résultat fut le même : il remuait les paupières, les yeux, la tête ; il ne remuait pas les mains.

Alors elle se traina jusqu'à son lit, éperdue, affolée, n'osant plus penser, et elle s'endormit ainsi, tandis que ses lèvres murmuraient :

— Mais je ne puis pourtant pas renier mon fils ; non, non, cela ne se peut pas ; c'est lui, ce doit être lui !

Le prince, de son côté, une fois qu'il avait cessé d'être un sujet sur lequel la pauvre mère de Tom Canty étudiait les phénomènes de la sensibilité visuelle, s'était replongé dans ce profond repos que goûte un enfant de son âge, même après les plus violentes secousses. Plusieurs heures s'écoulèrent ainsi. Petit à petit toutefois il sortit de sa léthargie, et, se soulevant sur le coude, il appela à mi-voix :

— Sir William !

Puis au bout d'un moment :

— Holà ! Sir William Herbert ! Approchez ! Ecoutez l'étrange rêve que j'ai fait. Sir William, m'entendez-vous ? J'ai rêvé que l'on m'avait changé en pauvre, et que... Holà ! gardes ! Sir William ! Quoi ! personne ici, pas même de chambellan de service ! Ah ! cela ne saurait se passer ainsi ; je...

— Qu'as-tu ? dit une voix douce tout près de lui, qui appelles-tu ?

— Je demande sir William Herbert. Qui êtes-vous ?

— Moi ? qui je suis ? Mais... ta sœur Nan. Ah ! c'est vrai, Tom, j'avais oublié, tu es fou, pauvre petit, tu es toujours fou, je n'aurais pas dû t'éveiller. Mais tais-toi, je t'en supplie, ou nous allons tous être battus à mort.

Le prince s'était dressé sur son séant ; il était pâle et hagard. Les souffrances que lui causaient ses meurtrissures le rappelèrent à la réalité. Il se laissa retomber sur sa paille infecte, en gémissant :

— Hélas ! Ce n'était donc pas un rêve !

Alors tous les tourments qu'il avait endurés depuis la veille, et que le sommeil lui avait un moment fait oublier, revinrent en foule à son esprit : il se rendit compte de l'horreur de son sort, et il comprit qu'il n'était plus le prince, choyé dans son palais, adoré par toute une nation; il sentit qu'il n'était désormais qu'un pauvre, un misérable, un de ceux que la société rejette de son soin, un meurt-de-faim, un va-nu-pieds vêtu de haillons; il vit qu'il était enfermé dans un antre de bêtes sauvages, accouplé à des mendiants, à des voleurs.

En même temps il perçut un bruit confus d'exclamations, de rixes et de cris qui lui paraissait monter dans l'escalier et s'approcher de la chambre où il était couché. Soudain, plusieurs coups précipités ébranlèrent la porte. John Canty cessa de ronfler, se frotta les yeux et demanda :

— Hein! Qu'est-ce qu'il y a? Qu'est-ce que vous voulez?

Une voix du dehors répondit :

— Sais-tu qui tu as assommé?

— Non; qu'est-ce que cela peut me faire?

— Tu changeras de ton quand tu sauras qui. Gare à ton cou! Si tu ne veux pas tirer la langue tout à l'heure, file au plus vite. L'homme est en train de rendre l'âme. C'est le Père André!

— Hein! ça va mal alors Dieu nous fasse merci, s'exclama Canty.

D'un saut il fut debout, d'un cri il éveilla sa famille.

— Allons, qu'on se ramasse, commanda-t-il; j'ai tout juste le temps de tirer mes grègues. Eh bien! va-t-on rester là et se laisser prendre et pendre comme des imbéciles?

Cinq minutes après, toute la tribu des Canty était dans la rue et cherchait son salut dans la fuite. John tenait le bras du prince serré dans sa main comme dans un étau et l'entraînait derrière lui dans l'allée ténébreuse, tandis qu'il lui criait à mi-voix, en manière d'avertissement :

— Tiens ta langue, fou de malheur, et ne va pas nommer notre nom. J'en veux prendre un autre tout neuf pour faire perdre ma piste aux chiens de justice qu'on va lâcher à nos trousses. Tiens ta langue, ou gare à toi !

Puis, s'adressant aux femmes :

— Si nous sommes coupés, le rendez-vous est à London Bridge ; le premier arrivé à la boutique du drapier qui est sur le pont attendra les autres ; de là nous fuirons ensemble jusqu'à Southwark.

Tout à coup ils débouchèrent en pleine lumière, au milieu de la multitude massée au bord du fleuve.

La populace chantait, dansait, criait. Les feux de joie allumés de distance en distance le long de la Tamise, en aval et en amont, formaient un cordon flamboyant qui, de part et d'autre, se prolongeait à l'horizon à une distance infinie. London Bridge était illuminé, Southwark Bridge aussi; le fleuve ressemblait à une mer phosphorescente où couraient, en tous sens, des feux-follets de cent couleurs diverses; à chaque instant on entendait les explosions des feux d'artifice partant sur vingt points à la fois, lançant, à une hauteur prodigieuse, leurs gerbes splendides qui se mêlaient, se croisaient et retombaient en pluie épaisse d'étoiles éblouissantes, bleues, vertes, rouges, faisant la nuit plus lumineuse que le jour. Les groupes allaient et venaient par milliers, bras dessus, bras dessous, se pressant, se poussant et hurlant à tue-tête. Tout Londres était sur pied.

John Canty lança deux ou trois jurons qui traduisaient sa fureur et commanda de battre en retraite ;

mais il était trop tard. En un clin d'œil toute la tribu fut engloutie dans la ruche humaine, qui s'ouvrit pour se refermer aussitôt sur eux.

En même temps, ils se trouvèrent séparés les uns des autres.

Cependant Canty retenait toujours le prince comme eût fait un oiseau de proie dans sa serre. Le cœur du pauvre enfant battait d'espérance, car il venait d'entrevoir une possibilité d'évasion.

En ce moment, un gros batelier, qui dépassait tout le monde de la tête et que les fréquentes libations avaient sans doute porté au suprême degré de l'irritabilité, trouva que Canty jouait un peu trop des coudes pour se frayer un passage. Il lui posa l'une de ses énormes pattes d'ours sur l'épaule, et d'un ton goguenard :

— Tu es donc bien pressé, toi ! dit-il. Il faut que tu aies l'âme bourrelée de bien male besogne pour vouloir t'en aller d'ici, quand tous les loyaux sujets du Roi font liesse et bombance.

— Je fais ce que je fais, cela ne te regarde pas répondit Canty brutalement. Lâche-moi, laisse-moi passer.

— Ah! c'est comme ça que tu le prends; tu te fâches quand tout le monde rit : eh bien! nous allons voir; tu ne passeras point avant d'avoir bu à la santé du prince de Galles.

En disant ces mots, le batelier lui avait barré le passage.

— Soit! Qu'on me donne la coupe, et qu'on fasse vite.

Une vingtaine d'individus s'interposèrent.

— La coupe d'amour ! la coupe d'amour ! cria-t-on la coupe d'amour au drôle impudent, ou qu'on le jette en pâture aux poissons !

Alors on apporta avec cérémonie un grand pot d'étain à deux anses, dit *coupe d'amour*. Le batelier saisit l'une des anses de la main droite et, feignant de porter sur l'autre bras une serviette, il présenta le pot à Canty qui, suivant l'antique usage, devait, pour faire preuve de sincère fraternisation, prendre d'une main l'autre anse, et de sa seconde main soulever le couvercle.

Grâce à ce double mouvement, le prince se trouva libre. Il ne perdit pas le temps, plongea sous les jambes de ceux qui l'entouraient et disparut. Une minute après, il eût été tout aussi difficile de le retrouver dans cet océan humain que d'aller chercher une pièce de six pence (1) au fond de l'Atlantique.

Il ne fut pas long à s'en convaincre. Aussi ne s'occupa-t-il plus que de lui-même, sans se soucier de ce qu'était devenu John Canty. Il lui vint également à l'esprit une autre idée. Il se dit qu'en ce moment un faux prince de Galles recevait à sa place les honneurs et les acclamations qui lui étaient dus à lui, Edouard Tudor. Il n'eut pas beaucoup de peine à se persuader que cet imposteur était Tom Canty, le petit pauvre qui avait impudemment mis à profit l'occasion inouie offerte à son audace.

Il n'y avait en conséquence qu'une seule chose à faire : c'était de chercher le chemin de Guildhall, de courir à l'hôtel de ville de la Cité, où avait lieu le banquet du lord maire et des aldermen, de se faire reconnaître et de dénoncer l'usurpateur.

— Il sera laissé à Tom Canty, se dit le prince, le

(1) Petite pièce d'argent, valant soixante centimes et ayant le module d'une pièce française de cinquante centimes.

temps raisonnablement nécessaire pour remplir ses devoirs religieux ; après quoi, il sera pendu, roué, écartelé, suivant la loi en vigueur pour les cas de haute trahison.

CHAPITRE XI

A GUILDHALL.

La barque royale, escortée par sa brillante flottille, descendit majestueusement la Tamise, en traversant la forêt de bateaux illuminés. L'air était chargé de sons harmonieux ; les feux allumés au bord du fleuve le rayaient de leurs fauves reflets. Au loin, la Cité semblait se coucher dans une nuée de gloire. Au-dessus de ses maisons et de ses édifices flottaient de blancs panaches de fumée ou se dressaient tout à coup, pour disparaître aussitôt, des aigrettes lumineuses qu'on eût prises de loin pour des lances chargées des plus fines pierreries. A mesure que le cortège nautique avançait en replis onduleux, la multitude saluait son passage par des hourrahs ininterrompus; les pièces d'artifice lançaient leurs bouquets éblouissants, les canons tonnaient de proche en proche.

Pour Tom Canty, enseveli dans ses coussins de soie, ces embrasements, ces accords, ces clameurs présentaient un spectacle inouï, inoubliable, merveilleux. Pour ses deux petites amies, à ses côtés, la princesse Elisabeth et lady Jane Grey, tout cela était insignifiant.

Arrivé à Dowgate, qui était la porte de la Cité, la

flottille fut remorquée le long du canal de Walbrook (couvert depuis deux siècles, et aujourd'hui complètement bâti), jusqu'à Bucklersbury. Elle passa devant une rangée de maisons dont toutes les fenêtres étaient pavoisées et éclairées, puis sous des ponts que le poids de la foule menaçait de faire effondrer, et s'arrêta enfin dans un bassin, à l'endroit où est maintenant Barge Yard, au centre de l'ancienne Cité de Londres. Tom mit pied à terre, et suivi de la splendide procession, il traversa Cheapside, Old Jewry, Basinghall Street, et fit halte devant Guildhall.

Tom et les petites princesses furent reçus, avec le cérémonial accoutumé, par le lord maire et les anciens de la Cité, en robes d'écarlate, avec la chaine d'or au cou. On les conduisit sous un dais magnifique, élevé sur une estrade au bout de la grande salle. Devant eux marchaient les hérauts chargés de faire les proclamations, puis le massier et le porte-glaive de la Cité. Les lords et les ladies qui faisaient partie de la suite de Tom et des princesses prirent place derrière eux.

Au bout de la table d'honneur était dressée une autre table moins haute, où s'assirent les grands dignitaires de la Cour et les autres convives de naissance noble, avec les notables de la Cité; les membres de la Chambre des communes étaient rangés devant une multitude de petites tables, dans la partie basse de la salle. Du haut de leur immense piédestal, les deux géants Gog et Magog, antiques gardiens de la Cité, contemplaient avec bienveillance cette foule illustre qui s'agitait à leurs pieds, et semblaient sourire à la vue d'un spectacle tant de fois renouvelé pour eux depuis les générations les plus éloignées. Il y eut une sonnerie de cors, puis une proclamation ; puis un gros sommelier se montra au haut d'un juchoir encastré dans le mur de gauche, et descendit de cette espèce de chaire, suivi par une armée de serviteurs et d'officiers de cuisine, qui portaient, avec une solennelle gravité, le royal chevalier de l'Aloyau, *Sir Loin*, fumant et prêt à être dépecé.

Quand le chapelain eut dit le bénédicité, Tom, averti par lord Hertford, se leva, et toute la salle imita son exemple. Il prit une grande coupe d'amour en or massif, qu'il tenait d'une main, tandis que la princesse Elisabeth touchait délicatement l'autre anse, puis il but lentement. Après quoi il passa la coupe à lady Jane, qui la passa à son tour à son voisin. Lorsque la coupe eut circulé dans toute l'assemblée, le banquet commença.

A minuit l'animation était au comble. Alors on vit un de ces spectacles pittoresques qui étaient tant admirés à cette époque :

L'assistance ayant laissé au milieu d'elle un espace vide, on introduisit cérémonieusement un baron et un comte habillés à la turque, en longues robes d'étoffe orientale brochée d'or, avec de grands chapeaux de velours cramoisi galonnés d'or. Ils portaient à la ceinture deux sabres appelés cimeterres, suspendus à de larges baudriers d'or. A leur suite venaient un autre baron et un autre comte en grandes robes de satin jaune rayées par le milieu d'une bande de satin blanc, laquelle était rayée elle-même d'une bande de satin cramoisi, à la mode de Russie; ils avaient des chapeaux de feutre gris et des souliers à la poulaine, c'est-à-dire terminés en pointe recourbée d'un demi-pied de long. Ils tenaient, l'un et l'autre, une hache à la main. Derrière eux s'avançaient un chevalier, puis le lord grand-amiral accompagné de cinq gentilshommes en pourpoint de velours cramoisi, fortement échancré dans le dos et sur la poitrine, et lacé par devant avec des chaînettes d'argent. Ils portaient aussi, négligemment jeté sur les épaules, une espèce de manteau en satin cramoisi; leur chapeau était orné de plumes de faisan et pareils à ceux des danseurs de l'époque. Leur costume était taillé à la mode de Prusse. Une centaine de porte-torches formaient la haie. Ils étaient vêtus de satin vert et cramoisi, et ils étaient noirs comme des Maures. Les porte-torches précédaient la *Mommarye* ou mascarade, qui fit irruption en chantant. Elle était guidée par les musiciens déguisés qui marquaient le pas. A ce signal, toute l'assemblée, lords et ladies, gentilshommes et dames nobles, notables et dignitaires, entra en mouvement. La gravité qui avait régné jusqu'alors fit place à une sauterie générale, où chacun rivalisait de gaieté et d'entrain.

Tom, assis sur un siège plus élevé que les autres, contemplait avec des yeux émerveillés le pêle-mêle gracieux de la danse. Il se laissait aller à toute sa joie en voyant se dérouler, dans le tournoiement des couleurs d'un kaléidoscope, les figures savamment réglées par les musiciens.

Pendant ce temps, le vrai prince de Galles, qui était dehors dans la rue, faisait, tout vêtu de haillons, un véritable vacarme à la porte de Guildhall pour se frayer un passage. Il proclamait ses droits et ses griefs, dénonçait l'imposteur, menaçait de mort quiconque lui résistait.

La populace était en proie à un véritable délire.

Jamais on n'avait vu chose pareille. On se pressait, on s'étouffait; tous les cous étaient tendus pour voir le petit tapageur qui prenait ouvertement le rôle de séditieux. On l'accablait d'insultes, de moqueries; on l'excitait pour le rendre plus furieux. Les larmes tremblaient dans ses yeux; mais il tenait tête à la foule ignoble et lui lançait, avec un air imposant, des regards de défi qui la faisaient reculer.

— Je vous dis, tas de chiens, s'écriait-il, que je suis le prince de Galles. Et quelque abandonné que je sois ici, sans trouver personne qui me prête aide en mon péril, et me soutienne en parole ou en action, encore maintiendrai-je mon droit et ne bougerai-je point.

— Prince ou non, cela m'est égal, mais tu es brave, et tu ne dis pas vrai quand tu te crois sans amis. Me voici à tes côtés pour te le prouver à toi et aux autres. Et tu pourrais, par ma foi, trouver un ami moins sûr que Miles Hendon. Donc ne flageole point des jambes, petit, donne un peu de répit à ta mâchoire, et laisse-moi haranguer ces aboyeurs dans le langage qu'ils entendent.

Celui qui parlait ainsi était une espèce de don César de Bazan, dont le costume, l'air et la tournure faisaient ressortir la haute taille, les membres musculeux et la robuste charpente. Son pourpoint et son haut-de-chausse étaient d'étoffe riche, mais usés et montrant la corde, n'ayant plus que par endroits des restes de galons d'or terni et des lambeaux de dentelle effilée; sa fraise était chiffonnée et déchirée; la plume de son chapeau rabattu sur les yeux était brisée, délavée, et offrait un aspect lamentable; il avait au côté une longue rapière dont le fourreau de fer était tout rouillé. Son allure, son accoutrement trahissaient un de ces chevaliers de fortune, toujours prêts aux coups de main.

L'allocution de ce personnage fantastique fut accueillie par une explosion de cris et de clameurs.

— Ah! ah! C'est un prince au moins celui-là, ricanaient les uns.

— Gare à toi, raillaient les autres, il va mordre.

— Vois donc ses yeux. Il y va tout de bon, hein!

— Enlevez le petit! A l'eau l'ourson!

Une main avait saisi le prince. Mais au même instant Miles Hendon avait tiré sa grande rapière. Un formidable coup de plat de lame étendit l'audacieux sur le sol.

Alors ce fut un concert horrible de vociférations :

— A mort, le chien enragé! à mort! à mort!

La populace avait enfermé l'étranger dans un cercle qui se resserrait de minute en minute. Lui, adossé à un mur, brandissait son énorme latte de fer et faisait le moulinet. Quiconque approchait de trop près recevait un horion d'estoc ou de taille qui le mettait hors de combat.

Cependant la marée montait; la foule, exaspérée, se ruait avec une fureur acharnée sur le champion du petit prince. La lutte était trop inégale pour pouvoir durer longtemps, et la perte du valeureux Hendon et de son protégé semblait inévitable.

Tout à coup, une sonnerie de *trompettes* paralysa les assaillants. Une voix impérieuse cria : « Place au messager du Roi! » Une troupe de cavaliers chargea la foule et l'éparpilla. L'étranger, profitant de l'éclaircie, avait pris le prince dans ses bras et l'avait soustrait à ses agresseurs.

Presque au même moment, dans la salle de Guildhall, masques et danseurs étaient changés en statues. Le cor avait retenti. Un murmure d'étonnement avait succédé, puis tout était rentré dans le silence. L'assemblée, debout, inquiète, attendait. Alors une voix lente, grave, solennelle, prononça ces paroles :

— Le Roi est mort !

Toutes les têtes s'inclinèrent. Il y eut quelques instants d'immobilité. Ensuite tous les assistants tombèrent à genoux, toutes les mains se tendirent vers Tom ; un seul cri partit de toutes les poitrines et ébranla le salle :

— Vive le Roi !

Le pauvre Tom, plus stupéfait que tous ceux qu'il voyait prosternés devant lui, promena vaguement ses regards éperdus dans l'immense enceinte ; puis ses yeux s'arrêtèrent, indécis et rêveurs, sur les deux princesses et sur le comte de Hertford, humblement agenouillés, eux aussi.

Soudain son visage rayonna. Il se pencha vers lord Hertford, et lui dit tout bas :

— Répondez-moi sincèrement sur votre foi et votre honneur. Si je donne ici un commandement, tel que le Roi seul a privilège et prérogative d'en donner, ce commandement sera-t-il obéi, et n'y aura-t-il personne qui se lèvera pour me dire : Non ?

— Personne ici, personne dans tous vos royaumes. En vous, Sire, réside la majesté de l'Angleterre. Vous êtes le Roi. Votre volonté seule fait loi.

Tom se redressa, et d'une voix ferme et forte :

— Eh bien, dit-il avec animation, la loi sera, d'ores en avant, une loi de merci, elle ne sera plus une loi de sang. Levez-vous, mylord, et allez porter à la Tour le décret du Roi que voici : Le duc de Norfolk ne mourra pas.

Il y eut un tressaillement dans toute l'assemblée. Les paroles de Tom volèrent de bouche en bouche. Lord Hertford s'était levé ; il se dirigea vers la porte pour exécuter l'ordre royal.

Un immense cri de joie retentit dans Guildhall :

— Le règne du sang a cessé. Vive Edouard, roi d'Angleterre !

CHAPITRE XII

MILES HENDON.

Échappés à la populace, Miles Hendon et le petit prince descendirent, en courant, les ruelles et les passages étroits qui conduisaient à la Tamise. Ils arrivèrent ainsi sans encombre jusqu'aux abords de London Bridge, où ils se trouvèrent de nouveau devant un océan humain. Ils n'hésitèrent point à s'y plonger, tandis que Hendon serrait dans sa main de fer la petite main du prince qui était maintenant le roi.

L'étonnante nouvelle s'était répandue comme une traînée de poudre. Le pauvre enfant l'apprit de cent mille bouches à la fois.

« Le Roi est mort! » Ce cri, qui dominait toutes les rumeurs, lui glaça le sang dans les veines; il lui sembla que son âme se brisait et que la terre s'entr'ouvrait sous ses pas.

Qui pouvait mieux que lui ressentir toute l'étendue de cette perte? Qui pouvait en être plus affligé? Le sombre tyran, objet d'horreur et d'effroi pour tout son peuple, n'avait-il pas été toujours tendre et généreux pour son fils?

Les larmes lui montèrent aux yeux; il ne vit plus rien, et pendant un moment il se crut perdu, abandonné des hommes et de Dieu.

Cependant, lorsqu'il eut entendu, dans la nuit qui

l'entourait, retentir un autre cri non moins sonore que le premier, lorsque les cent mille bouches eurent répété : Vive le roi Edouard VI! alors il se réveilla subitement de sa torpeur, ses yeux brillèrent d'un éclat inaccoutumé, il tressaillit, mais, cette fois, c'était d'orgueil; et, redressant la tête, ivre de bonheur, comme s'il eût en cet instant même pris possession de son sceptre et de sa couronne, il s'exclama : JE SUIS LE ROI!

Personne n'y fit attention, pas même Miles Hendon, qui frayait lentement son chemin à travers la foule massée sur le pont.

London Bridge, qui datait déjà alors de six siècles, n'avait cessé d'être, à toutes les époques, l'endroit le plus passant, le plus tumultueux de Londres. On y voyait un fouillis, un entassement d'hommes et de choses, boutiques et boutiquiers, marchands et marchandises, dont la file allait d'une rive du fleuve à l'autre. On eût dit une ville dans la ville même; le pont avait son hôtellerie, ses cabarets, ses boulangeries, ses échoppes de mercier, ses marchés de victuailles, ses usines, jusqu'à son église. Il regardait de haut ses deux voisins, Londres et Southwark, qui, grâce à lui, pouvaient se rejoindre, comme s'ils n'eussent eu, — par rapport à lui, — que l'importance insignifiante de quartiers suburbains.

London Bridge formait en quelque sorte une corporation fermée ; une cité étroite, composée d'une seule rue d'un cinquième de mille en longueur, avec une population à peine égale à celle d'un village, et où tout le monde se connaissait de père en fils, quoique chacun y fût maître chez soi.

London Bridge avait son aristocratie représentée

par les vieilles familles de bouchers, de boulangers et autres gens de métier, qui avaient demeuré là depuis six cents ans, qui connaissaient sur le bout du doigt la grande histoire du pont et ses merveilleuses légendes, qui avaient leur langage à eux, leur manière de penser à eux, leur tournure à eux, leurs convictions à eux, leur démarche à eux, leurs prétentions à eux. Population aux idées étroites comme l'espace où elle se parquait volontairement, ignorante par défaut intentionnel de contact avec le reste du genre humain, et conséquemment éprise d'elle-même au delà de toute conception. On y naissait, on y grandissait, on y vieillissait, on y mourait sans avoir jamais mis le pied sur aucun autre point du globe.

Il était donc fort naturel que, pour les autochtones de London Bridge, l'interminable procession qui se mouvait nuit et jour dans leur rue unique, les bruits et les cris confus qui l'emplissaient, les mugissements et les bêlements des troupeaux qui y vaguaient parmi les promeneurs, le piétinement sourd et monotone des allants et venants, fussent les seules choses au monde dignes d'intérêt, comme ces autochtones eux-mêmes étaient, à leurs propres yeux, les seuls êtres de la création dont on eût à s'occuper.

Cet orgueil éclatait surtout les jours où un roi, un grand personnage donnait une fête nautique. Alors tout London Bridge était à ses fenêtres, et certes il n'y avait point d'observatoire dans tout Londres d'où l'on pût voir, contempler, admirer, dominer mieux les cortèges qui se déroulaient, les barques qui se croisaient et les démonstrations de joie et d'ivresse publiques qui se prodiguaient.

Quiconque était né sur le pont et y passait sa vie

se trouvait partout ailleurs désorienté, dépaysé, ennuyé. L'histoire parle d'un individu qui s'avisa de quitter London Bridge quand il avait soixante-onze ans et voulut aller planter ses choux à la campagne. Mal lui en prit, car il ne fit que remuer, s'agiter dans son lit, il ne pouvait dormir, il avait le sommeil agité, tourmenté, lourd, accablant. Quand il fut à bout d'efforts, il courut au vieux gîte, comme eût fait un voleur qu'on poursuit ; il était pâle, hagard, il ressemblait à un spectre. Mais à peine eut-il repris ses anciennes habitudes, son ancien train de vie, que le calme lui revint et lui ramena ses rêves de bonheur, au doux murmure de l'eau qui clapotait sous les arches du pont, dont le tablier tremblait et bondissait et craquait avec un fracas pareil à celui du tonnerre.

Au temps dont nous parlons, London Bridge n'était pas seulement intéressant, il était aussi instructif, car il n'était pas rare d'y trouver à l'un ou à l'autre bout la tête livide et sanglante de quelque haut personnage que l'on offrait en spectacle pour donner au peuple une notion sensible de la justice et de la puissance royales.

Mais laissons là ces digressions.

Hendon habitait, depuis quelques jours, la petite hôtellerie du pont. Il venait d'arriver avec le petit roi à la porte de son logis, quand une voix l'arrêta brusquement :

— Ah ! te voilà enfin. Je te jure bien que tu ne nous feras plus attendre à l'avenir, et si tu peux apprendre quelque chose à avoir les os rompus et broyés, je te garantis que tu n'auras rien perdu à patienter.

En disant ces mots, John Canty avait empoigné le roi.

Miles Hendon s'interposa, et d'une voix ferme :

— Pas si vite, l'homme, dit-il. Tu es passablement rude, ce me semble. Que lui veux-tu à cet enfant ?

— Je pourrais te demander à toi-même de quoi tu te mêles, puisqu'il est mon fils.

— Vous mentez, cria le roi avec exaltation.

— Bien répondu, repartit Hendon. Je te crois, que ta pauvre tête soit fêlée ou non. Je ne sais si ce misérable est ton père, et ne veux point le savoir ; mais je garantis qu'il n'aura point l'occasion de te maltraiter, comme il t'en menace, si tu veux rester avec moi.

— Oh ! oui, oui ; je ne le connais pas, je le hais, et je mourrai plutôt que de le suivre.

— Voilà qui est convenu, et il n'y a pas un mot à ajouter.

— C'est ce que nous verrons bien, s'écria John Canty, en passant devant Hendon pour saisir l'enfant de gré ou de force.

— Si tu le touches, ignoble brute, je t'embroche comme une oie, riposta flegmatiquement le sauveur du roi.

Et, appuyant ces paroles d'un geste énergique, il mit la main sur la poignée de sa rapière.

Canty recula.

— Fais bien attention à ceci, continua Hendon, j'ai pris cet enfant sous ma protection, quand un tas de va-nu-pieds comme toi allaient le maltraiter et peut-être le tuer. Crois-tu que je veuille l'abandonner comme cela, pour le livrer à un sort plus cruel ? Que tu sois son père ou non — et tout me dit que tu mens — il vaudrait mieux pour lui mourir tout de suite que de tomber entre les mains d'un monstre comme toi. Donc passe ton chemin, détale au plus vite, car je n'aime pas qu'on barguigne, n'étant point patient de ma nature.

John Canty s'éloigna en montrant le poing et en accablant le roi et son sauveur d'affreuses malédictions. Un instant après, il était entraîné par le tourbillon des passants.

Hendon descendit trois marches et se trouva avec son protégé dans sa chambre, où il commanda à souper. C'était une petite pièce, pauvre et délabrée, n'ayant pour tout mobilier qu'une misérable couchette, une vieille table et quelques chaises branlantes ou boiteuses.

Le roi se traîna jusqu'au lit et se laissa tomber sur le grossier matelas, épuisé de fatigue et de faim. Il était sur pied depuis le matin; il avait été battu plusieurs fois; il avait subi les plus cruelles émotions, les plus terribles angoisses, et, maintenant que la nuit était close, il se sentait d'atroces tiraillements d'estomac, car il n'avait rien mangé depuis sa sortie du palais.

Les yeux appesantis, il succombait au sommeil.

— Eveillez-moi, je vous prie, dit-il, quand la nappe sera mise.

Et il s'endormit en achevant ces paroles.

Un sourire éclaircit le front de Hendon. Il se dit :

— Par la messe, le petit mendiant prend ses quartiers en maître ; il usurpe mon lit avec une naïveté et un sans-gêne qui feraient croire qu'il commande ici. Il s'installe, s'étend et s'endort, sans même dire s'il vous plaît ni avec votre permission. Sous ses haillons sordides il a des airs charmants, et quand il soutenait qu'il était le prince de Galles, il était si fier que c'était à croire qu'il l'était en effet. Pauvre petit rat aux abois ! Il aura sans doute été tellement traqué qu'on l'aura détraqué. Eh bien, je serai son ami, moi. Je l'ai sauvé, je me suis tout d'un coup attaché à lui. Qui ne l'aimerait point, le petit gredin ? Comme il a la langue bien pendue. Et quel air martial il prenait quand il toisait l'ignoble tourbe ameutée contre lui ; et comme il les défiait superbement du regard et du geste ! Comme il est doux, gentil et beau, maintenant que le sommeil a chassé ses tourments et ses peines ! Je l'élèverai, je le guiderai, je serai son grand frère, j'aurai soin de lui, je le protégerai, je le défendrai contre tous, et malheur à qui le menace ou lui veut du mal ! Quand on me brûlerait vif, je tiendrais tête pour lui à l'univers tout entier !

Il s'inclina sur l'enfant et le contempla avec tendresse et avec pitié, tandis qu'il lui caressait doucement les cheveux, et de sa large main écartait les boucles soyeuses pour mieux l'admirer.

Un léger tressaillement plissa le front du roi.

— Si je le laisse là, murmura Hendon, tout découvert comme il est, il risque de prendre froid et de gagner des rhumatismes, pauvre petit. Que faire ? Je l'éveillerais, si je le couchais comme il faut ; il a tant besoin de sommeil !

Il regarda tout autour de la chambre, cherchant des yeux une couverture qu'il ne trouva pas. Alors il ôta son pourpoint dont il enveloppa l'enfant.

— Je suis habitué, moi, dit-il, aux morsures du froid et à la simplicité des costumes. J'en serai quitte pour me glacer un peu.

En disant ces mots, il arpenta vivement le parquet de long en large pour maintenir la circulation du sang. En même temps il poursuivait son monologue.

— Il se croit le prince de Galles en sa folie; ce serait curieux d'avoir ici le prince de Galles. Quand je dis le prince, je veux dire le roi, quoique sa pauvre raison se bute à la même idée, et qu'il se croie toujours le prince, quand il n'est plus question pour tout le monde que du roi... Si mon père vivait encore, si j'étais encore dans mon domaine dont je n'ai plus entendu parler depuis sept ans, nous ferions le meilleur accueil au pauvre petit, nous lui donnerions de bon cœur le gîte et le couvert; mon frère aîné Arthur aurait fait de même. Mais Hughes, mon autre frère... Ah! s'il insiste, le traître, sans foi et sans cœur, je le forcerai bien... Oui, c'est là que nous irons, et sans tarder.

Un domestique de l'auberge entra avec un plat fumant qu'il mit sur la petite table de sapin, rangea les chaises et se retira, ne se souciant point de s'attarder pour ces logeurs de peu. La porte se referma lourdement derrière lui et éveilla l'enfant, qui se redressa en sursaut et jeta dans la pièce un regard de contentement presque aussitôt changé en expression de tristesse, car il murmura, à part lui, avec un profond soupir :

— Hélas! ce n'était qu'un rêve, mon Dieu! Que je suis malheureux!

Il aperçut le pourpoint de Miles Hendon, et ses yeux attachés sur le brave homme exprimèrent toute la sincérité de son émotion : il avait compris le sacrifice qu'on venait de faire pour lui.

— Vous êtes bon, dit-il gentiment, oui, vous êtes très bon pour moi. Reprenez ce vêtement et mettez-le; vous devez avoir froid; je n'en ai plus besoin.

Il se leva et se dirigea vers la toilette, qui était dans un coin de la pièce ; puis il attendit.

Hendon était tout animé :

— Nous avons là, dit-il, en montrant la table, une excellente soupe et un bon morceau de salé, le tout bien chaud, bien savoureux, avec un coup de vin ; cela va te refaire, te réconforter, te chauffer des pieds à la tête, tu vas voir.

L'enfant ne répondit point ; il se contenta de fixer les yeux sur le géant qui lui parlait, et lui lança un regard étonné, sévère, quelque peu impatient.

Hendon se sentit troublé.

— Il te manque quelque chose? balbutia-t-il.

— Je voudrais me laver, brave homme.

— N'est-ce que cela ? Tu n'as pas besoin de demander la permission à Miles Hendon, pauvre petit. Mets-toi à l'aise, dispose de tout ce qui est ici, à ton gré et à ta guise.

L'enfant n'avait pas bougé de place ; mais il frappa deux ou trois fois le parquet du pied.

Hendon commençait à devenir perplexe.

— Dieu me garde, dit-il, je n'y comprends plus rien.

— Versez l'eau, brave homme, et ne faites pas tant d'exclamations.

Hendon eut peine à retenir un éclat de rire.

— Par tous les saints, se dit-il, voici qui est admirable.

Il s'avança avec respect et fit ce qu'on lui commandait. Puis il attendit, stupéfait, qu'on lui donnât un nouvel ordre.

— Eh bien ! Et la serviette ?

Ces mots étaient dits d'un ton sec, impérieux.

Il prit la serviette, qui était sous le nez de l'enfant, et la lui tendit sans réplique. Puis il se lava lui-même.

Pendant que Miles procédait à cette opération, l'enfant s'était assis et se disposait à manger.

Hendon termina promptement ses ablutions et prit une chaise. Il allait s'asseoir en face de son convive, quand celui-ci lui dit avec indignation :

— Arrêtez! On ne s'assied pas devant le Roi.

Ce dernier trait renversait toutes les idées de Hendon :

— Le pauvre petit! murmura-t-il, voilà sa folie qui lui revient; mais elle s'est aggravée avec le grand changement qui s'est produit dans le royaume : maintenant il croit être le Roi. La farce est bonne, pourtant il faut que je m'y prête, sinon, il m'enverrait tout droit à la Tour.

Et l'excellent homme, ravi de cette petite comédie, écarta sa chaise et se tint debout derrière le roi, s'efforçant de montrer autant de respect que de courtoisie.

Le roi mangeait de bon appétit, et se relâchant un peu de sa dignité à mesure qu'il se trouvait mieux, il manifesta le désir d'interroger celui qui le servait.

— Je crois, dit-il avec bonté, que vous vous appelez Miles Hendon, si j'ai bien compris ?

— Oui, sire, répondit Miles en s'inclinant.

Et il ajouta à part lui :

— Si je ne veux point contrarier son innocente folie, je dois lui donner gros comme le bras des noms ronflants, sire, majesté, et n'y point aller à demi, car si j'omets quoi que ce soit de mon rôle, je ferai plus de mal que de bien et je causerai du chagrin à ce cher petit malheureux.

Le roi se versa un second verre de vin qu'il avala d'un trait, puis il dit avec bienveillance :

— Je m'intéresse à vous. Contez-moi votre histoire. Vous avez l'air vaillant et noble. Êtes-vous gentilhomme?

— Nous sommes au bas bout de la noblesse, sauf le bon plaisir de Votre Majesté. Mon père est baronnet, il compte parmi les lords mineurs par fief de haubert (1). Sir Richard Hendon, de Hendon-Hall, près Monk's Holm, dans le comté de Kent...

— Ce nom m'échappe. Poursuivez...

— Mon histoire est peu amusante, sire: puisse-t-elle, à défaut de mieux, récréer quelques instants Votre Majesté. Mon père, sir Richard, est très riche; c'est un homme d'un caractère élevé et généreux. Ma mère mourut quand j'étais encore enfant. J'ai deux frères : l'ainé, Arthur, âme loyale comme mon père; l'autre, Hughes, plus jeune que moi, nature basse, inhumaine, perfide, vicieuse, sournoise, tenant du reptile. Il a été tel depuis le berceau; il était tel quand je le quittai, il y a sept ans. C'était déjà un vaurien achevé, quoiqu'il n'eût pas atteint la vingtaine. J'ai un an de plus que lui, et Arthur, deux. Nous avons aussi une cousine, Lady Edith, qui avait alors seize ans. Elle est belle, aimable et bonne. Elle est la fille d'un comte qui fut le dernier de sa race. Elle était l'héritière d'une grande fortune et d'un titre tombé en quenouille. Mon père était son tuteur. Je l'aimais et elle partageait mes sentiments; mais elle avait été fiancée, dès sa naissance, à mon

(1) Hendon fait ici allusion aux baronnets ou *barones minores*, qui étaient distincts des barons parlementaires, et non aux baronnets de création postérieure. Le fief de haubert obligeait celui qui le possédait à aller servir le souverain à la guerre, avec droit de porter le haubert ou la cuirasse particulière aux chevaliers.

frère Arthur, et sir Richard ne voulait point entendre parler de la rupture de cette promesse.

« Arthur aimait une autre jeune fille ; il nous conseilla d'attendre et d'espérer, convaincu que les événements réaliseraient tôt ou tard nos vœux. Hughes convoitait la fortune de Lady Edith, quoiqu'il affirmât qu'il était épris d'elle ; mais il avait pour coutume de dire une chose et d'en penser une autre. Son empressement auprès de ma cousine resta sans résultat. Il pouvait tromper mon père, il ne nous en imposait pas à nous. Mon père le préférait à ses deux autres fils, avait confiance en lui et croyait tout ce qu'il disait. Il était le plus jeune et ses frères ne pouvaient le souffrir ; cela suffisait, comme il arrive souvent, pour lui gagner l'attachement de notre père. Il avait, du reste, la langue mielleuse et s'entendait à merveille à mentir. J'étais vif et querelleur, quoique ma vivacité et mon emportement n'eussent de conséquences fâcheuses que pour moi-même, car je n'ai jamais rien dit ni rien fait dont j'eusse à rougir, ni commis aucun acte mauvais, aucune vilenie, qui pût souiller notre nom.

« Hughes mit mes défauts à profit, et comme Arthur avait une santé délicate, notre plus jeune frère attendait avec impatience que la mort de son aîné lui laissât le champ libre ; or, pour cela, il devait se débarrasser de moi, me faire chasser de la maison paternelle.... Mais je ne veux point, sire, entrer dans les détails de cette histoire, qui est peu digne de l'attention de Votre Majesté.... Bref, mon jeune frère manœuvra si bien qu'il grossit sournoisement mes fautes auprès de mon père et leur donna la proportion de crimes ; il poussa la méchanceté jusqu'à montrer une échelle de soie qu'il prétendait avoir trouvée dans mon appartement et qu'il y avait cachée lui-même. Mon père se laissa convaincre et crut, sur la foi de domestiques soudoyés et d'autres imposteurs, que j'avais le dessein secret d'enlever Lady Edith et de l'épouser malgré lui.

« Mon père se montra très irrité. Il me chassa de la maison et me défendit de revenir en Angleterre avant trois ans. Le seul moyen, disait-il, de faire de Miles un homme et de le ramener à de bons sentiments, c'est de l'envoyer servir à l'étranger. Je fis ainsi mes premières armes dans les guerres du continent, et cet apprentissage me valut force horions, privations et aventures de tout genre. Dans ma dernière campagne, je fus fait prisonnier, et je passai six ans dans un donjon. Grâce à mon esprit inventif et aussi à mon courage, je parvins à m'évader et j'accourus ici. Je viens d'arriver à Londres, aussi pauvre d'argent que d'habits, et ne sachant rien de ce qui s'est passé depuis sept ans à Hendon Hall, ni de ce qu'est devenue ma famille. Voilà mon histoire, sire, et plaise à Votre Majesté de me pardonner l'ennui que je lui ai causé.

— Vous avez été indignement trompé, dit le roi avec un regard irrité, mais je vous ferai rendre justice ; sur la croix je le jure. Vous avez la parole du Roi !

Le récit des malheurs de Miles semblait avoir délié la langue au jeune souverain : tout d'un trait il conta ses propres souffrances. Il avait achevé depuis longtemps, que son auditeur le regardait encore avec ébahissement :

— Tudieu, quelle imagination ! se disait le brave homme. Par le fait, il n'a point une intelligence ordinaire. Ce n'est pas le premier venu, fou ou non, qui dévideraitainsi l'impromptu et avec chaleur un peloton d'aventures imaginées tout d'une pièce. Pauvre petite tête fêlée, va! Il ne manquera plus d'ami ni d'abri tant que je serai au nombre des vivants. Il ne me quittera plus, il sera mon petit camarade, mon enfant gâté. Et je le guérirai! Et quand il aura tous ses sens, je ferai de lui un homme, et je serai fier de pouvoir dire: Il me doit tout; je l'ai ramassé dans la rue, quand il n'était qu'un pauvre petit gueux sans pain et sans toit, mais j'ai vu l'étoffe qu'il y avait en lui, et je me suis dit qu'un jour on entendrait parler de lui, et maintenant voyez-le, regardez-le; avais-je raison?

Pendant que Hendon se livrait à ces calculs et à cette joie, le roi, d'un air pensif et d'un accent mesuré, lui disait :

— Vous m'avez soustrait aux outrages de la foule et à l'ignominie, peut-être même m'avez-vous sauvé la vie, en sauvegardant ainsi la couronne. Ces services exceptionnels ont droit à une haute et libérale récompense. Parlez, que voulez-vous ? Ce qu'il est en mon pouvoir royal de vous promettre vous sera accordé.

Cette offre fantastique tira tout d'un coup Hendon de sa rêverie. Il fut sur le point de remercier brièvement le roi et de rompre la conversation en disant qu'il n'avait fait que son devoir et n'en attendait point le prix; mais il lui vint soudainement une autre idée, et il demanda la permission de se recueillir. Le roi l'approuva gravement, en faisant remarquer qu'il ne fallait point agir à la légère, dans une affaire aussi importante.

Miles parut s'absorber dans ses réflexions.

— Oui, se disait-il, voilà bien ce qu'il y a à faire;

il n'y a pas d'autre moyen d'en sortir ; et certes l'expérience m'a prouvé qu'il y aurait danger pour sa pauvre raison à ne point jouer mon rôle jusqu'au bout. Pourtant il faut une fin à tout. Fort heureusement je me suis laissé cette porte ouverte.

Il mit un genou en terre et dit :

— Le faible service que j'ai pu rendre à Votre Majesté ne dépasse point les limites du devoir d'un simple sujet, et je n'ai par conséquent aucun mérite ; mais puisqu'il plait à Votre Majesté de me croire digne de quelque récompense, je m'enhardis à présenter un placet à cet effet. Votre Majesté n'ignore pas, sire, qu'il y a près de quatre cents ans, à la suite de l'inimitié qui éclata entre le roi Jean d'Angleterre et le roi de France, il fut décrété que deux champions entreraient en lice et régleraient le différend par un combat appelé alors jugement de Dieu. Les deux rois et le roi d'Espagne s'étant réunis pour être témoins et juges de cette épreuve, le champion français se présenta ; il était si redoutable que nos chevaliers anglais refusèrent de se mesurer avec lui. Ainsi l'affaire, qui était d'une grande gravité, menaçait de tourner contre le roi d'Angleterre par défaut de tenant de sa cause. Or, à cette époque, parmi les prisonniers enfermés à la Tour, se trouvait le sire de Courcy, qui était la plus vaillante lame d'Angleterre, et qui après avoir été dépouillé de ses honneurs et de ses biens, avait été condamné à une longue et dure captivité. On fit appel à son courage ; il consentit à ramasser le gant du champion ennemi et descendit tout armé dans l'arène. A peine le gentilhomme français eut-il vu la haute stature de son adversaire, à peine eut-il entendu prononcer son nom fameux, qu'il prit la fuite. La cause du roi de France était perdue. Le roi Jean rendit au sire de Courcy tous ses titres et ses domaines, et lui dit : « Quoi que tu demandes ou désires, nous te l'accordons d'avance, dussions-nous y sacrifier la moitié de notre royaume. » Alors de Courcy s'agenouilla, comme je fais en ce moment, sire, et il parla ainsi : « Voici ce que j'espère et requiers, très haut et puissant suzerain, savoir que moi et mes successeurs ayons désormais le privilège de rester couverts en présence des rois d'Angleterre, et ce d'ores et déjà et tant que le trône d'Angleterre sera debout. » Cette faveur lui fut octroyée, Votre Majesté ne l'a point oublié. Depuis quatre cents ans il n'y a point eu défaut d'héritier dans cette lignée, en sorte que jusqu'à ce jour le chef de cette antique maison a droit de garder sur sa tête le heaume, casque, morion ou toute autre coiffure devant Sa Majesté le Roi, ceci sans que personne y puisse redire ou porter empêchement, et sans qu'aucun autre puisse faire de même (1). Sire, invoquant ce précédent à l'appui de ma prière, j'ose supplier le Roi de m'accorder pour seule grâce et unique privilège, et comme récompense suffisante et trop grande, savoir : que moi et mes héritiers, à jamais, ayons droit de rester assis en présence de Sa Majesté le Roi d'Angleterre.

— Levez-vous, sir Miles Hendon, chevalier, dit le roi en prenant gravement la rapière de son protecteur et en lui donnant l'accolade ; levez-vous et asseyez-vous. Votre demande vous est accordée. Tant qu'existera l'Angleterre et que subsistera la

(1) Les lords de Kingsale, descendants des Courcy, jouissent encore aujourd'hui de ce privilège.

couronne, ce privilège ne tombera en dévolu par péremption, sauf manque de collataire.

Le roi se leva et fit quelques pas dans la chambre, l'air rêveur et préoccupé. Hendon s'était assis à la table.

— J'ai eu là, se dit-il, une superbe idée, qui m'a tiré d'un fier péril ; je ne tenais plus sur mes jambes. Sans cette invention, je serais resté planté debout pendant des semaines et des mois, tant que le pauvre petit n'aurait pas recouvré sa raison.... Me voilà donc Chevalier du Royaume des Rêves et des Ombres ! Curieuse situation, en vérité, pour un homme aussi positif que moi ! Dieu me garde d'en rire, car il y croit sérieusement, le cher enfant. Et puis n'est-ce point une marque de son bon cœur et de son amitié pour moi ?... Ah ! si je m'entendais appeler devant la Cour par mon nouveau nom, si ma dignité et mon privilège pour rire étaient réels, quel contraste il y aurait entre ma haute fortune et mon misérable accoutrement ! Qu'importe ! Faisons ce qu'il veut, soyons ce qu'il lui plaît ; il sera heureux, et je partagerai son bonheur.

CHAPITRE XIII

LE PRINCE DISPARAIT.

Les deux amis ne tardèrent point à se sentir envahis par le sommeil.

— Otez-moi ces guenilles, dit le roi avec un geste de dégoût.

Hendon déshabilla l'enfant sans réplique, le coucha, le borda, puis, jetant un coup d'œil autour de la chambre, il se dit tristement :

— Voilà mon lit pris comme auparavant. Que faire ?

Le roi remarqua sa perplexité et pour y mettre fin :

— Couchez-vous en travers de la porte, et gardez-la, dit-il avec un long bâillement.

Un moment après, le pauvre enfant était complètement endormi.

— Cher ange! murmura Hendon en l'admirant; il devrait être roi tout de bon: il s'acquitte si sincèrement, si merveilleusement de son rôle!

Le brave homme alla s'étendre devant la porte.

— Bah ! se dit-il, j'ai été plus mal couché que cela pendant sept ans, et je serais ingrat envers Dieu qui m'a sauvé, si j'allais récriminer.

Il s'endormit à son tour, presque à l'aurore. Vers midi, il se leva, alla découvrir prudemment son pupille et fit le geste de lui prendre la mesure. Le roi s'éveilla au moment où Miles achevait cette besogne, se plaignit du froid et lui demanda ce qu'il faisait.

— Ce n'est rien, sire, c'est fini, dit vivement Hendon. J'ai quelque affaire dans le voisinage, mais je rentre à l'instant. Ne bougez pas. Tâchez de vous rendormir, vous en avez bien besoin. Là, là; laissez-moi vous couvrir la tête aussi, vous vous réchaufferez plus vite.

Le roi était retourné au pays des rêves avant la fin de ces paroles. Miles sortit furtivement, pour rentrer de même au bout de trente ou quarante minutes. Il tenait sous le bras quelques nippes d'enfant achetées d'occasion. L'étoffe en était, il est vrai, presque en toile d'araignée et attestait de longs services; mais le tout était propre et de bonne mise pour la saison. Il s'assit et inspecta pièce à pièce ses emplettes.

— Avec plus d'argent, se dit-il en parlant tout haut, j'aurais évidemment trouvé mieux; mais on ne peut semer que suivant son sac, et quand le sac est petit....

Il était jadis une femme,
Une femme il était.

Il a bougé, je crois; chantons moins haut; il ne faut pas troubler son sommeil; le voyage sera long, et il est déjà harassé, le pauvre chéri. Ce vêtement n'est pas trop mauvais; une reprise par ci, une autre par là, on n'y verra plus rien. Ah! voici qui vaut mieux, quoiqu'il faille encore une reprise là....

Voici qui est très bien.... Voici qui lui tiendra les pieds chauds et secs. Pauvre ange ! Il sera fort surpris, lui qui courait sans doute pieds nus, l'hiver comme l'été... Ah ! si l'on avait autant de pain que de fil pour un farthing ! Et encore cette excellente aiguille par-dessus le marché. Allons ! je n'ai pas fait une trop mauvaise affaire. Dépêchons-nous maintenant, et commençons par enfiler notre aiguille. Y parviendrai-je ?

Le fait est qu'il eut quelque peine. Il fit ce que ont tous les hommes quand ils s'avisent de coudre, ce qu'ils ont fait toujours et feront probablement toujours. Il tint l'aiguille immobile entre le pouce et l'index de la main gauche, et essaya avec l'autre main de passer le fil par le chas, ce qui est tout juste l'opposé de ce que fait une femme. Aussi eut-il à recommencer vingt fois sans succès, tantôt poussant le fil à droite de l'aiguille, tantôt à gauche, au lieu de l'entrer dans le trou, tantôt le tordant, au lieu de le tenir droit ; mais il avait de la patience, et d'ailleurs il n'en était pas tout à fait à ses débuts, ayant cousu plus d'un bouton, quand il était au service. Il réussit à la fin, prit une des pièces du costume étalé sur ses genoux, et se mit à l'œuvre, tout en poursuivant son monologue.

— La chambre est payée, le souper d'hier aussi, le déjeuner qu'on va nous apporter aussi. Il me reste de quoi acheter une couple d'ânes et défrayer nos deux ou trois jours de voyage jusqu'à Hendon Hall, où nous nagerons dans l'abondance.

Gardant à son époux....

Poux, poux, aie, aie ! Je me suis enfoncé l'aiguille

sous l'ongle... Bah ! ce n'est pas la première fois... C'est égal, cela ne fait pas de bien...

....poux, sa flam...

Ah ! que nous allons être heureux là-bas ! Pauvre petit, il ne s'en doute point. Encore un peu de patience, mon chéri, et tous tes chagrins seront dissipés.

Gardant à son époux sa flamme,
Quand lui la tra...

Qu'on me dise encore que je n'entends rien à la couture. Voyez-moi ces larges et belles reprises (il tournait les vêtements en tous sens pour mieux les admirer). Ah ! ce n'est pas un tailleur qui s'en serait tiré comme cela ; il vous aurait serré les mailles, il vous aurait fait un bourrelet, une œillère de cheval.

Gardant à son époux sa flamme,
Quand lui la trahissait.

Enfin, c'est achevé ; ce n'est pas trop tôt. Eveillons-le maintenant, habillons-le, versons-lui de l'eau, faisons-le asseoir à table, en le servant avec respect ; puis nous ferons diligence, nous irons à l'auberge du *Tabard* à Southwark ; nous... Plaise à Votre Majesté de daigner vous lever, sire... Hein ! il ne répond pas... Sire, sire !... Voilà que je vais être obligé de profaner sa personne sacrée en portant sur lui la main.... Mais aussi il dort comme s'il était dans son palais. On tirerait le canon à son oreille... Ah !...

Il avait soulevé la couverture ; l'enfant n'était plus là.

Pâle, éperdu, muet, le pauvre homme demeura pétrifié. Il vit que les haillons de l'enfant avaient disparu avec lui. Alors il entra dans une indicible fureur, il courut affolé à la porte de la chambre et, d'une voix exaspérée, il appela.

En ce moment, un domestique entrait, portant des deux mains, sur un plateau, le déjeuner commandé la veille. Hendon, hors de lui, le saisit à la gorge. Le domestique, effrayé, faillit laisser tomber les bols, les assiettes et les plats.

— Où est l'enfant? rugit Miles; dis-le-moi tout de suite, suppôt de Satan, ou je ne réponds pas de ta vie.

— Un peu de patience, messire, je vais tout vous expliquer. Vous veniez à peine de sortir de l'auberge, quand un jeune homme est entré et a dit que Votre Honneur priait son petit compagnon de vous rejoindre tout de suite au bout du pont, du côté de Southwark. Je l'ai introduit ici; il a éveillé l'enfant, et lui a répété ce qu'il m'avait dit. Alors l'enfant a grommelé, parce qu'on le faisait lever trop tôt, disait-il; alors, il a mis ses loques et il est parti avec le jeune homme, en disant qu'il eût été plus convenable que Votre Honneur se rendît auprès de lui en personne, au lieu d'envoyer un messager; alors...

— Alors, alors, tu t'es laissé mener par le bout du nez, imbécile; la male peste te serre! Pourvu qu'il ne lui soit pas arrivé malheur. Ce doit être évidemment un malentendu. Qui lui voudrait du mal à ce pauvre petit? Je cours le chercher. Mets le couvert. Attends. On dirait qu'il y a encore quelqu'un dans le lit... Est-ce fait exprès?

— Je ne sais pas; j'ai vu le jeune homme qui remuait les couvertures.

— Mille morts! je suis joué; on aura voulu gagner du temps, en me faisant illusion. Parle! Ce jeune homme était-il seul?

— Tout seul.

— Tout seul, dis-tu?

— Oui.

— Réfléchis bien, rappelle-toi, pèse tes paroles... Hendon ne se possédait plus. Le domestique comprit qu'il risquait de passer un mauvais quart d'heure.

— Quand il est venu ici, dit-il après avoir eu l'air de se recueillir, personne n'était avec lui; mais je me souviens maintenant qu'au moment où tous deux s'engageaient dans la foule, une espèce de mendiant déboucha de l'endroit où il s'était embusqué, et juste au moment où il les rejoignit...

— Eh bien, quoi, qu'arriva-t-il? Parle vite! tonna Hendon qui frémissait d'impatience.

— Alors, la foule les engloutit; je ne vis plus rien: mon maître me rappela; il rageait parce que le boucher n'avait pas apporté un morceau de bœuf qu'on avait commandé, quoique j'eusse pu prendre tous les saints à témoin que ce n'était pas ma faute, que j'étais aussi innocent que l'enfant qui vient de naî...

— Te tairas-tu, idiot? Ton bavardage finit par m'échauffer la bile. Attends; où vas-tu? Il est donc impossible de te faire rester en place? Sont-ils allés dans la direction de Southwark?

— Comme je viens de le dire à Votre Honneur, et comme je l'ai répété à mon maître, à propos de ce bœuf, l'enfant qui vient de naître...

— Encore! Te tairas-tu enfin? Détale, ou je t'étrangle!

Le domestique disparut. Hendon courut après lui et franchit d'un bond l'escalier extérieur de l'hôtellerie.

— C'est cet infâme gredin qui aura fait le coup. Ne se disait-il point son père? Pauvre petit, cher maître, mon roi bien-aimé, je t'ai perdu... Ah! je ne puis y penser sans frissonner, je l'aimais tant! Non, par les saints Evangiles, non, tu n'es pas perdu. Je te retrouverai quand je devrais remuer ciel et terre! Pauvre enfant! Et notre déjeuner qui nous attend! Je n'ai plus faim, les rats s'en régaleront. Ah! que ne puis-je aller plus vite!

Il se glissait comme une couleuvre à travers les groupes compactes qui étaient massés sur le pont, et pendant qu'il avançait pas à pas, il murmurait:

— Il est parti en grommelant, mais il est parti; et pourquoi cela? Uniquement parce qu'il croyait que Miles Hendon le faisait appeler, pauvre chéri; sans cela, il ne l'aurait pas fait; non certes, il ne l'aurait pas fait; j'en suis sûr, oh! bien sûr!

CHAPITRE XIV

LE ROI EST MORT ! VIVE LE ROI !

Le même jour, à l'aurore, Tom Canty était sorti d'un profond sommeil et avait ouvert les yeux dans l'obscurité. Il resta quelques moments silencieux, immobile, tâchant de rassembler ses pensées et ses souvenirs, pour se rendre plus ou moins compte de tout ce qui lui était arrivé ; puis il s'écria, mais avec un certain trouble :

— Oh ! oui, je vois ce que c'est, je vois ce que c'est ! Dieu soit loué, je suis enfin éveillé. Vive la joie ! Adieu les soucis ! Hé ! Nan, Bet ! Ramassez votre paille et arrivez vous coucher ici. Que je vous dise à l'oreille ce que vous ne croirez jamais, le rêve le plus fou que jamais les esprits de la nuit aient fait entrer dans une cervelle. Hé ! Nan ! hé ! Bet !

Une vision indistincte apparut à son chevet, et une voix lui dit :

— Daignez, sire, me donner vos ordres.

— Mes ordres... Attendez. Il me semble que je vous connais. Parlez. Qui êtes-vous ? Qui suis-je ?

— Qui vous êtes, sire ? Hier, vous étiez le prince de Galles ; aujourd'hui vous êtes notre très gracieux souverain et suzerain, Edouard, roi d'Angleterre.

Tom cacha sa tête dans ses oreillers et murmura lamentablement :

— Hélas! Ce n'était point un rêve! Allez, messire, reprenez votre repos et laissez-moi mes soucis.

Tom ferma les yeux et se rendormit. Bientôt il rêva qu'on était en été et qu'il jouait tout seul dans une belle prairie appelée *le Champ du brave homme*, lorsqu'un nain d'un pied de haut, avec de grands favoris rouges et le dos tout voûté, se montra soudainement à lui, et lui dit : « Creuse un trou au pied de cet arbre ». Il obéit et trouva douze pennies tout luisants neufs, un vrai trésor! Mais ce n'était pas tout. Le nain ajouta : « Je te connais, tu es un bon enfant, et tu mérites qu'on s'intéresse à toi. Tes maux vont cesser, car le jour de la récompense est arrivé. Tu viendras creuser un trou ici tous les huit jours, et tu y trouveras chaque fois le même trésor, douze pennies, tout beaux, tout neufs. Ne le dis à personne. Garde bien ce secret. »

Le nain disparut; et Tom courut à Offal Court en se disant : « Tous les soirs je donnerai un penny à mon père, il croira que je l'ai reçu en aumône, il sera content, et il ne me battra plus. Un penny toutes les semaines au bon prêtre qui me donne des leçons ; les autres pour ma mère, pour Nan et Bet. Plus de faim, plus de guenilles, plus de coups, plus de craintes. »

Dans son rêve, il arrivait chez lui hors d'haleine ; il se précipitait dans son sordide galetas ; ses yeux flamboyaient d'enthousiasme; il jetait tous ses pennies sur les genoux de sa mère, et il s'écriait :

— Tout pour toi, tout ; pour toi et pour Nan et pour Bet; je les ai gagnés honnêtement; je ne les ai pas mendiés, ni volés.

Sa mère, heureuse et surprise,le serrait affectueusement sur sa poitrine, et disait :

— Il se fait tard. Plaise à Votre Majesté de se lever....

Etait-ce bien la réponse qu'il attendait ? Hélas ! Le rêve s'était évanoui : Tom était éveillé.

Il ouvrit les yeux ; le premier gentilhomme de la chambre, en costume splendide, était agenouillé au pied de son lit. Le pauvre enfant comprit qu'il était toujours prisonnier, et toujours roi : la chambre était remplie de courtisans vêtus de pourpre — le pourpre étant la couleur du deuil de la Cour. — Il y avait là aussi tous les nobles gentilshommes attachés à la personne du Roi.

Alors commença la grave cérémonie du lever. Les courtisans vinrent, l'un après l'autre, mettre un genou en terre, et offrir à Tom leurs hommages et leurs condoléances.

Pendant ce temps, on procédait à la toilette royale. D'abord le premier écuyer de service prit une chemise et la donna au premier lord de la vénerie, qui la donna au second gentilhomme de la chambre, qui la donna au grand-maître de la forêt de Windsor, qui la donna au troisième gentilhomme de la chambre, qui la donna au chancelier royal du duché de Lancastre, qui la donna au maître de la garde-robe, qui la donna au troisième héraut ou roi d'armes de la Couronne, qui la donna au connétable de la Tour, qui la donna au grand sénéchal de la maison du Roi, qui la donna au lord héréditaire de la serviette, qui la donna au lord grand amiral d'Angleterre, qui la donna à l'archevêque de Canterbury, qui la donna au premier gentilhomme de la chambre, lequel enfin prit ce qui en restait et le mit à Tom, tandis que celui-ci, les yeux grands ouverts, suivait ce manège et songeait aux seaux d'eau qu'on passe de main en main dans les incendies.

Chacune des pièces de son costume parcourait lentement et solennellement la même filière; en sorte que Tom se lassa bientôt de cette cérémonie, et il s'en lassa tellement qu'il faillit pousser un grand soupir de soulagement quand il vit les chausses de soie commencer leur voyage au bout de la chambre. Il se dit que son supplice touchait à sa fin. Mais il s'était réjoui trop tôt.

Le premier lord de la chambre venait de recevoir les chausses et se disposait à y introduire la jambe de Tom, quand le rouge monta tout à coup au front du gentilhomme. Vite il repassa les chausses à l'archevêque de Canterbury, et d'un air étonné et contrarié, il lui montra quelque chose qui avait rapport à ce vêtement *innommable*, et lui dit tout bas, mais tout bas, avec effroi : Voyez, mylord !

L'archevêque pâlit, rougit et passa les chausses au lord grand amiral en murmurant tout bas, mais tout bas : Voyez, mylord ! L'amiral passa les chausses au grand lord héréditaire de la serviette et eut tout juste assez de souffle pour balbutier : Voyez, mylord !

Les chausses passèrent ainsi à reculons au grand sénéchal de la maison royale, au connétable de la Tour, au troisième héraut ou roi d'armes de la Couronne, au maître de la garde-robe, au chancelier royal du duché de Lancastre, au troisième gentilhomme de la chambre, au grand maître de la forêt de Windsor, au second gentilhomme de la chambre, au premier lord de la vénerie, toujours avec accompagnement de l'exclamation d'étonnement et de frayeur :

« Voyez, mylord ! » jusqu'à ce qu'elles fussent arrivées au lord grand écuyer de service, qui les regarda, pâlit affreusement, et murmura d'une voix étranglée :

— Corps de ma vie, il manque un ferret à un troussis! Que l'on enferme à la Tour le premier gentilhomme garde-chausses du Roi.

Puis il s'appuya tout défait sur l'épaule du premier lord de la vénerie, et ne recouvra son sang-froid que lorsqu'on lui eut passé une autre paire de chausses où il ne manquait, cette fois, ni ferret ni troussis.

Comme toute chose a une fin, il arriva un moment où Tom Canty se trouva en état de sortir de son lit. Alors un gentilhomme ayant privilège à cet effet versa l'eau ; un autre gentilhomme privilégié régla les ablutions; un autre gentilhomme privilégié fit écouler l'eau sale; un autre gentilhomme privilégié tendit la serviette, et petit à petit, avec énormément de patience, Tom passa par les différentes phases de la purification, pour être remis ensuite aux officiers privilégiés chargés de coiffer Sa Majesté Royale. Quand il sortit de leurs mains, il était gentil comme une jolie petite fille, avec son petit manteau et ses chausses de satin pourpre, et sa toque ornée d'une plume de même couleur. Alors il se rendit en grande pompe à la salle où était servi le déjeuner royal, et à mesure qu'il avançait, les courtisans se reculaient sur son passage, s'agenouillaient et se prosternaient devant lui.

Après le déjeuner, on le conduisit, toujours en grande pompe escorté par les grands officiers de la Couronne et par les cinquante gentilshommes pensionnés de la garde portant des haches de combat en fer doré, jusqu'au pied du trône, où il monta gravement et s'assit pour prendre connaissance des affaires d'Etat. Son « oncle » lord Hertford, se tint debout à côté de lui, afin d'assister l'intelligence royale de ses sages conseils.

La commission des hommes illustres chargés par le roi défunt de l'exécution du testament se présenta ensuite, à l'effet de demander l'approbation de ses actes. Ceci n'était d'ordinaire qu'une formalité; mais, dans les circonstances présentes, il y avait quelque chose de plus qu'une formalité à remplir, puisque le royaume était sans régent ou, comme on dit en Angleterre, sans protecteur. L'archevêque de Canterbury lut son rapport sur le décret rendu par le Conseil exécutif, au sujet des obsèques de l'illustre Roi défunt, et termina cette lecture en nommant les signataires de ce document : l'archevêque de Canterbury, le lord chancelier d'Angleterre, lord William Saint-John, lord John Russell, le comte Edouard de Hertford, le vicomte John Lisle, l'évêque de Durham Cuthbert.....

Tom n'écoutait pas. Une seule chose l'avait frappé dans cette énumération fastidieuse de termes et de noms inconnus pour lui. Il se tourna vers lord Hertford, qui se pencha vers le trône, et lui demanda presque à l'oreille :

— Quel jour disent-ils qu'aura lieu l'enterrement ?

— Le 16 du mois prochain, sire.

— Quelle étrange folie ! Et croit-on pouvoir le conserver jusque-là ?

Pauvre petit, il était encore tout novice au métier royal; il n'avait vu jusqu'alors que les enterrements d'Offal Court, où l'on procédait plus sommairement quand il s'agissait de mener un mort en terre. Cependant lord Hertford lui glissa encore quelques mots qui parurent lui donner satisfaction.

Un secrétaire d'État présenta un ordre du Conseil fixant au lendemain matin, à onze heures, la réception officielle des ambassadeurs étrangers, et demanda à cet effet la sanction royale.

Tom adressa un regard interrogateur à lord Hertford qui chuchota :

— Votre Majesté fera sagement de consentir à cette requête. Les ambassadeurs étrangers viennent vous témoigner, sire, la part que prennent les souverains, leurs maitres, à la grande calamité qui a frappé Votre Majesté et le royaume d'Angleterre.

Tom fit ce qu'on lui demandait.

Un autre secrétaire lut un exposé de motifs relatant les dépenses de la maison du Roi, qui s'étaient élevées à 28,000 livres pendant les six mois écoulés: somme tellement inouie pour Tom Canty qu'il en resta la bouche béante. Il l'ouvrit plus démesurément encore lorsqu'on lui apprit qu'il était dû sur ce total 20,000 livres, que les coffres du Roi étaient presque vides, et que les douze cents gentilshommes de la maison du Roi étaient fort dans l'embarras, pour n'avoir pas reçu les gages, qui leur étaient alloués, il est vrai, mais qui n'étaient pas payés.

Il y eut un moment où Tom n'y tint plus et s'écria, tout ému :

— Mais nous prenons le chemin de l'hôpital, mes amis. Il faudra changer tout cela, et tout de suite prendre une maison plus petite, car je n'ai guère besoin de cette grande halle que voici ; il faudra aussi me débarrasser de tous ces gens qui ne font rien et ne servent qu'à traîner les choses en longueur, à me harasser l'esprit et l'âme d'obséquiosités, qui font de moi une vraie poupée n'ayant ni tête ni cœur, et qui me croient incapable de faire œuvre de mes dix doigts. Congédiez-moi donc aujourd'hui même tous ces gêneurs encombrants et inutiles. Quant à la maison, j'en ai vu une petite qui fera mon affaire, en face du marché aux poissons, près de Billingsgate.

Tom allait continuer, quand il sentit une main exercer une forte pression sur son bras. Il rougit et se tut; mais personne dans l'assistance ne trahit par un pli de figure l'étrange et pénible impression produite par cette divagation.

Un troisième secrétaire lut ensuite un document ainsi conçu :

« Attendu que le feu Roi a émis dans son testament l'intention de conférer le titre de duc au comte de Hertford et d'élever le frère dudit lord, sir Thomas Seymour, à la pairie, et pareillement d'octroyer le titre de comte au fils dudit lord, et de promouvoir à des dignités respectivement plus élevées d'autres grands lords de la Couronne ;

« Le Conseil a résolu de tenir séance le 16 du mois de février, à l'effet de délivrer et de confirmer l'octroi de ces titres.

« Attendu que le feu Roi n'a point accordé par écrit les apanages et fiefs attachés à ces dignités;

« Le Conseil, interprétant la pensée du feu Roi à ce sujet, a cru juste et équitable d'allouer à lord Seymour 500 livres de terres, et au fils de lord Hertford 800 livres de terres, et 300 livres des terres épiscopales qui deviendraient vacantes.

« Le tout sauf agrément du Roi présentement régnant. »

Tom allait s'écrier qu'il eût été plus convenable de payer les dettes du feu roi avant de gaspiller tout cet argent; mais une nouvelle pression de main exercée à temps sur son bras par le prévoyant Hertford l'empêcha de commettre cette nouvelle bévue. Aussi donna-t-il son royal consentement, sans dire mot, mais non sans se sentir intérieurement très vexé de voir son royaume s'en aller ainsi à vau-l'eau.

Tandis qu'il s'extasiait sur la facilité avec laquelle il accomplissait tant de choses étonnantes, gouverner un pays, nommer des hauts dignitaires, dépenser des sommes folles, régler ses comptes sans bourse délier et faire des trous pour en boucher d'autres, il lui vint tout à coup une heureuse et généreuse pensée : pourquoi ne ferait-il point de sa mère une duchesse d'Offal Court en lui donnant tout le quartier qu'elle habitait pour apanage? Il allait en parler à son Conseil quand il se ravisa : il se souvint en effet qu'il n'était roi que de nom, que ces graves personnages, ces nobles seigneurs étaient ses maîtres, que pour eux sa mère n'existait que dans son imagination malade, qu'ils écouteraient ses paroles et accueilleraient ses projets sans rien faire et en profiteraient pour le recommander d'un peu plus près aux soins du premier médecin de la Cour.

Pendant ce temps, les grands dignitaires abattaient de la besogne. Ce n'étaient que lectures de pétitions, de proclamations, de lettres-patentes, de papiers verbeux, ennuyeux, où les mêmes mots revenaient sans cesse, et qui tous avaient trait aux affaires publiques.

Tom poussait de grands soupirs entrecoupés de bâillements et se demandait :

— En quoi ai-je pu offenser le bon Dieu pour qu'il m'ait pris l'air libre et pur des champs, la bonne et chaude lumière du soleil, afin de m'enfermer ici entre quatre murs et de faire de moi un roi, c'est-à-dire le plus malheureux des mortels?

Alors sa pauvre tête réellement brisée se pencha tout doucement et retomba sur son épaule où elle resta immobile. Ce fut le signal de la suspension des affaires de l'État, le principal facteur, celui qui devait ratifier les décisions faisant défaut. Le silence se fit autour de l'enfant endormi, et les sages du royaume ne poussèrent pas plus loin leurs délibérations.

Dans l'après-midi, Tom eut une heure de récréation, avec la permission de ses deux fidèles gardiens, lord Hertford et lord Saint-John. Lady Élisabeth et la petite lady Jane Grey vinrent le voir; mais les petites princesses étaient tout abattues, car elles étaient encore sous l'impression du grand coup qui avait frappé la maison royale. Lorsqu'elles se retirèrent, « sa sœur aînée », celle qu'on appela plus tard Marie la Sanglante, lui fit un sermon solennel qui n'eut qu'un mérite pour Tom, celui d'être court.

Il eut ensuite quelques minutes à lui; puis il vit entrer un enfant d'une douzaine d'années, grêle et svelte, dont le costume, à l'exception d'une fraise blanche et des dentelles autour des poignets, était tout noir : pourpoint, haut-de-chausses et le reste. Il n'avait pour tout signe de deuil qu'un nœud pourpre sur l'épaule. Il s'avança timidement, la tête nue et basse, et mit un genou en terre.

Tom le regarda froidement, avec indifférence, la jambe gauche repliée sur la cuisse droite.

— Lève-toi, petit, dit-il enfin. Qui es-tu? Que veux-tu ?

L'enfant se redressa et prit une posture gracieuse; mais sa physionomie trahissait une grande anxiété.

— Sa Majesté ne peut, dit-il, avoir oublié son *enfant du fouet?*

— Mon *enfant du fouet?*

— Oui, sire. C'est moi qui suis Humphrey... Humphrey Marlow.

Tom crut comprendre que ses deux gardiens avaient chargé quelqu'un de le surveiller. La situation était délicate. Qu'avait-il à faire? Devait-il avoir l'air de connaître cet enfant, et puis laisser voir un instant après, au premier mot, qu'il n'avait jamais entendu parler de lui? Cela n'était pas possible. Il lui vint une idée. Des faits de ce genre ne pouvaient manquer de se représenter, maintenant que lord Hertford et lord Saint-John, qui étaient tous deux membres du Conseil exécutif, auraient à s'absenter fréquemment. Il y avait donc intérêt pour lui à adopter un plan qui le mît à l'abri de pareilles surprises. Tout bien pesé, c'était ce qu'il y avait de plus sage : faire une expérience sur cet enfant et, d'après le résultat, régler sa conduite future. Il fronça donc le sourcil, prit un air sérieux, et dit :

— Oui, oui, je me rappelle... mais j'ai la vue trouble, je suis souffrant.

— Hélas! mon pauvre maître, s'exclama l'enfant du fouet avec émotion, tandis qu'il ajoutait à part lui : C'est donc vrai ce qu'on dit, il n'a plus sa tête à lui, hélas! pauvre âme. Mais son malheur m'égare moi-même; je m'oublie; n'y a-t-il point un ordre qui défend de s'apercevoir de son état, et qui fait un crime de lèse-majesté de toute réflexion à ce sujet?

— C'est une chose étrange que la mémoire, dit

Tom ; je ne croyais pas que l'on pût la perdre à ce point. Mais attends, attends ; il suffit souvent d'un rien pour me ramener à l'esprit les noms et les choses qui m'échappent.... (et même, ajouta-t-il mentalement, ce que je n'ai jamais su....) Parle, que viens-tu faire ici ?

— Oh ! peu de chose, sire ; mais puisque Votre Majesté me commande de parler, j'oserai lui rappeler qu'il y a deux jours, Votre Majesté a fait deux fautes de grec dans la leçon du matin... Vous vous rappelez bien, sire ?

— Oui... oui... je me rappelle... (aussi pourquoi m'obligent-ils à mentir ?.... Ce n'est pas deux fautes que j'aurais faites, s'il m'avait fallu parler grec, c'est vingt, c'est cent !) Je me rappelle parfaitement.... Va toujours.

— Alors votre maître, indigné de ce qu'il appelait de la négligence, de l'étourderie, vous promit de me faire donner sérieusement le fouet, et...

— De te faire donner le fouet à toi ? s'écria Tom abasourdi, et oubliant tout à coup son rôle ; te faire fouetter, toi, pour mes fautes à moi ?

— Ah ! Votre Majesté ne se souvient plus. C'est toujours moi qui suis battu quand Votre Majesté commet une erreur dans ses leçons.

— C'est vrai... c'est vrai... j'avais oublié. C'est toi qui me donnes d'abord une leçon, une répétition, puis, quand je ne sais pas, il dit que tu t'y prends mal, que...

— Oh ! sire, quelles paroles ! Moi, le plus humble de vos sujets, avoir l'audace, la présomption de vous enseigner !

— Alors, quel mal fais-tu, puisque tu ne fais rien ? Voyons, quelle est cette énigme ? Qui de nous deux est fou ici ? Explique-toi, parle...

— Mais Votre Majesté sait bien que c'est tout expliqué, et qu'il n'y a rien de plus simple et de plus juste. Personne n'a le droit de porter la main sur la personne sacrée du prince de Galles ; c'était Votre Altesse qui méritait les verges, et c'est moi qui les recevais ; cela est très naturel et très équitable, et s'il en était autrement je perdrais ma charge et mon gagne-pain.

L'enfant disait tout cela d'un ton naïf et convaincu. Tom attachait sur lui de grands yeux, et pensait :

— Voilà qui devient de plus en plus étrange ; je m'étonne que l'on n'ait pas encore songé à prendre quelqu'un qui se fasse peigner et habiller à ma place.

Puis, il dit à voix haute :

— Et as-tu été battu, pauvre enfant, comme on te l'avait promis ?

— Non, sire, pas encore ; c'est aujourd'hui le jour ; mais on me fera peut-être grâce, parce qu'il ne convient point d'user de rigueur un jour de deuil comme celui-ci ; pourtant je ne sais pas ce qu'on fera ; et c'est pour cela que je me suis enhardi à venir ici, et à rappeler à Votre Majesté sa gracieuse promesse d'intercéder pour moi...

— Auprès du maitre ? Pour l'empêcher de te donner le fouet ?

— Ah ! sire, vous vous souvenez !

— Oui, la mémoire me revient, comme tu vois. Sois sans crainte ; tu ne pâtiras point, je m'en charge.

— Oh ! merci, mon bon seigneur, s'écria l'enfant en retombant à genoux. Mais peut-être suis-je allé trop loin, et...

Humphrey hésitait. Tom l'encouragea du geste.

— Parle, dit-il, je suis dans un bon moment.

— Eh bien, alors, je dirai tout, car cela me pèse sur le cœur. Maintenant que vous n'êtes plus le prince de Galles, mais le Roi, vous pouvez régler les choses à votre gré, sans que personne y puisse trouver à redire; aussi n'y a-t-il plus de raison pour vous de vous casser la tête avec des études qui n'ont rien de gai, et bien vous ferez en brûlant tous vos livres et en vous adonnant à une besogne moins fastidieuse. Mais avez-vous songé, sire, que, dans ce cas, nous serons ruinés, mes petites sœurs et moi ?

— Ruiné, toi ! comment ?

— Mon dos c'est mon pain, sire. Si mon dos ne sert plus, je meurs de faim et les miens avec moi. Si Votre Majesté n'étudie plus, ma charge n'a plus de raison d'être. Votre Majesté n'aura plus besoin d'enfant du fouet. Oh ! sire, ne me chassez pas !

Tom fut touché de cette pathétique requête. Il eut un élan de royale générosité.

— Ne te déconforte pas davantage, petit. Ta charge subsistera désormais pour toi et tes descendants.

Et donnant à l'enfant un léger coup sur l'épaule du plat de son épée :

— Lève-toi, dit-il solennellement, Humphrey Marlow, premier enfant du fouet héréditaire de la maison royale d'Angleterre ! Chasse tes soucis : je reprendrai mes livres et j'étudierai si mal, qu'il faudra tripler tes gages, car je veux te donner de la besogne plus que tu n'en peux porter.

Humphrey, pénétré de reconnaissance, répondit avec enthousiasme :

— Merci, ô mon très noble maître ; vos largesses

dépassent mes plus audacieux rêves de fortune. Je vais être heureux toute ma vie, et je rendrai heureuse après moi la maison de Marlow.

Tom était assez perspicace pour comprendre que cet enfant pouvait lui être d'un grand service. Il encouragea Humphrey à parler, et celui-ci fut loin de s'en plaindre. L'enfant du fouet se trouvait heureux de pouvoir aider le jeune roi à « recouvrer la santé ». Chose inespérée ! Chaque fois qu'il avait achevé une série d'explications, qui avaient pour objet de faire renaître les souvenirs de son auditeur en lui rappelant les détails de la leçon et d'autres faits qui s'étaient passés dans le palais, il constatait que le Roi « se rappelait » admirablement toutes ces circonstances.

Au bout d'une heure, Tom se vit pourvu de renseignements du plus haut prix sur les personnages et les affaires de la Cour. Aussi se promit-il de puiser tous les jours à cette précieuse source et de donner l'ordre de faire entrer Humphrey dans la chambre royale, toutes les fois que Sa Majesté serait seule.

Humphrey venait à peine de sortir lorsqu'on annonça lord Hertford.

L'oncle du roi dit :

— Les membres du Conseil craignent que quelque rumeur malveillante relativement à la santé précaire de la personne royale ne se soit répandue au dehors : il leur a donc paru sage et préférable que Sa Majesté commençât bientôt à dîner en public, suivant les us et coutumes de la Cour. Le calme de votre physionomie, sire, l'assurance et la grâce de votre maintien, que l'on ne manquera point d'observer et de commenter, auront incontestablement pour effet de rassurer l'opinion, en supposant qu'elle ait pu être alarmée par quelque faux bruit.

Alors le comte se mit, avec le plus grand tact, à instruire Tom de l'étiquette observée en pareille occasion. De peur d'encourir la disgrâce royale, il répétait fréquemment qu'il voulait seulement *rappeler* à Sa Majesté des choses parfaitement connues d'elle. Mais, à sa grande joie, il remarqua que Tom n'avait presque plus besoin de leçons.

Lord Hertford ne se doutait guère que Humphrey avait pris les devants, en rapportant à Tom ce qui était, dans les couloirs de la Cour, le secret de tout le monde, et en lui « rappelant », lui aussi, ce qu'il y avait à faire. Tom, déjà au fait de la dissimulation nécessaire à ceux qui règnent, se garda bien de parler de l'enfant au fouet.

Voyant que la mémoire royale s'était si rapidement améliorée, le comte voulut s'assurer des progrès de la guérison. Les résultats furent heureux, çà et là, par endroits... là où Humphrey avait passé. En somme, lord Hertford fut ravi, enchanté. Aussi crut-il le moment venu d'aborder une question capitale. Et d'une voix qui laissait percer toutes ses espérances :

— Sire, dit-il, je suis persuadé que si Votre Majesté voulait faire encore un effort de mémoire, elle résoudrait la question du grand sceau, qui constituait, hier, une perte presque irréparable, mais qui est aujourd'hui de nulle importance, attendu que le grand sceau ne pouvait servir qu'au Roi défunt. Votre Majesté daigne-t-elle se souvenir ?

Cette fois, Tom, malgré sa grande sagacité, était littéralement acculé dans une impasse, le grand sceau étant pour lui un objet totalement inconnu. Il eut l'air de réfléchir un moment, puis il demanda tout innocemment :

— Dites-moi donc, mylord, comment c'est fait un grand sceau.

Le comte eut un geste de désappointement presque imperceptible.

— Hélas ! se dit-il, voilà sa folie qui revient ! Il est inutile d'insister.

Puis il changea de conversation, tâchant habilement de faire oublier à Tom la question du grand sceau et ne s'imaginant certainement point qu'au fond Tom ne demandait pas mieux.

CHAPITRE XV.

TOM REND LA JUSTICE.

Le lendemain, les ambassadeurs étrangers se présentèrent au palais en brillant cortège. Tom, assis sur le trône, les reçut en grande pompe. Cette cérémonie dépassait en splendeur toutes celles qu'il avait vues jusqu'alors. Aussi fut-il d'abord ébloui de ce magnifique spectacle qui exaltait son imagination. Cependant l'audience dura si longtemps, les adresses qui se succédaient étaient si monotones, que bientôt le plaisir qu'il avait eu se changea en un mortel ennui.

Tom répétait machinalement les mots que lord Hertford lui mettait en quelque sorte dans la bouche, et faisait tout son possible pour s'acquitter convenablement de son rôle. Tout cela était si nouveau pour lui, tout cela lui imposait une si grande contrainte, que l'attente générale fut presque déçue. Il avait assez l'air d'un roi, mais il ne pensait point comme un roi, ne sentait point tout ce qu'un roi doit ressentir quand les représentants officiels des plus grandes puissances se réunissent au pied de son trône pour le complimenter sur son avènement. Lorsque la cérémonie fut achevée, la seule chose qu'il éprouvât, ce fut une immense satisfaction d'être débarrassé de cette corvée.

Le reste de la journée « se perdit », comme il disait à part lui, en travaux relatifs à ses devoirs royaux. Même les deux heures de loisir et de récréation qui lui furent accordées lui parurent plus fatigantes que jamais, parce qu'elles se trouvèrent presque entièrement remplies par des prescriptions et des restrictions cérémonieuses. Il eut toutefois une heure de complet répit avec son enfant du fouet, et il la mit bravement à profit en s'amusant avec le petit Humphrey, qui lui fournit de nouvelles et excellentes informations.

Le troisième jour de son règne se passa à peu près comme les autres ; seulement les nuages qui pesaient sur lui commencèrent un peu à s'éclaircir ; il se sentit un peu moins gêné que la veille et l'avant-veille, un peu plus au fait des tenants et des aboutissants ; ses chaînes d'or l'écorchaient toujours, mais pas toutes en même temps, et il lui semblait que la présence et les hommages des grands de sa Cour l'importunaient et l'embarrassaient de moins en moins.

Une seule chose le préoccupait encore et lui causait d'assez vives inquiétudes, à mesure qu'il se sentait plus proche du jour fixé pour le dîner d'apparat. Or, ce jour venait d'arriver.

Il s'en était fait répéter le programme, qui lui paraissait surchargé de complications. Ce jour-là, en effet, il devait présider un Conseil qui avait à prendre son avis et ses ordres sur la politique à suivre vis-à-vis des diverses nations étrangères ; ce même jour aussi, lord Hertford devait être définitivement élevé à la haute dignité de lord Protecteur ; ce même jour, enfin, devaient avoir lieu nombre d'autres événements de la plus haute gravité ;

mais tous ces événements, quels qu'ils fussent, étaient bien insignifiants pour Tom auprès de l'épreuve redoutable du dîner en public, où une multitude d'yeux curieux seraient attachés sur lui, et où une multitude de bouches ne se feraient point faute de rire de son maintien et de ses bévues, s'il avait le malheur d'en commettre.

Il aurait bien voulu que ce jour, le quatrième de son règne, n'arrivât point; mais les rois d'Angleterre ou d'ailleurs, si puissants qu'ils soient, et quelque droit qu'ils aient d'arrêter bien des choses et bien des gens, ne peuvent rien pour arrêter le temps.

Le grand jour était donc venu, et Tom était triste, découragé, distrait, et quoi qu'il fît, il ne parvenait point à se vaincre. Les cérémonies du matin, le lever, la toilette, le déjeuner lui parurent insupportables et l'excédèrent d'avance. A aucun moment il n'avait senti plus cruellement les souffrances de sa captivité.

La matinée était déjà avancée quand il entra dans la grande salle des audiences royales, où il eut un long entretien avec lord Hertford. Il suivait anxieusement les aiguilles de l'horloge, et il eût volontiers donné tout son royaume pour ne pas entendre sonner l'heure où il devait recevoir un nombre considérable de grands officiers du palais et de courtisans.

Au bout de quelque temps, Tom, qui s'était approché d'une fenêtre pour voir ce qui se passait au dehors, avait complètement oublié son entourage et observait avec intérêt l'animation de la foule amassée devant le palais.

Ces milliers de gens se pressant et se bousculant

lui paraissaient cent fois plus heureux que lui, puisqu'ils étaient libres.

Tout à coup il remarqua un grand tumulte, et il lui sembla entendre les cris poussés par une troupe désordonnée d'hommes, de femmes et d'enfants appartenant à la lie du peuple, qui descendaient la route et approchaient.

— Je voudrais bien savoir ce qu'on fait là-bas, s'exclama-t-il avec toute la curiosité d'un enfant en pareille circonstance.

— Vous êtes le Roi, répondit solennellement le comte en faisant la révérence. Si Votre Majesté veut me donner le droit d'agir...

— Oh! oui, je vous en prie, s'écria Tom surexcité.

Et il ajouta à part lui avec un vif sentiment de satisfaction :

— Après tout, ce n'est pas si désagréable d'être roi, il y a des compensations.

Le comte appela un page et l'envoya au capitaine de la garde, avec un écrit ainsi conçu :

« Ordre de faire suspendre la marche de la populace et de s'informer de la cause de ce mouvement. De par le Roi. »

Quelques secondes après, une longue file de soldats de la garde royale, emprisonnés dans leurs armures d'acier, sortit par la porte du palais et barra la route, au grand étonnement de la multitude. Un messager rapporta presque aussitôt que la foule suivait un homme, une femme et une petite fille qui allaient être exécutés pour crimes commis contre la sûreté et la paix du royaume.

La mort, une mort horrible et ignominieuse attendait ces misérables ! A cette pensée, le cœur de Tom se serra violemment. Il se sentit pris d'une profonde pitié pour ces malheureux, et ce sentiment domina en lui toute autre considération. Il oublia que ces gens dont il avait compassion avaient violé les lois, qu'ils avaient fait du tort à autrui, que c'étaient sans aucun doute des criminels, peut-être des assassins qui avaient fait souffrir leurs victimes; il ne vit qu'une seule chose : l'ombre de l'échafaud et le terrible sort suspendu sur la tête des condamnés. Il était si vivement ému qu'il oublia sa propre situation, et ne se souvint plus que son autorité était toute factice; avant d'avoir pu se rendre compte de ce qu'il pouvait ou devait faire, il s'était écrié avec passion :

— Qu'on les amène ici !

Puis il rougit, et des paroles d'excuse montèrent à ses lèvres. Cependant il se retint quand il vit que son ordre n'avait causé aucune surprise ni au comte, ni au page de service.

Le page, avec le cérémonial accoutumé, s'était incliné profondément et, marchant à reculons en renouvelant à plusieurs reprises ses révérences, avait quitté la salle. Tom eut un mouvement d'orgueil. Il commençait à comprendre ce que l'on gagne à être roi et les avantages qu'offre cette haute position. Il se dit :

— Je vois que c'est absolument ce que je lisais dans les livres du vieux prêtre et ce que je faisais à Offal Court, quand je me croyais un vrai prince et quand je distribuais mes ordres en disant : « Faites ceci, faites cela », sans que personne osât me contredire ni s'opposer à ma volonté.

En ce moment, les portes de la salle d'audience s'ouvrirent; les officiers de service annoncèrent successivement une longue série de noms et de titres ronflants, et les personnages qui portaient ces titres et ces noms, et qui étaient tous en costume de gala, se rangèrent silencieusement dans la pièce.

Tom ne fit point attention à eux : il était trop soucieux de ce qu'allaient devenir les trois misérables menés au supplice. Il s'assit avec indifférence dans un fauteuil dont le siège était brodé aux armes royales, et les pieds appuyés sur un coussin également armorié, il fixa les yeux sur la porte et donna tous les signes d'une nerveuse impatience. L'assistance n'osa point le troubler dans ses réflexions et, en attendant qu'il daignât s'occuper d'elle, des conversations à mi-voix s'engagèrent sur les affaires du gouvernement et sur les événements de la Cour.

Bientôt on entendit le pas mesuré des hommes d'armes. La porte de la salle d'audience s'ouvrit de nouveau, et les trois criminels se trouvèrent en présence de Tom sous la conduite d'un sous-shérif, accompagné d'un certain nombre de gardes du roi.

L'officier de justice mit un genou en terre devant Tom, puis se leva et alla se poster à l'écart. Les trois condamnés s'agenouillèrent aussi et restèrent dans cette position, la face presque contre terre. La garde se groupa derrière le siège royal.

Tom examina attentivement les prisonniers. Je ne sais quoi dans le costume et l'air du condamné éveillait en lui un vague souvenir.

— Il me semble, se disait-il, que j'ai déjà vu cet homme..., mais où et quand, je ne saurais le préciser.

L'homme avait soudainement levé la tête et l'avait baissée tout de suite, ne pouvant supporter l'éclat redoutable de la souveraineté. Mais il n'avait fallu qu'un clin d'œil à Tom pour surprendre l'expression de la physionomie du misérable.

— J'y suis maintenant, murmura-t-il, c'est l'individu qui a retiré Giles Watt de la Tamise et lui a sauvé la vie ce jour de l'an qu'il faisait si froid ; c'était certainement là une bonne action, et il est fâcheux qu'il ait commis d'autres actions viles et se soit mis dans cette triste situation..... Je n'ai oublié ni le jour ni l'heure, par la raison que bientôt après, sur le coup de midi, grand'mère Canty m'administra une volée si rudement conditionnée que toutes celles que j'ai reçues avant et après peuvent passer pour caresses et douceurs auprès de celle-là.

Tom ordonna d'éloigner un moment la femme et l'enfant ; puis, s'adressant au sous-shérif :

— Quel crime cet homme a-t-il commis ?

L'officier de justice fit une génuflexion et dit :

— Plaise à Votre Majesté, ce misérable a fait périr un de vos sujets par le poison.

La compassion qu'avait éprouvée Tom pour le prisonnier et son admiration pour le généreux sauveur de l'enfant qui allait se noyer, se trouvèrent tout d'un coup singulièrement ébranlées.

— A-t-il été convaincu de ce crime ? interrogea t-il.

— Il y a eu évidence, sire.

Tom soupira et dit :

— Qu'on l'emmène, il mérite la mort. C'est dommage, car c'était un brave homme, ou du moins...... je veux dire qu'il en a l'air.

Le prisonnier joignit les mains avec l'énergie du désespoir et fit appel à la clémence du Roi. La terreur était peinte sur ses traits, et des phrases hachées s'échappaient de ses lèvres.

— Oh ! pitié, mylord Roi ; si vous pouvez avoir pitié de ceux qui sont perdus, ayez pitié de moi, sire. Je suis innocent. Il n'y a point de preuves de ce dont on m'accuse, mais j'accepte la condamnation. Le jugement a été rendu, il faut qu'il reçoive son exécution. Pourtant, dans mon extrême misère, je demande une faveur, car ma sentence est trop cruelle pour que je puisse la subir. Grâce, mylord Roi, grâce! Que votre royale compassion exauce ma prière, que par votre royal commandement je sois condamné à être pendu!

Tom était stupéfait. Il ne s'attendait pas à cette issue.

— Voilà une drôle de faveur, s'écria-t-il. Tu demandes à être pendu? Mais c'était bien là ton sort, ce me semble.

— Oh! non, mon bon maître et suzerain. Je dois être *bouilli vif*.

A ces mots, un sentiment d'épouvante se peignit sur le visage de Tom. Il eut un soubresaut et faillit s'élancer de son siège. Dès qu'il put recouvrer son sang-froid, il s'écria :

— Sois exaucé, pauvre hère! Quand tu aurais empoisonné cent hommes, tu ne mérites point une mort aussi affreuse.

Le condamné se jeta la face contre terre et éclata en démonstrations passionnées de reconnaissance.

— Si jamais il vous arrive malheur, — que Dieu vous en préserve, sire! — puisse votre bonté pour moi en ce jour vous être comptée là-haut et recevoir sa récompense!

Tom s'était tourné vers le comte de Hertford :

— Mylord, dit-il, je ne puis croire que l'affreuse sentence prononcée contre cet homme soit conforme à la loi.

— C'est la peine ordinaire des empoisonneurs, sire. En Allemagne, les faux-monnayeurs sont jetés vivants dans l'huile bouillante, ou plutôt on ne les y jette pas, mais on les y descend par une corde, petit à petit, d'abord les pieds, puis les jambes, puis.....

— Oh! je vous en prie, mylord, n'allez pas plus loin; je ne saurais supporter le récit de ces horreurs.

Tom s'était couvert les yeux des deux mains, comme pour échapper à la vue du sinistre spectacle.

— Je vous en supplie, mylord, dit-il près de suffoquer, faites changer cette loi. Oh! ne souffrez point que de pauvres créatures du bon Dieu soient soumises à de pareilles tortures.

Le visage du comte rayonna de satisfaction. Hertford était une âme noble, compatissante, cédant aux impulsions généreuses, chose peu commune parmi les grands du royaume, à cette époque où la force et la violence étaient la règle de conduite habituelle des rois et des princes.

— Ces paroles de Votre Majesté, dit-il, ont désormais signé et scellé l'abrogation de la loi contre les empoisonneurs. L'histoire s'en souviendra, sire, pour en reporter tout l'honneur au règne de Votre Majesté.

Le sous-shérif se disposait à se retirer avec le condamné. Tom lui fit signe d'attendre :

— Je voudrais, dit-il, examiner cette affaire d'un peu plus près. Cet homme affirme qu'il n'y a pas de preuves contre lui. Dites-moi sur quoi reposent l'accusation et la condamnation.

— Plaise à Votre Majesté, il conste, par le procès, que cet homme est entré dans une maison du hameau d'Islington, où gisait un malade. Trois témoins disent que c'était à dix heures du matin, et deux autres témoins assurent que c'était quelques minutes plus tard. Le malade était seul à ce moment et dormait. L'homme que voici sortit presque aussitôt de la maison et suivit son chemin. Le malade mourut une heure après, en faisant de grands efforts pour vomir, avec des contractions convulsives des muscles et des nerfs.

— Quelqu'un a-t-il vu donner du poison au malade ? A-t-on trouvé du poison ou des traces de ce poison sur le cadavre ?

— Non, sire.

— Alors comment sait-on qu'il y a eu empoisonnement ?

— Plaise à Votre Majesté, les docteurs ont témoigné que personne ne meurt ainsi sans avoir été empoisonné.

Le témoignage était concluant, car la science médicale était, dans ces temps de simplicité, plus souveraine encore qu'aujourd'hui. Aussi Tom se garda-t-il de mettre en doute l'autorité d'une parole si généralement respectée.

— Les docteurs connaissent leur affaire, dit-il, par conséquent ils ont raison.

Et il ajouta mentalement :

— Le pauvre diable me paraît décidément perdu.

— Ce n'est pas tout, sire, continua le sous-shérif. Il y a plus et pis. Beaucoup de gens ont attesté qu'une sorcière du même hameau, que l'on n'a plus vue depuis lors et qui est allée on ne sait où, avait prédit et secrètement confié à plusieurs personnes que le malade *mourrait par le poison*, et que celui qui le lui donnerait serait un étranger, un homme brun, mal vêtu ; or, l'homme que voici est brun et dépenaillé. Plaise à Votre Majesté de remarquer cette circonstance qui donne un si grand poids à l'accusation, savoir que le crime a été *prédit.*

C'était en effet un argument irrésistible, qui entrainait fatalement la condamnation, aux âges superstitieux.

Tom comprit qu'il n'y avait rien à répliquer. Pour peu qu'on s'en rapportât à ces témoignages accablants, la culpabilité du misérable était hors de doute.

Tom voulut toutefois laisser au prisonnier une dernière chance de salut :

— As-tu quelque chose à dire pour ta défense ? demanda-t-il. Parle vite.

— Sire, s'écria le condamné, tout ce que j'ai dit devant les juges, tout ce que je puis dire ici ne saurait me sauver. Je suis innocent, mais je ne puis le démontrer. Je n'ai point d'amis, je ne connais personne, sans cela j'aurais pu établir que je n'étais point à Islington, le jour où l'homme malade est mort ; j'aurais pu établir que, ce même jour, je me trouvais à une lieue de là, au bas du vieil escalier de Wapping, et je pourrais établir aussi qu'à ce même moment, sire, au lieu de faire périr quelqu'un par le poison, je sauvais la vie à un enfant qui se noyait et que...

— Paix, s'écria Tom avec animation. Shérif, quel jour a été commis le crime ?

— A dix heures du matin, sire, ou quelques minutes plus tard, le premier jour de l'an, alors que....

— Lâchez cet homme, qu'on lui donne la liberté, à l'instant même. Je le veux.

Tom avait pris un ton de commandement tellement impérieux qu'il crut avoir tout de bon dépassé la limite de ses pouvoirs. Il regarda autour de lui avec crainte, rougit vivement, fixa les yeux sur lord Hertford, et pour corriger ce qu'il pouvait y avoir d'incongru dans ses dernières paroles :

— J'enrage, dit-il, de voir qu'un homme puisse être pendu sur des témoignages aussi futiles, aussi légers !

Un sourd murmure d'admiration circula dans l'assemblée. Certes, cette admiration n'était point provoquée par le pardon que Tom venait d'accorder à un misérable dûment convaincu d'empoisonnement et dont la mise en liberté pouvait à peine passer pour admissible; mais on s'étonnait avec plaisir que le jeune enfant investi de l'autorité suprême eût fait preuve de tant d'intelligence et d'à-propos. Aussi se disait-on tout bas :

— Il n'est pas si fou qu'on le dit; un homme qui a toute sa raison n'aurait pas jugé plus sainement.

D'autres ajoutaient :

— Avec quelle habileté, quelle sûreté de jugement, il a dirigé l'interrogatoire ! Comme il s'est retrouvé tout entier dans cette manière brusque et nette de trancher la question. Comme on le reconnaît bien à ce « je le veux », si hautain et si ferme !

D'autres allaient encore plus loin :

— Dieu soit loué, le voici bien guéri ! Ce n'est plus un enfant, c'est un Roi. Il aura la volonté de son père !

Ces réflexions, accompagnées d'applaudissements, n'étaient point si discrètes qu'il n'en parvînt quelque chose aux oreilles de Tom lui-même. Elles eurent pour effet de le mettre plus à l'aise, de le rendre plus entreprenant et de lui faire éprouver un sentiment bien marqué d'orgueil, qui courait risque de dégénérer bientôt en présomption.

Toutefois le naturel de son âge prit vite le dessus, et la curiosité l'emporta sur la réserve. Il était impatient de savoir quels crimes avaient commis la femme et la petite fille. Aussi commanda-t-il de les faire paraître devant lui.

Quand elles furent prosternées à ses pieds, quand il les vit frappées d'épouvante, et les entendit pousser d'affreux sanglots, il sentit une larme monter à ses yeux.

— Qu'ont-elles fait? demanda-t-il au sous-shérif.

— Plaise à Votre Majesté, elles ont été accusées et convaincues du crime le plus noir. C'est pourquoi les juges, agissant conformément à la loi, ont ordonné de les pendre haut et court, jusqu'à ce que mort s'en suive. Elles ont vendu leur âme au diable.

Tom tressaillit de tous ses membres. Le Père André lui avait appris combien il fallait abhorrer les méchants qui se livraient à d'aussi coupables pratiques. Pourtant il ne put résister au désir de savoir plus exactement ce qui s'était passé.

— Où et quand ce crime abominable a-t-il été commis? demanda-t-il.

— A minuit, en décembre, près des ruines d'une église, sire.

Tom eut un nouveau frissonnement d'horreur.

— Qui était là?

— Ces deux infâmes créatures, sire, et l'*autre*.

— Ont-elles confessé leur crime?

— Non, sire, elles le nient,

— Alors, comment le sait-on?

— Il y a des témoins, sire, qui les ont vues rôder autour de l'endroit; leurs allées et venues ont éveillé des soupçons, qui ont été bientôt confirmés et justifiés par des faits. En particulier, il est manifeste que, par le pouvoir occulte ainsi obtenu, elles ont évoqué et provoqué un orage qui a dévasté toute la contrée. Quarante témoins ont vu l'orage et l'ont attesté ; et l'on en aurait certainement trouvé mille, car tout le pays en a souffert.

Tom ne pouvait contester la scélératesse d'un tel acte, mais la gravité de la sentence ne cessait de le troubler.

— Ont-elles souffert aussi de cet orage ? demanda-t-il ?

Il y eut un mouvement de surprise dans l'assemblée. Quelques têtes chauves se rapprochèrent ; plusieurs des assistants convinrent que la question était subtile et sagace. Le sous-shérif, lui, ne vit point où Tom voulait en venir. Aussi répondit-il simplement :

— Certes, sire, elles en ont souffert, et plus cruellement que le reste du village. Elles ont eu leur maison détruite, tous leurs biens perdus, elles sont restées sans asile.

— Il me semble que cette femme a été tout d'abord punie de son méfait par le mal qu'elle en a éprouvé, et qu'elle a été trompée au marché qu'elle a fait, n'eût-elle payé qu'un farthing; mais avoir vendu son âme et celle de son enfant pour avoir un pareil résultat, voilà qui me paraît impossible, à moins qu'elle ne soit folle. Or, si elle est folle, elle ne sait pas ce qu'elle fait, et si elle ne sait pas ce qu'elle fait, elle n'est pas coupable.

Les têtes chauves se rapprochèrent pour la seconde fois.

— Si le Roi est fou, dit quelqu'un, comme on en

fait courir le bruit, sa folie est de celles qu'il faudrait souhaiter à bien des gens que je connais et dont toute la sagesse ne vaut pas un grain de raison.

— Quel âge a cette enfant ? demanda Tom.

— Neuf ans, plaise à Votre Majesté.

— La loi d'Angleterre permet-elle à un enfant de faire un pacte pour se vendre, mylord ?

Tom avait adressé cette question à l'un des juges qui faisaient partie de l'assemblée.

— Sire, dit le savant magistrat en s'inclinant à deux reprises, la loi ne permet point à un enfant de se lier pour aucune affaire importante, ni de figurer dans aucun contrat, attendu que l'enfant, par dénûment ou faiblesse d'intelligence, est inapte, inhabile et incompétent en matière d'engagement, obligation ou controverse avec l'intelligence plus mûre et plus exercée et avec les mauvais desseins de ceux qui sont ses aînés. Tout contrat fait par un enfant avec un Anglais est nul, non advenu et caduc.

— Mais pourquoi ce contrat est-il valable quand il est fait, à cet âge, avec le Malin ? Pourquoi la loi anglaise accorde-t-elle au Malin un droit qu'elle refuse à un sujet anglais ?

Pour la troisième fois les têtes chauves se mirent ensemble. La question soulevée par Tom était si manifestement du domaine de la casuistique que l'on était bien forcé de reconnaitre le degré d'avancement de ses études théologiques. N'était-ce point une preuve irrécusable de la similitude des tendances de son esprit avec les préoccupations favorites de son père ?

La femme avait cessé de sangloter. La tête levée, elle interrogeait des yeux la physionomie de Tom, où elle semblait lire, pour elle et son enfant, une lueur d'espérance. Tom s'en aperçut, et il se sentit attiré davantage vers cette malheureuse exposée avec une petite fille de neuf ans à une situation aussi terrible et pour ainsi dire sans remède.

— Comment ont-elles fait pour provoquer l'orage? demanda-t-il.

— *Elles ont tiré leurs bas*, sire.

Tom ne comprit point. Sa curiosité était vivement allumée.

— C'est étrange, dit-il avec un geste d'incrédulité. Est-ce que cela arrive toujours? Est-ce qu'il y a toujours un orage, quand cette femme tire ses bas?

— Toujours, sire, du moins si telle est la volonté de la femme, et si elle prononce les mots cabalistiques par pensée ou par parole.

Tom fit un bond sur son siége, et étendant le bras vers la femme, d'une voix impérieuse il commanda :

— Tire tes bas, exerce ton pouvoir, je veux voir un orage.

Il y eut un mouvement d'effroi et de recul dans l'assemblée; tous les visages pâlirent. Personne n'osait parler, mais il était manifeste que tout le monde aurait voulu prendre la fuite. Quant à Tom, il ne paraissait guère s'inquiéter du cataclysme qu'il exigeait de produire. Il avait attaché sur la femme de grands yeux étonnés, et il lui disait avec animation :

— Ne crains rien, il ne te sera fait aucun reproche. Bien plus, tu seras libre, personne ne te molestera. Tire tes bas, exerce ton pouvoir.

— Oh ! mylord Roi, supplia la femme, je n'ai point de pouvoir, je n'ai point commerce avec les esprits. J'ai été faussement accusée.

— C'est la crainte qui te fait parler. Sois sincère, il ne te sera fait aucun mal. Fais venir un orage, dût-il être tout petit. Je ne demande pas une tempête, un ouragan, j'aime mieux le contraire; fais ce que je te dis, et tu auras la vie sauve, et tu sortiras d'ici, avec ton enfant, sous la protection du Roi, sans qu'aucun des sujets de ce royaume puisse te causer aucun mal ni dommage.

La femme ne répondit pas. Elle s'était laissée tomber la face contre terre, et ses gémissements, entrecoupés de hoquets convulsifs, prouvaient qu'elle était impuissante à satisfaire le caprice royal, quoique la vie de son enfant et son propre salut fussent en jeu.

Tom insista, ordonna sévèrement, frappa du pied pour se faire obéir.

La femme sanglotait toujours.

— Je ne puis pas, sire, je ne puis pas.

A la fin, Tom dit gravement :

— Je crois que cette femme dit vrai. Si ma mère était à sa place, et si elle tenait quelque pouvoir du Malin, elle n'hésiterait pas un moment à faire éclater tous les orages qu'on voudrait et à mettre tout le pays sens dessus dessous, dût-il n'en point rester pierre sur pierre, dès lors qu'elle serait sûre de me sauver la vie à ce prix ! Or, j'ai lieu de croire que toutes les mères pensent comme la mienne. Tu es libre, bonne femme, et ton enfant aussi, car je vous crois toutes deux innocentes. Or, maintenant que tu n'as plus rien à craindre, que tu es pardonnée, tire tes bas et fais venir un orage, je te rendrai aussi riche que tu le voudras.

— Je ne puis pas, sire, dit la pauvresse, je ne puis pas

Tom était rouge de colère. Les assistants frémissaient. Les gardes, obéissant à un mouvement instinctif, avaient laissé retomber lourdement leurs hallebardes sur le sol.

— Tire tes bas! cria Tom.

La femme, effrayée, obéit. Elle tira ses bas et ceux de sa petite fille.

Il y eut un long silence.

L'orage n'éclata point.

Tom eut un soupir de désappointement.

— Va, brave femme, dit-il, tes juges se sont trompés. Va en paix. Le Malin n'a point d'empire sur toi. Remets tes bas et ceux de ta fille. Mylords, nous n'aurons point d'orage, rassurez-vous.

CHAPITRE XVI.

LE GRAND DÎNER.

L'heure du grand dîner approchait. Chose étrange, cette pensée, loin de déconforter Tom, semblait ne plus lui inspirer aucune appréhension. L'expérience qu'il avait faite le matin lui avait donné toute confiance en lui-même. Il s'était fait à sa prison et à ses gardiens, et en moins de quatre jours, il était déjà plus acclimaté que ne l'eût été un homme mûr au bout de plusieurs mois. Jamais enfant ne s'accommoda plus aisément des circonstances.

La salle où allait avoir lieu le banquet royal était une vaste pièce, dont les pilastres et les piliers dorés formaient plusieurs entre-colonnements. Les murs et les plafonds étaient peints. A la porte se tenaient des gardes de haute taille, raides comme des statues; ils étaient vêtus de costumes somptueux et pittoresques et portaient des hallebardes. Une tribune qui faisait le tour de la salle était réservée aux musiciens et aux notables de la Cité, avec leurs dames en grande toilette de gala. Au centre de la pièce, sur une estrade, était la table où devait s'asseoir le Roi.

Ecoutons un ancien chroniqueur :

« Alors fit son entrée dans la salle un gentilhomme portant une longue baguette ou canne, et avec lui un autre gentilhomme portant une nappe, laquelle, après avoir fléchi le genou trois fois avec la plus profonde vénération, il étendit sur la table, et après une nouvelle génuflexion, tous deux se retirèrent; alors entrèrent deux autres, dont l'un avait aussi une longue baguette, l'autre une salière, avec un plat et du pain ; lorsqu'ils se furent agenouillés comme avaient fait les premiers, et lorsqu'ils eurent placé sur la table ce qu'ils avaient apporté, ils se retirèrent ensuite avec les mêmes cérémonies accomplies par les premiers; en dernier lieu viennent deux nobles, richement habillés, l'un portant un couteau servant à goûter les mets, lesquels, après s'être prosternés trois fois de la plus gracieuse façon, s'approchèrent de la table et la frottèrent avec du pain et du sel, aussi craintivement que si le Roy avait été présent. »

Ces préparatifs achevés, on entendit résonner dans les corridors une fanfare, puis les cris : « Place pour le Roi ! Place pour Sa très excellente Majesté le Roi ! » Ces cris devenaient plus distincts de moment en moment. Bientôt le brillant cortège se montra à l'entrée de la pièce et y pénétra avec solennité.

Laissons encore parler le chroniqueur :

« D'abord viennent les gentilshommes, barons et comtes, et chevaliers de la Jarretière, tous richement vêtus et nu-tête ; puis vient le chancelier entre deux gentilshommes, dont l'un porte le sceptre royal, l'autre, le glaive de l'Etat, dans un fourreau rouge, orné de fleurs de lys d'or, la pointe en haut ; puis vient le Roy lui-même, lequel, à son apparition, douze trompettes et plusieurs tambours saluent avec une grande démonstration de joyeux accueil, tandis que tous ceux qui sont dans les tribunes ou galeries se tiennent debout en criant : « Dieu sauve le Roy ! » Après lui viennent les nobles attachés à sa personne, et à sa droite et à sa gauche marchent sa garde d'honneur et ses cinquante gentilshommes avec des haches de combat en fer doré. »

Le coup d'œil était admirable. Tom sentait son cœur se dilater et ses yeux flamboyaient de joie. Il se tenait bien droit et il était d'autant plus gracieux qu'il ne songeait point à le paraître. Son esprit était tout entier attaché au magnifique spectacle qu'il avait devant lui. Du reste, il portait avec aisance son splendide costume : depuis quatre jours qu'on ne cessait de lui mettre de riches habits, selon les exigences du cérémonial, il avait eu le temps de s'accoutumer à ce nouveau luxe.

En outre, Tom savait maintenant ce qu'il avait à faire ; il se souvenait des instructions de son oncle et des avis secrets de son enfant du fouet. Lorsqu'il fut arrivé sur l'estrade royale, il inclina légèrement sa tête couverte d'un grand chapeau à plumes, et avec un geste plein de courtoisie il prononça ces paroles :

— Je vous remercie, mon bon peuple !

Ensuite il s'assit sans ôter son chapeau et sans montrer le moindre embarras ; car les Canty et les rois d'Angleterre avaient toujours eu cela de commun qu'ils mangeaient les uns et les autres la tête couverte. Sous ce rapport, il eût été difficile de dire qui, des rois d'Angleterre ou des Canty, montrait le plus de sans-gêne. Le cortège s'arrêta, et ceux qui le composaient se disposèrent dans la salle en groupes pittoresques, avec cette seule ressemblance que tout le monde resta nu-tête.

Alors, aux sons d'une joyeuse musique, les yeomen de la garde firent leur entrée. C'étaient les plus beaux et les plus grands hommes d'Angleterre : on les choisissait avec un soin particulier.

Mais écoutons le chroniqueur :

« Les yeomen de la garde entrèrent, nu-tête, vêtus d'écarlate, avec des roses d'or dans le dos ; ils allaient et venaient avec ordre, apportant, chacun à son tour, les différents services, le tout dans de la vaisselle plate. Les plats étaient reçus par un gentilhomme dans l'ordre où ils étaient apportés, et placés sur la table, tandis que le gentilhomme ayant privilège de goûter les mets donnait à chacun une bouchée de ce qu'il avait apporté, par peur du poison. »

Tom fit un bon dîner, quoiqu'il vît des centaines d'yeux braqués sur lui pour suivre chacun de ses mouvements, surveiller chaque morceau qu'il portait à la bouche, et ne pas plus le perdre de vue que s'il eût été une bombe explosible prête à éclater en cent pièces dans la salle. Aussi prenait-il garde à tout ce qu'il faisait et à tout ce qu'il ne pouvait pas faire sans manquer au cérémonial, mangeant et buvant lentement et attendant toujours que le gentilhomme privilégié mît un genou en terre et fît à sa place ce qu'à Offal Court il eût sans aucun doute fait lui-même. Il arriva ainsi à doubler le Cap des Tempêtes sans accident, c'est-à-dire à ne commettre aucune gaucherie ; et il put se flatter d'avoir remporté un véritable triomphe.

Le repas fini, le cortège se remit en marche, aux sons des trompettes, aux roulements des tambours et aux tonnerres d'acclamations de l'assistance.

Tom avait repris sa place derrière le chancelier, et tandis qu'il regardait avec bienveillance la foule et les courtisans prosternés sur son passage, il se disait que s'il n'y avait pas plus de mal à dîner en public, il renouvellerait volontiers l'expérience plusieurs fois par jour, pour pouvoir s'affranchir, au moins pendant une heure, des terribles obligations de son métier de roi.

CHAPITRE XVII.

FOU-FOU Ier.

Miles Hendon courait comme un fou, jetant un regard rapide sur tous ceux qu'il rencontrait, et comptant bien arriver au bout du pont avant l'enfant et ses ravisseurs.

Il fut déçu dans son espérance.

A force de questions il parvint à suivre la piste jusqu'à une certaine distance sur la grande route de Southwark ; mais là les traces des fugitifs cessèrent, et il se trouva aussi désappointé et aussi perplexe qu'au départ. Cependant il continua ses recherches, sans perdre patience, tout le reste de la journée.

Quand vint la nuit, il était encore planté sur ses jambes, le cou tendu, attentif à tous les bruits, interrogeant tous les visages et mort de faim.

Il se résigna à entrer dans l'auberge du Tabard et à y demander à souper et à coucher, se promettant bien de se lever à l'aurore et de fouiller la ville sans trêve ni cesse, comme il eût fait d'une botte de foin pour y chercher une aiguille. Il ne dormit guère, les idées et les plans se croisant dans son cerveau.

— L'enfant, se dit-il, essaiera de s'échapper des mains du gredin, qui se prétend son maître et père. Une fois libre, rebroussera-t-il chemin pour revenir à Londres et aux lieux d'où il est parti ? Ce n'est point à supposer, car il ne voudra pas courir le risque d'être repris. Mais alors, que fera-t-il ? N'ayant aucun ami au monde, ni aucun protecteur, tant qu'il n'aura pas retrouvé Miles Hendon, il est clair qu'il le cherchera partout, excepté à Londres, où il serait en danger. Il prendra le chemin de Hendon Hall, c'est le seul parti qui lui reste, car il sait que Miles lui-même se rend à Hendon, et il doit se dire qu'il l'y rencontrera.

Miles était si convaincu qu'il ajouta :

— Je n'ai point de temps à perdre ici à Southwark ; allons tout droit, par le comté de Kent, vers Monk's Holm, battre la forêt et faire parler les gens sur mon passage.

Voyons ce que faisait pendant ce temps le petit roi.

L'affreux drôle, que le garçon de l'auberge avait vu débucher comme une bête fauve, au moment où le roi et le jeune homme passaient sur le pont, ne les rejoignit point à proprement parler, mais il se mit en marche derrière eux en les serrant de près. Il ne disait rien. Le bras gauche en écharpe, l'œil gauche caché sous une grande pièce d'étoffe verte, il avait l'air de se traîner en s'appuyant de la main droite sur un gros gourdin.

Le jeune homme fit passer le roi par une allée tortueuse qui les mena au haut de la route de Southwark. Le roi était furieux. Il déclara qu'il n'irait pas plus loin, que c'était à Hendon à venir au-devant de son souverain, et non au souverain à se rendre à la rencontre de son vassal et sujet. Il était décidé à ne pas souffrir plus longtemps cette insolence et à ne point bouger de place.

— Ainsi, dit le jeune homme, vous voulez rester à baguenauder ici, tandis que votre ami qui est blessé gît là-bas dans la forêt. Faites comme vous voudrez.

Le roi changea soudainement de langage.

— Blessé, dites-vous ? s'écria-t-il. Et qui a osé porter la main sur lui ? Mais nous verrons cela plus tard. Allons vite, allons vite. Plus vite ! vous dis-je. Vous êtes donc chaussé de plomb ? Blessé ! Ah ! quand celui qui l'a mis dans cet état serait fils de duc, il s'en repentira.

Il y avait une certaine distance à parcourir pour arriver à la forêt ; mais cet espace fut rapidement franchi. Le jeune homme regardait partout avec circonspection; à la fin il aperçut une branche d'arbre fichée en terre et portant au haut un bout de guenille. Il eut l'air de se reconnaître et entra dans la forêt, cherchant attentivement des branches d'arbre ainsi disposées de loin en loin et mises là évidemment pour servir de repère jusqu'au but qu'il voulait atteindre.

Ils arrivèrent à une clairière, où se trouvaient les débris d'une ferme incendiée, et tout près de là une vieille grange qui tombait en ruines. Tout paraissait désert et silencieux en cet endroit.

Le jeune homme pénétra dans la grange. Le roi marchait précipitamment derrière lui.

La grange était vide. Le roi jeta sur son compagnon un regard surpris et soupçonneux :

— Où est-il?

Un gros rire moqueur lui répondit.

Le roi entra en fureur. Il saisit une bûche et allait assommer son guide, lorsqu'un autre rire moqueur frappa son oreille. Il se retourna et vit l'infirme qui les avait suivis depuis le pont.

— Qui êtes-vous? demanda le roi sévèrement, que faites-vous ici ?

— Allons, assez de folies comme ça, dit l'infirme, et calme-toi. Mon déguisement est bon pour les autres. Toi, tu ne saurais t'y tromper et ne pas reconnaître ton père.

— Mon père ! Non, vous n'êtes pas mon père. Je ne vous connais pas. Je suis le Roi. Si vous avez caché mon loyal serviteur, menez-moi vers lui, ou vous payerez chèrement ce que vous venez de faire.

John Canty prit un ton froid et mesuré.

— Je veux bien que tu sois fou, et je consens à te faire grâce. Une fois n'est pas coutume. Mais il ne faudrait pas que ce jeu durât longtemps. Tu sais ce qui arrive quand on me pousse à bout. Tous tes grands airs et tes sottes paroles ne servent de rien ici où il n'y a personne pour s'amuser de ta folie, vraie ou non. Sache seulement ceci : c'est que tu feras bien d'apprendre à ta langue à se surveiller, si tu ne veux point en pâtir, maintenant que nous avons changé de quartier. J'ai tué un homme, et ce n'est pas le moment de nous en aller chez nous. Tu n'y iras pas, non plus, car j'ai besoin de toi ici. Ecoute bien : j'ai changé de nom et pour cause ; je m'appelle à présent Hobbs..., John Hobbs. Toi, tu es Jack, mets-toi bien cela dans la mémoire. Et, maintenant, dégoise. Où est ta mère ? Où sont tes sœurs ? Je ne les ai pas trouvées au rendez-vous. Sais-tu ce qu'elles sont devenues ?

Le roi répondit avec mépris :

— Le roi interroge et n'a point à répondre. Ma mère est morte, et mes sœurs sont au palais.

Le jeune homme eut un grand éclat de rire.

Le roi brandit sa bûche des deux mains; mais Canty se jeta entre eux.

— Tais-toi, Hugo, dit-il, ne l'excite pas. Il est fou, et tes rires ne font qu'empirer son état. Assieds-toi, Jack, et laisse-nous la paix. Tu auras à manger tout à l'heure.

Hobbs et Hugo se mirent à parler à voix basse, et le roi se retira à l'écart pour éviter, autant que possible, le contact de leur répugnante société. Il trouva, à l'autre bout de la grange, un lit de paille. Il s'y coucha, ramena la paille sur lui en guise de couverture, et s'absorba dans ses pensées.

Il était accablé de soucis et de souffrances, mais qu'étaient tous ces malheurs présents en comparaison de la perte de son père? Pour le reste de l'humanité, le nom de Henri VIII faisait frissonner, et éveillait l'idée d'un ogre crachant du feu, écrasant, dans son immense poigne, les femmes et les petits enfants. Pour lui, au contraire, ce nom ne pouvait éveiller que des souvenirs de bonheur, cette image apparaissait sous les traits de la tendresse, de la bienveillance et de l'affection. Il se rappelait une longue succession de circonstances fortunées, d'heures bénies passées avec son père, et les larmes qui ruisselaient sur ses joues attestaient combien la mort de ce père bien-aimé l'avait navré.

Le pauvre petit resta ainsi étendu pendant longtemps, excédé de chagrins. Il était si abattu qu'il inclina la tête sur la poitrine, et le coude appuyé sur le sol, il s'endormit.

Au bout de plusieurs heures, — dont il n'aurait pu dire le nombre, — il eut à peu près conscience de son sort; les yeux encore fermés, il se demandait vaguement où il était et ce qui se passait, quand il perçut un son sec et répété, pareil au bruit que fait la pluie en tombant sur un toit.

Il s'était retourné, et couché sur le ventre, la tête soulevée, il cherchait à se rendre compte de la cause exacte de ce bruit, lorsqu'il entendit tout à coup un concert assourdissant de voix et de cris, accompagnés de rires. Il se redressa un peu plus pour voir qui se permettait d'interrompre son repos.

Alors, il assista à un spectacle étrange, presque indescriptible.

Un grand feu était allumé au milieu de l'aire, à l'autre extrémité de la grange. Tout autour, se mouvait et grouillait, sinistrement éclairé par les lueurs rutilantes de la flamme, le plus bizarre ramassis de gueux, de galefretiers, de coquins, hommes et femmes, qui eût passé sous ses yeux, dans ses livres ou dans ses rêves. Il y avait là de grands escogriffes, la poitrine découverte et toute velue, aux longs cheveux tombant dans le dos, drapés dans des guenilles fantastiques; des adolescents à la mine truculente, au costume de toutes couleurs dont les lambeaux étaient retenus par des prodiges d'art inconnus aux plus habiles tailleurs; des aveugles qui, pour mieux inspirer la pitié, s'étaient collé des emplâtres sur les yeux; des estropiés, les uns avec une jambe de bois, les autres avec deux béquilles; des lépreux, le corps couvert de plaies hideuses qui sortaient à vif de leurs bandages mal appliqués; un marchand ambulant avec sa balle sur le dos; un gagne-petit, un étameur, un barbier en plein vent, les uns et les autres avec leurs outils; des femmes, celles-ci presque encore enfants, celles-là d'un âge mûr, d'autres vieilles et ridées, pareilles à des sorcières, toutes l'air impudent, cynique, la bouche pleine d'injures et de paroles obscènes, toutes sales, immondes, respirant le vice et la turpitude ; trois enfants à la mamelle, le visage rempli de pustules ; un couple de chiens faméliques, la corde au cou, ayant pour office ordinaire de conduire les aveugles.

La nuit était venue ; l'ignoble tas de drôles avait achevé de faire ripaille, l'orgie avait commencé ; un énorme gobelet rouillé, dont le fond dessoudé laissait couler goutte à goutte un liquide âcre sentant l'eau-de-vie, passait de bouche en bouche.

Soudain, toutes les voix crièrent à l'unisson :

— La chanson ! la chanson ! Allons, Souris-Chauve, Dick, Boute-tout-Cuire !

Un des aveugles se leva, arracha les emplâtres qui cachaient ses yeux, et jeta la pancarte qu'il avait sur la poitrine, et où se trouvaient expliquées, tout au long, les causes de sa cécité de commande. Boute-tout-Cuire se débarrassa de sa jambe de bois qu'il lança par-dessus sa tête, et alla se poster, sur ses deux bons pieds, auprès de son collègue en gueuserie.

Aussitôt ils entonnèrent, avec un graissement rauque, une *goualante* (1), dont le refrain était chaque fois repris en chœur par toute la bande. Au dernier couplet de cette atroce cacophonie en argot intraduisible, l'enthousiasme, entretenu et chauffé par les libations, était arrivé au paroxysme ; tous braillaient et beuglaient à la fois, et l'on n'entendait plus qu'un affreux charivari de voix cassées, éraillées,

(1) Chanson de voleur.

avinées, veules, creuses ou tonnantes, qui faisaient trembler les poutres de la grange.

Le chant terminé, les conversations s'engagèrent, non dans la langue verte des voleurs, dont on ne se servait qu'en cas de danger d'être entendu par des oreilles indiscrètes, mais en anglais assez bon pour que le roi pût comprendre tout ce qui se disait. Il n'eut point de peine à se convaincre que John Hobbs n'était pas tout à fait une recrue, mais que ses états de service dataient déjà de quelque temps.

Le gredin contait avec une certaine emphase toute l'histoire qui lui était arrivée, et comment il avait tué un homme « par accident ». Cette narration obtint un grand succès, surtout lorsqu'il eut ajouté que l'homme tué était un prêtre. On but à la ronde pour célébrer ce haut fait; chacun se piqua d'honneur pour complimenter le héros. Les vieux camarades de l'assassin se jetèrent à son cou, les nouveaux lui serrèrent la main avec effusion. On se montra étonné de n'avoir pas eu de ses nouvelles, depuis tout un temps.

— On est, dit-il, mieux à Londres que partout ailleurs ; on y vit plus en sûreté, grâce à la sévérité des lois qui sont rigoureusement exécutées. Sans cet accident, j'y serais encore ; je ne me sentais plus l'envie de courir les grands chemins, mais avec cet accident il a bien fallu changer de vie, hélas !

Il demanda combien ils étaient. L'Hérissé, qui était le chef de la bande, se chargea de la réponse :

— Nous sommes ici, dit-il, vingt-cinq *grinches* solides comme des chênes, *ribleurs*, *maitres gonins*, *cés*, *pégriots*, *escarpes*, une vraie *truandaille*, comme on dit en pays de France, ou *budges, bulks, files, clapperdogeons, maunders,* comme nous disons en pays d'Angleterre, sans compter les *dells* et *doxies* et autres *morts* (1). Presque toute la tribu est réunie dans cette grange, le reste a pris les devants vers l'Orient; nous les suivrons à potron-jaquet.

— Je ne vois pas le *Goltreux* parmi les honnêtes gens qui m'entourent. Où est-il ?

— Pauvre diable ! Il doit avoir en ce moment son couvert mis chez maître Beelzebuth et la plante des pieds doit lui cuire ; il a été *refroidi* (2), l'été dernier, dans un *estrif* (3).

— C'est un grand malheur. Le *Goltreux* était un *grinche* capable et qui n'avait pas froid aux yeux.

— En France, il eût été un *Grand Coësre* (4); nous avons toujours sa *dell* ou *gosseline* (5), Bess la Noire; elle est avec ceux qui vont devant. Une bonne *marque* (6), celle-là, et pas fière, et douce, et ordonnée ; je ne l'ai jamais vue ivre plus de quatre jours sur sept.

— Elle s'est toujours observée, je le sais; c'est une *faraudène* (7) qui vaut son pesant d'or. Quelle différence avec la *floume* (8) du *Goltreux*. Je me rappellerai toujours ses yeux de basilic. Une vraie

(1) Cette série de mots d'argot français ou anglais désigne diverses espèces de voleurs, assassins, mendiants, vagabonds, hommes et femmes.

(2) Tué.

(3) Querelle.

(4) Roi des Truands, appelé aussi roi des Thunes.

(5) Fille.

(6) Id.

(7) Id.

(8) Femme.

rome (1) cette *gonzesse* (2), une *empuse* (3) qui jetait des pierres enchantées dans les champs (4), et à qui je n'eusse pas donné mon âme à garder, de peur de malengin (5).

— C'est ce qui l'a perdue. Elle parlait tant de *Baphomet* (6), elle épelait si couramment les *talamasques* (7) et les *achérontiques* (8), elle a fait tant *tourner le sas* (9), que tout le monde a dû reconnaître qu'elle pratiquait la magie noire. Elle a été de par la loi brûlée vive à petit feu. J'en ai été tout ému de voir avec quel courage elle a subi son sort, disant : Dieu vous damne ! à la foule qui la regardait la bouche bée, tandis que les flammes léchaient son corps, montaient jusqu'à son visage, faisaient pétiller ses cheveux pendants et craquer les os de sa vieille tête grise. Elle les damnait et les maudissait, dis-je, tellement que si je vivais mille ans, je n'entendrais jamais plus malédictions pareilles et semblables vomissements de blasphèmes. Hélas ! le grand art est mort pour nous avec elle. Il y en a bien qui l'imitent de loin, faiblement, mais personne ne lui va à la cheville.

L'Hérissé eut un long soupir, auquel les auditeurs firent écho en manière d'oraison funèbre. Il y eut pendant un certain temps un profond accable-

(1) Bohémienne.
(2) Femme.
(3) Sorcière.
(4) Pour les rendre stériles.
(5) Maléfice.
(6) Image mystique adorée par les magiciens.
(7) Caractères ou figures diaboliques.
(8) Livres concernant les rites infernaux.
(9) Faire le métier de devin ou devineresse.

ment dans toute l'assistance, car ces bannis de la société n'ont pas l'âme entièrement fermée à la pitié et sont même capables de s'émouvoir et de s'affliger, surtout lorsqu'ils ont à déplorer l'un de ceux qui ont passé parmi eux pour des êtres supérieurs et s'en sont allés ils ne savent où, sans laisser d'héritier.

Cependant la douleur générale ne fut pas de longue durée. Une tournée d'eau-de-vie remit les esprits d'aplomb et chassa les idées sombres.

— Y a-t-il d'autres manquants ? demanda Hobbs.

— Oui, surtout des recrues ; des petits fermiers mis sur la paille et mourant de faim parce qu'on leur a enlevé leurs fermes pour en faire des parcs à moutons. Ils ont mendié, et quand on les a pris, on les a attachés derrière une charrette, on les a mis nus jusqu'à la ceinture et on les a fouettés jusqu'au sang ; puis on les a mis aux ceps (1) pour recevoir la bastonnade ; puis ils ont mendié derechef ; on les a fouettés derechef et on leur a coupé une oreille ; puis ils ont mendié une troisième fois — car que faire quand on a faim ? — et on les a marqués sur la joue avec un fer rouge, et on les a vendus comme esclaves ; puis ils se sont enfuis : on les a poursuivis, pris et pendus. Voilà leur histoire en termes courts et clairs. D'autres ont été traités plus bénignement. Approchez, Yokel, Burns, Hodges .. montrez vos tatouages.

Ceux qu'il appelait se levèrent, ôtèrent leurs gue-

(1) Sorte de piège ou instrument de torture dans lequel les condamnés avaient les talons pris. De là aussi l'expression « punis par les talons ». Shakespeare en fait mention dans sa tragédie de *Henri IV*.

nilles et montrèrent leurs dos sillonnés de cicatrices, souvenirs des étrivières reçues à diverses époques; un d'eux souleva ses cheveux et fit voir l'absence de son oreille gauche; un autre fit lire sur son épaule la lettre V, profondément imprimée dans la chair; il avait également l'oreille mutilée. Le troisième dit :

— Je m'appelle Yokel; j'étais autrefois un riche fermier, j'avais une femme que j'aimais et des enfants que j'eusse voulu élever suivant la loi du bon Dieu : maintenant il ne me reste plus rien de ce que je possédais; la femme et les petits sont allés je ne sais où, peut-être au ciel, peut-être *ailleurs*; mais où qu'ils soient, j'en rends grâces au bon Dieu, car ils sont toujours mieux qu'*en Angleterre*. Ma pauvre vieille mère, qui était une brave et honnête femme, allait mendier du pain qu'elle distribuait aux malades; un d'eux est mort sans que les docteurs aient su pourquoi, et ma vieille mère a été brûlée comme sorcière sous les yeux de mes enfants qui pleuraient et sanglotaient... Voilà la loi anglaise! Allons, haut les gobelets et les verres! Debout les *grinches*, et buvons! Hourrah pour la bonne et compatissante loi anglaise, qui a sauvé ma mère de l'enfer d'Angleterre !... Merci à tous et à toutes, *pégriots*, *floumes* et *faraudènes*.... J'ai mendié alors, moi aussi, de maison en maison, et ma femme me suivait, portant sur le dos ou tenant par la main les pauvres petites créatures que le bon Dieu nous avait données pour enfants. Mais il paraît que c'est un crime en Angleterre d'avoir faim, et c'est pour cela qu'on nous a mis le dos à nu, et qu'on nous a cinglés de coups de lanière, en nous faisant passer par trois villes.... Buvez, amis, et criez : hourrah ! pour la bonne et compatissante loi anglaise, car les lanières du bourreau ont tant bu le sang de ma pauvre Mary, qu'à la fin est venue l'heure de la délivrance. Elle est là-bas, maintenant, couchée sous l'herbe, dans le Champ du Potier, où elle dort en paix. Et les petits? me demandez-vous. Pendant qu'on me traînait de ville en ville en me fouettant, ils sont morts... Buvez, amis, buvez, rien qu'un coup, pour les pauvres agneaux du bon Dieu, qui n'ont jamais fait de mal à personne... J'ai mendié encore, j'ai demandé à un passant une croûte de pain, et l'on m'a donné la bastonnade, et l'on m'a coupé une oreille, tenez, voici ce qui m'en reste ; j'ai mendié toujours, et l'on m'a coupé l'autre oreille afin de me donner de la mémoire. J'ai mendié, et l'on m'a vendu comme esclave ; voyez cette tache de sang sur ma joue ; si je la lavais, vous verriez distinctement la lettre S que le fer rouge y a imprimée ! Vendu comme esclave ! Avez-vous bien entendu, avez-vous bien compris? Un citoyen anglais, vendu comme esclave ! Regardez-moi tous tant que vous êtes, et criez hourrah ! pour la loi d'Angleterre, qui traite ainsi ceux qui ont faim... Je me suis échappé ; si mon maître met la main sur moi — périsse la loi de ce pays qui le veut ainsi ! — je serai pendu (1).

— Non, tu ne le seras point ; à dater de ce jour-d'hui, cette loi a cessé d'exister !

A ces paroles qui venaient du fond de la grange,

(1) L'auteur commet sciemment un anachronisme. Ce n'est pas avant Edouard VI, mais sous son règne et après lui que furent édictées les mesures de rigueur contre les vagabonds et mendiants. Mark Twain use du *Quidlibet audendi* accordé aux poètes et romanciers. Le caractère qu'il prête à son héros lui sert d'excuse.

toute la troupe des gueux et des vagabonds s'était retournée avec ébahissement.

Alors, on vit le petit roi s'élancer au milieu de l'assemblée interdite, et lorsqu'il se trouva en pleine lumière, tous ayant les yeux attachés sur lui, une immense explosion de rire l'accueillit.

— Quoi? qu'est-ce? Qui es-tu, momaque (1)?

Tous criaient et interrogeaient en même temps.

L'enfant les regarda sans trouble et, croisant les bras sur sa poitrine, il dit avec calme et fierté :

— Je suis Edouard, roi d'Angleterre !

Une nouvelle salve de railleries lui répondit. Les gueux n'avaient jamais assisté à pareille comédie.

Le roi était blessé dans son orgueil.

— Vils manants et traine-potence, s'écria-t-il avec colère, est-ce là votre mode de reconnaitre le don et privilège royal qui vous est octroyé?

Les rires et les exclamations moqueuses étouffèrent sa voix.

John Hobbs criait plus fort que tous les autres. A la fin, il parvint à dominer le vacarme.

— Cès et pégriots, mes compaings, dit-il, mon môme que voici a le moule du bonnet hanté par des coquecigrues et des singes verts; il est fou, archifou; mais passez outre, et n'ayez cure de son esprit de guingois. Il ne se croit rien moins que le roi d'Angleterre.

— Et je le suis, en effet, s'écria Edouard, comme vous l'apprendrez à vos dépens, en temps et lieu. Vous avez confessé que vous avez commis un meurtre, et pour cela seul vous aurez la hart.

(1) Enfant.

— Ah ! tu veux me trahir, toi ! tu me veux livrer à la justice, toi ! Attends que je...

— Tout doux, vieux lifrelofre, s'écria l'Hérissé, en s'interposant au moment où Canty allait laisser retomber son poing bestial sur la tête de l'enfant.

D'un revers de main, le chef des gueux terrassa John Hobbs.

— Ma Dia ! comme jurent les gens en Maine et Poitou, je m'avise, dit-il, que tu ne te morigènes guère au devoir de respect envers tes rois et les maitres de céans. Prends garde, si tu insultes ou molestes quelqu'un en ma présence, c'est moi qui te ferai pendre, car je suis roi et maitre suprême de cette tribu, comme le Grand Coësre l'est à Thunes.

Puis, se tournant vers l'enfant :

— Et toi, petit, dit-il avec bonté, sache que tu n'as point à menacer, et garde ta langue de toute parole mauvaise. Sois roi, si telle est ton humeur et tel ton bon plaisir, mais sois-le sans danger pour toi et pour nous. Laisse le nom que tu viens de prononcer, il ne t'appartient point; persévérer dans ces dires serait crime de haute trahison , nous sommes hors la loi, tous tant que nous sommes ici, mais nul de nous n'a l'âme assez basse pour trahir son Roy ; nous sommes de loyaux et fidèles sujets de la couronne d'Angleterre. Et pour t'en donner la preuve : or, ça, *rogues et morts* (1), tous à l'unisson : Vive Edouard, roi d'Angleterre !

— Vive Edouard, roi d'Angleterre !

Le tonnerre n'eût point retenti avec plus de fracas. La grange en trembla et le petit roi, rayonnant de

(1) Noms de gueux et de vagabonds en argot anglais.

joie, inclina légèrement la tête et dit avec un air grave et solennel :

— Merci, mon bon peuple !

Ces paroles, auxquelles on ne s'attendait point, produisirent sur l'assemblée un effet tel que, pendant un quart d'heure, tous les gueux furent en proie à de véritables convulsions épileptiques. Lorsqu'ils eurent recouvré leur sang-froid, l'Hérissé dit d'un ton ferme, mais avec bienveillance :

— Cesse ce jeu, enfant, il n'en peut résulter rien qui vaille. Suis ton caprice, s'il le faut, mais prends un autre nom.

L'étameur cria :

— Fou-Fou Ier, roi des Lunatiques.

Ce fut un succès. Le nouveau titre s'imposait tout d'un coup. Aussi y eut-il un concert de hurlements et de glapissements.

— Longue vie à Fou-Fou Ier, roi des Lunatiques !

— Qu'on le porte en triomphe !

— Qu'on lui mette la couronne !

— Qu'on lui mette le manteau !

— Qu'on lui donne le sceptre !

— Qu'on l'asseoie sur le trône !

Les vingt-cinq gueux avaient formé le cercle autour de l'enfant. Avant qu'il eût pu prendre haleine, il se vit coiffé d'un plat à barbe en étain en guise de couronne, vêtu d'une couverture constellée de trous qui fut son manteau royal, assis sur un tonneau qui lui servit de trône, tandis qu'on lui mettait dans la main, pour faire office de sceptre, la cuiller à souder de l'étameur.

En même temps les gueux avaient fléchi le genou, et se répandant en lamentations ironiques, en supplications railleuses, ils faisaient semblant de s'essuyer les yeux du bout de leurs manches dépenaillées ou du coin de leurs tabliers crasseux, en gémissant :

— Ayez de nous mercy, auguste sire !

— N'écrasez point sous vos pieds les vers rampants qui sont vos sujets, Majesté !

— Prenez à mercy vos esclaves et daignez ne point exhaler sur eux votre royale colère, ô noble maître !

— Réconfortez-nous et réchauffez-nous de vos gracieux et généreux rayons, ô soleil de flamme, soleil souverain et tout-puissant !

— Sanctifiez la terre en la touchant du bout de votre pied sacré, afin que nous puissions manger la poussière et être ainsi ennoblis !

— Daignez cracher sur nous, ô sire, afin que les enfants de nos enfants puissent parler de votre royale condescendance et qu'ils puissent être fiers et heureux à jamais !

Cependant l'étameur, dont l'inspiration avait mis en branle toute la population de la grange, voulut mettre le comble à la plaisanterie. Il s'agenouilla et se mit en devoir de baiser le pied du roi des Lunatiques. Mais Edouard le repoussa avec indignation. Surquoi le facétieux drôle alla de rang en rang quémander un morceau d'étoffe pour coller là où il avait été touché par le pied de son auguste majesté. Il voulait, disait-il, soustraire cette partie de son corps au contact de l'air, parce qu'il était sûr maintenant de faire fortune, puisqu'il pouvait aller se montrer de ville en ville et amasser des centaines de shillings en laissant voir aux populations éblouies la place où le roi avait daigné poser sur lui son pied sacré.

Le pauvre petit Edouard Tudor pleurait de rage et de honte :

— Ils ne sauraient, pensait-il, agir plus cruellement, si je leur avais fait du mal : pourtant j'ai été bon et clément envers eux, et voilà comment ils me traitent!

CHAPITRE XVIII.

LES VAGABONDS.

Il faisait à peine jour quand les vagabonds sortirent de la grange et se mirent en marche. Le ciel était couvert. On eût dit qu'il pesait sur les têtes. Le sol visqueux glissait sous les pieds ; l'air froid et pénétrant faisait frissonner. La gaieté de la veille avait disparu. Quelques-uns étaient sombres et silencieux; d'autres nerveux et irritables. Personne n'avait envie de rire. Tous mouraient de soif.

L'Hérissé avait confié Jack à Hugo. Il avait donné à celui-ci quelques instructions brèves et sèches. Quant à John Canty, il lui avait commandé de se tenir à distance et de ne point s'occuper de l'enfant. Du reste, Hugo avait pour consigne de ne pas rudoyer le pauvre petit.

Cependant le temps devint plus doux, les nuages commencèrent à se dissiper. Dès qu'on cessa de grelotter, le courage se remonta. Petit à petit, les visages rayonnèrent. Bientôt les quolibets allèrent leur train. Malheur aux passants : les insultes et les injures pleuvaient sur eux. La pègre tenait le haut du chemin et n'entendait pas raillerie sur ses droits d'occupant. Elle voulait jouir largement de la vie en plein air. D'ailleurs, on s'empressait de lui faire place; du plus loin qu'on l'apercevait, on fuyait avec terreur, car on savait d'avance qu'elle ne menaçait point en vain. Aussi les gueux payaient-ils d'insolence, certains de ne point trouver de réplique. Ils arrachaient le linge qui séchait sur les haies, et l'emportaient sous les yeux mêmes des gens épouvantés. Personne ne s'avisait de protester, et l'on se trouvait fort heureux qu'ils n'eussent pas emporté les haies aussi.

Ils arrivèrent ainsi à une petite ferme qu'ils prirent d'assaut et s'y installèrent en maîtres. Le fermier, tremblant de tous ses membres, baissa la tête sous leurs clameurs et leurs menaces. La certitude de l'impunité ne laissa bientôt plus de frein à leur hardiesse. Ils obligèrent le pauvre diable ahuri à mettre à sac son garde-manger pour leur faire un déjeuner de Falstaff. Ils bâfrèrent et goinfrèrent, mangeant des deux mains à la fois. Ils jetaient les os et les trognons à la tête du fermier et de ses fils, applaudissant aux contorsions que faisaient les malheureux pour esquiver un mauvais coup, et s'esclafant à chaque fois que le projectile avait touché juste. Une des filles de service voulut riposter. Ils s'emparèrent d'elle et lui graissèrent les cheveux de beurre. Quand ils s'en allèrent enfin, ils jurèrent avec force menaces qu'ils reviendraient et brûleraient la ferme et ses gens, si jamais un mot de leur passage en cet endroit arrivait aux oreilles des autorités.

Vers midi, après une longue et rude étape, ils firent halte derrière une haie, à l'entrée d'un grand village. L'Hérissé leur accorda une heure de repos; aussitôt ils se séparèrent. Afin de donner le change sur la réalité de leurs métiers d'emprunt, ils firent leur entrée dans le village de plusieurs côtés à la fois.

Hugo avait l'œil sur Jack. Pour plus de sûreté, il l'emmena avec lui. Ils errèrent assez longtemps à l'aventure. Hugo était en quête de quelque coup à faire ; mais le temps marchait, et il risquait de revenir bredouille.

— Rien à tondre ici, dit-il avec humeur ; c'est la tête d'un chauve que ce village, on n'y prend rien aux cheveux. Il ne nous reste plus qu'à mendier, mon petit.

— Mendier ! s'écria le roi avec indignation. C'est votre métier à vous, soit. Mais que je tende la main, moi !

— Et pourquoi ne mendierais-tu point ? s'exclama Hugo en attachant sur l'enfant un regard étonné. Ah, ça ! tu es donc fait d'une autre pâte que le reste de la pègre ?

— Je ne vous comprends pas.

— Ah ! tu ne me comprends pas ! Tu vas me faire accroire, je parie, que tu n'as pas fait le *gueux de l'ostière* (1) et mendié toute ta vie dans les rues de Londres.

— Moi ? Idiot !

— Tu n'es pas flatteur, momaque, et tu n'emmielles pas tes paroles. Ton père prétend que tu mendies et que c'est tout ce que tu sais. Tu ne vas pas dire que ton père ment, je suppose. A moins que tu n'aies aussi ce toupet-là.

— Vous parlez, je crois, de l'homme qui se dit mon père. Sachez-le, cet homme est un imposteur. Il ment ignoblement.

(1) Mendiant qui va de porte en porte.

— Tarare! Ce n'est pas à un vieux singe comme moi qu'on apprend à faire des grimaces, mon petit. Sois fou pour les autres, si ça t'amuse, mais ne me prends pas pour un gobet. Prends garde que John Hobbs ne t'*allonge les oches* (1), si je lui conte ce que tu dis de lui.

— C'est inutile. Je le lui ai dit moi-même.

— Voire (2). J'aime assez ta crânerie, mais de ta cervelle je ne donnerais pas un farthing. Bastonnades et étrivières ne sont point choses si rares en notre vie des grands chemins, pour que tu aies besoin d'aller au-devant sans te faire prier. Adonc, pourquoi me *truffer* (3) ? Ton père est ton père, et c'est lui que je crois. Je ne dis pas qu'il n'est pas capable de mentir, je ne dis pas qu'il ne mentirait pas s'il le fallait ; c'est chose accoutumée et nécessaire chez nous ; mais dans l'espèce, comme dit le shériff, il ne saurait y avoir profit à ce jeu. Mentir sans aubaine, ce n'est point *déduit* (4) d'homme sage. Donc, trêve là-dessus. Aussi bien, puisqu'il ne t'en chaut, nous ne mendierons point. Veux-tu faire la picorée dans les cuisines, cueillir des poulets à la broche ?

Le roi frappa du pied avec impatience.

— Assez! dit-il, ce langage sans vergogne me lasse et m'écœure!

Hugo voulut être calme jusqu'au bout :

— Eh bien, écoute, compaing, fit-il ; tu ne veux pas mendier, tu ne veux pas voler, soit. Mais il y

(1) Tirer les oreilles.
(2) Vraiment !
(3) Tromper.
(4) Plaisir.

a une chose que tu vas faire, je te le promets. Je mendierai, moi. Tu vas faire l'appeau pour attirer les *sinves* (1). Allons, ouvre tes *vitres* (2), et gare à tes os si tu ne marches pas droit.

Le roi allait répliquer avec hauteur et mépris, mais Hugo le prévint :

— *Mange ta langue* (3) ; voici une *hirondelle* (4). Suis-moi, je vais tomber du haut-mal. Quand le *sinve* accourra, tu te mettras à gémir, tu tomberas à genoux, tu verseras toutes les larmes de ton corps, tu cracheras les cent mille diables de misère que tu as dans le ventre, tu diras : « Ayez à mercy mon pauvre frère affligé et moi, messire ; nous sommes abandonnés de toute la terre, messire ; ô, par le saint nom du Seigneur, jetez un regard pitoyable sur de pauvres malades, sans asile et sans pain ; la charité, mon bon maître ; daignez prendre un penny sur votre abondance et votre richesse, mon gracieux seigneur, afin de réconforter un misérable éprouvé de Dieu et près de mourir à vos pieds ! »... Aie bien soin de prendre un air et un ton lamentables, et ne lâche point le *sinve*, sinon tu m'en diras des nouvelles.

Hugo n'avait pas attendu la réponse : il se roulait à terre dans d'affreuses convulsions, la bouche écumante, les yeux sortant de leurs orbites, les membres tantôt tressaillants, tantôt hideusement contractés.

L'étranger s'était approché avec émotion. Le faux épileptique avait poussé un cri déchirant, des sons

(1) Imbéciles, dupes.
(2) Les yeux.
(3) Tais-toi.
(4) Voyageur ou passant.

étranglés s'échappaient de sa gorge, il se vautrait dans la boue, jetant les bras et les jambes en tous sens, et donnant tous les signes de l'agonie.

— Ah ! mon Dieu ! mon Dieu ! s'écria l'étranger éperdu, le cœur brisé par la compassion. Ah! le pauvre homme ! le pauvre homme ! Quelle horrible souffrance ! Venez, que je vous aide !

— Merci, noble seigneur, merci. Dieu vous le rende ! Mais ne me touchez pas, de grâce ! On ne saurait me causer plus cruelle torture, quand ces accès me prennent. Mon petit frère que voilà vous dira, mylord, toutes mes angoisses, quand je me trouve ainsi hors d'état de travailler. Un penny, mon prince, rien qu'un petit penny pour acheter un peu de pain ; un penny... Dieu vous le rendra...

— Tenez, pauvre homme, voici trois pence au lieu d'un penny !

L'étranger, tout saisi d'affliction, fouilla vivement dans ses poches et en tira plusieurs pièces de monnaie.

— Tiens, pauvre petit, dit-il, prends tout ceci, et que Dieu vous ait en sa sainte garde. Viens ici, aide-moi, je vous ramènerai chez vous ; ton malheureux frère...

— Ce n'est pas mon frère, dit froidement le roi sans bouger de place.

— Tu dis que ce n'est pas ton frère ?

— Ne l'écoutez pas, messire, balbutia l'épileptique qui faisait semblant de perdre connaissance, ne le croyez pas, monseigneur; il est si mauvais pour moi, il me renie; pourtant j'ai un pied dans la tombe.

— Oui, c'est infâme, s'écria l'étranger indigné. Je ne me serais point attendu à cette dureté de cœur à ton âge. Tu devrais avoir honte... Tu vois bien qu'il n'est pas en état de mouvoir pied ni bras. Pourquoi dis-tu qu'il n'est pas ton frère ?

— C'est un mendiant, un voleur. Il a pris votre argent et votre bourse aussi. Si vous voulez faire un miracle, donnez-lui un bon coup de bâton sur les épaules et la Providence se chargera du reste.

Hugo n'attendit pas le miracle. Il avait pendu ses jambes à son cou, et filait comme le vent, sentant l'étranger charitable sur ses talons et criant à pleins poumons pour donner l'alarme.

Le roi, de son côté, rendant grâces au ciel, fuyait dans la direction opposée, regardant de temps à autre derrière lui, mais n'osant point s'arrêter avant de se savoir en lieu sûr. Il prit le premier chemin venu et eut bientôt perdu de vue le village. Pourtant il ne cessa point de courir pendant plusieurs heures. Lorsqu'il fut bien certain que personne ne le poursuivait, sa frayeur se dissipa petit à petit, et un immense sentiment de bonheur envahit tout son être.

Cependant son estomac criait la faim, ses jambes refusaient d'aller plus loin. Il s'arrêta à la porte d'une ferme. Il voulut donner des explications. On ne lui laissa pas le temps de parler. Les valets le chassèrent grossièrement. Il avait oublié qu'il était en haillons.

Les membres harassés, les pieds en sang, il continua sa route. Son visage était pourpre d'indignation.

— Je ne me mettrai plus dans le cas de subir leurs affronts, se dit-il.

La faim l'emporta sur la fierté. A la tombée du soir, il se risqua timidement à s'arrêter à une autre ferme. Cette fois, le résultat fut pire encore. On l'accabla d'injures et on le menaça de le faire emprisonner comme vagabond, s'il ne passait pas son chemin.

La nuit arriva. Il était glacé, exténué; il avait de grosses ampoules à la plante des pieds et n'avançait plus que péniblement. Il n'osa point s'asseoir, ni prendre haleine, car le froid l'envahissait aussitôt et lui paralysait tout le corps. A mesure qu'il s'engageait plus avant dans les ténèbres profondes et dans la vaste solitude, il éprouvait des sensations qu'il n'avait jamais eues, il découvrait des choses qu'il n'avait jamais connues. Par moments il entendait des voix qui approchaient, semblaient éclater tout à côté de lui, puis s'éteignaient dans le silence. Chose étrange, ces voix, quoique distinctes, n'appartenaient à personne, car il n'apercevait, ni à proximité ni au loin, aucun être animé; seulement il croyait voir comme des apparitions informes qui passaient soudainement et disparaissaient aussitôt. Etaient-ce des spectres, des esprits? Il n'eût osé l'affirmer, mais il le craignait, et il avait peur, et il frissonnait. Parfois il entrevoyait une lueur vacillante, mais si loin, si loin, qu'elle avait l'air de venir d'un autre monde. Parfois encore il percevait le son produit par les clochettes que portaient au cou les moutons ou les agneaux, mais ce son était vague, éloigné, indistinct. L'air était rempli de sourds beuglements qui se mouraient dans la nuit et la rendaient encore plus sinistre. De temps à autre, les hurlements d'un chien planaient sur l'immensité de la nature ensevelie dans le sommeil et se mariaient aux bruits confus de la forêt et de la plaine. Mais tous ces bruits venaient du bout de l'horizon. Aussi le pauvre petit roi se croyait-il dans un pays maudit, désolé, abandonné par les humains, et il se disait que, dans ce désert sans fin, il ne trouverait ni secours, ni aliments.

Il allait devant lui, trébuchant à chaque pas, mourant de frayeur à chaque sensation nouvelle, poussé par le besoin, et sentant ses genoux fléchir, son cœur se serrer d'épouvante, toutes les fois qu'une feuille morte tombait d'un arbre, ou que le vent, entrechoquant les branches, imitait l'intonation lugubre de gens qui s'interrogent tout bas.

Tout à coup il vit briller la lumière roussâtre d'une lanterne. Il se recula avec terreur et se dissimula dans l'ombre. Puis il attendit.

La lanterne se trouvait près de la porte ouverte d'une grange. Le roi demeura quelque temps immobile. Il n'entendit et ne vit rien. Il avait froid, et son immobilité même contribuait à le glacer davantage. Il se demandait ce qu'il avait à faire. La grange lui paraissait si hospitalière, elle lui offrait tant de séductions, qu'à la fin il se hasarda à y pénétrer. Doucement, furtivement, comme eût fait un voleur, il se glissa jusqu'à la porte d'entrée.

Il allait franchir le seuil, quand il perçut derrière lui le bruit de plusieurs voix. Il avisa un tonneau qui se trouvait à l'intérieur de la grange, se cacha derrière cet abri, et se baissa.

Deux valets de ferme le suivaient sur les talons.

L'un d'eux avait pris la lanterne pour s'éclairer. Arrivés dans la grange, ils se mirent à la besogne, tout en continuant leur conversation. Pendant qu'ils allaient et venaient avec la lanterne, le roi les surveillait attentivement. En même temps il passait en revue l'intérieur de la grange. Il découvrit tout au bout un compartiment réservé pour les chevaux ou les bœufs, et il se promit d'inspecter cet endroit de plus près lorsqu'il serait seul. Il remarqua aussi une pile de couvertures de cheval, qu'il se proposa de mettre à profit en les réquisitionnant pour le service de la Couronne d'Angleterre.

Lorsque les valets eurent achevé ce qu'ils avaient à faire, ils se retirèrent en fermant la porte derrière eux et emportèrent la lanterne.

Le roi sortit tout grelottant de sa cachette, marcha à tâtons vers la place où il avait aperçu les couvertures, les trouva après quelques recherches, et les prenant sous son bras il se dirigea vers la stalle, où il arriva sain et sauf. Il se servit de deux couvertures en guise de matelas et s'entortilla dans les autres.

Jamais roi d'Angleterre n'avait été plus heureux. Le lit n'était pas de plume, il est vrai; les couvertures étaient minces, usées, elles avaient une odeur de cheval nauséabonde qui, en toute autre occasion, eût singulièrement affecté les narines royales. mais tous ces inconvénients, il ne les apercevait point. N'était-il pas au comble de la félicité ? Il avait enfin trouvé un gîte.

Le roi était affamé et glacé, mais il était aussi accablé de fatigue et de sommeil. Or, le besoin de repos est plus impérieux que le besoin de nourriture. Il ne tarda point à le constater: ses paupières se fermèrent, ses membres se raidirent, et il se trouva bientôt plongé dans cet état d'inconscience qui prélude à l'assoupissement des sens.

Il allait s'endormir tout à fait, lorsqu'il sentit distinctement qu'on le touchait. Il se redressa en sursaut et voulut crier; mais il suffoquait. Tout son sang reflua vers son cœur. Ce contact mystérieux, quelle en pouvait être la cause?

Il demeura cloué sur place, la tête tendue, n'osant point respirer. Rien ne bougeait auprès de lui. Aucun bruit n'interrompait le silence qui régnait dans la grange. Il écouta encore, l'oreille dressée.

Il resta longtemps dans cette attitude. Tout était immobile et muet. Trahi par ses forces, il se laissa enfin retomber sur son lit improvisé; il céda au sommeil. Mais soudain il sentit de nouveau l'étrange contact. C'était quelque chose d'affreux de se voir ainsi touché par quelqu'un d'invisible.

Le pauvre enfant avait l'âme violemment agitée. Que faire? Que résoudre? Fallait-il abandonner cet asile où il était si bien, et, pour échapper à l'horreur de cette situation indéfinissable, prendre la fuite? Mais où fuir? Et comment? La porte de la grange était fermée. Il lui faudrait donc errer à l'aveugle çà et là dans les ténèbres, emprisonné entre ces quatre murs, poursuivi par l'affreux spectre qui à chaque mouvement lui frôlait la joue ou l'épaule, dans ses attouchements moites et doux. Cela était intolérable.

Lui serait-il possible d'endurer toute la nuit ces angoisses, pires que les affres de la mort? Non, non, il fallait en finir, dût-il aller au-devant du trépas! Il fallait, oui il le fallait, s'armer de courage et étendre la main, saisir l'objet mystérieux.

Certes, la solution était facile à imaginer, mais du plan à l'exécution il y avait tout un monde. Trois fois il porta la main en avant, doucement, tout doucement; il la retira aussitôt, avec un cri étouffé; non qu'il eût rencontré un obstacle, mais parce qu'il avait la certitude que l'obstacle était là.

Une quatrième fois, il se risqua un peu plus loin. Alors sa main heurta délicatement quelque chose de doux et de chaud. Il se rejeta en arrière, palpitant d'effroi. Sa raison bouleversée, éperdue, lui fit croire à la présence d'un cadavre ayant conservé un reste de chaleur.

Décidément il valait mieux attendre la mort et se résigner. Cette résolution l'eût emporté, n'eût-ce été l'aiguillon de la curiosité humaine. En dépit de sa volonté, sa main fit un mouvement machinal. La circonspection la faisait trembler, la peur la retenait; le désir de savoir la poussait automatiquement, sans que la réflexion y eût aucune part.

La main saisit une touffe de cheveux. Il tressaillit, mais il poursuivit ses investigations. Ce qu'il tenait enfermé dans ses doigts lui semblait être une corde suspendue, effilée par un bout, chaude, et grossissant à mesure qu'il avançait vers le côté opposé. Il tâta plus haut, plus haut encore, et trouva... un veau qui dormait innocemment. La corde n'était pas une corde : c'était la queue du veau.

Le roi fut tout penaud de s'être laissé aller ainsi à la peur, d'avoir pleuré d'effroi pour un veau endormi. Il est vrai que tout autre enfant en eût fait autant à sa place, et je sais nombre d'hommes qui, dans ces temps superstitieux, et peut-être aussi dans les nôtres, auraient été enfants sur ce point.

Maintenant qu'il savait à quoi s'en tenir, il se trouvait heureux d'avoir un veau pour compagnon. Il avait été si complètement seul, il s'était cru si délaissé, que rien que la société de cet humble animal le réconfortait. Il avait été si cruellement malmené, si durement traité par ses semblables, qu'il se sentait en quelque sorte joyeux de la compensation qui lui était offerte par le hasard. Il savait déjà par ouï-dire que le veau a le cœur bon et le caractère doux, et il faisait en ce moment l'expérience de cette vérité, en apprenant que si tous les veaux n'ont pas toutes les qualités désirables, ils valent mieux, sous beaucoup de rapports, que beaucoup d'hommes. Aussi n'hésita-t-il point à faire les avances.

Il se rapprocha du veau et lui passa la main sur le dos. Puis il lui vint à l'idée que ce veau pouvait lui rendre un précieux service. Il se leva, refit son lit, le tira jusqu'auprès du veau, se coucha à côté de lui, en lui glissant le bras sous le cou, ramena les couvertures, borda bien le veau, et se borda bien lui-même. Au bout de quelques minutes, il avait aussi chaud, il reposait aussi mollement que s'il eût été dans son lit de plume, sous les baldaquins dorés du palais de Westminster.

Alors aussi ses idées devinrent plus riantes; il ne voyait plus la vie en noir; il n'avait plus à supporter le spectacle du crime, à entendre l'ignoble langage du vice; il n'avait plus à vivre au milieu des voleurs, des assassins, de tout ce qu'il y avait parmi les êtres humains de plus vil et de plus brutal. Il avait chaud ; il etait abrité ; il était heureux.

Au dehors, le vent soufflait avec force, et souvent il s'engouffrait dans la grange dont il faisait craquer les vieilles poutres vermoulues, hurlant dans tous les coins, fouillant partout ; mais le roi ne s'en inquiétait point. Au contraire, maintenant qu'il était installé aussi confortablement que possible, cette rage du vent, secouant le toit avec force et arrachant les tuiles, tantôt éclatant en lamentations, tantôt mugissant avec fracas, il s'en amusait, il y prenait plaisir, comme il eût fait aux sons d'une musique qui l'aurait bercé. Il se serrait plus étroitement contre son ami ; il lui chatouillait malicieusement l'oreille. Il était si ravi de son sort, il avait si complètement dépouillé [illegible], que peu à peu il se sentit envahi par la sensation d'un immense bien-être. Et la face contre la tête du veau, il se plongea lentement dans un sommeil sans rêve, tandis qu'une expression de bonheur rayonnait sur son visage.

Au loin, les chiens aboyaient, les troupeaux bêlaient ou beuglaient, la rafale faisait tempête; plus près de lui, les grosses gouttes de pluie suintaient par les fissures du toit. Pendant ce temps, le roi d'Angleterre dormait. Et le veau dormait aussi. Car le veau était une de ces créatures simples et placides qui ne s'émeuvent point d'un orage et ne se trouvent point embarrassées de dormir dans les bras d'un roi.

CHAPITRE XIX.

LES PAYSANS.

Le roi s'éveilla de bon matin. Un rat tout trempé s'était glissé dans le lit pendant la nuit. Il avait trouvé le nid chaud et s'était pelotonné sur la poitrine de l'enfant.

Le roi fit un mouvement et le rat détala.

— Pauvre bête, dit le roi en souriant, pourquoi te fais-je peur? Ne suis-je pas aussi misérable que toi? J'aurais honte de te faire du mal, pauvre être sans défense; ne suis-je pas sans défense moi-même? Je te sais gré, au contraire, de l'heureux présage que tu m'annonces. Un roi qui sert de nid aux rats ne doit pas s'attendre à de plus grandes infortunes; je puis espérer maintenant un sort meilleur; car je ne saurais tomber plus bas.

Il se leva et sortit de l'étable. Tout à coup il entendit des voix d'enfants. La porte de la grange s'ouvrit et livra passage à deux petites filles qui causaient avec animation. A sa vue, elles cessèrent de parler et de rire. Elles s'arrêtèrent, regardèrent, tout intriguées, marmottèrent quelques syllabes, approchèrent, puis s'arrêtèrent encore, les yeux grands ouverts.

Peu à peu elles se sentirent enhardies et se communiquèrent leurs impressions avec plus d'assurance.

— Il a l'air tout mignon, dit l'une.

— Quels beaux cheveux ! dit l'autre.

— Oui, mais quel affreux costume !

— On dirait qu'il est mort de faim.

Elles firent un pas, deux pas en avant, regardant craintivement autour d'elles, les yeux toujours attachés sur le roi, qu'elles examinaient en tous sens et toisaient de haut en bas, comme si elles eussent eu affaire à quelque animal d'une espèce inconnue; mais elles étaient circonspectes, elles ne risquaient qu'un pas après l'autre, car il se pouvait que cet animal fût méchant et qu'il lui prît envie de mordre. A force d'avancer, elles finirent par se trouver devant lui. Alors elles se tinrent par la main pour être plus sûres d'être deux, et elles le regardèrent fixement de leurs yeux innocents. Puis la plus grande prit son courage à deux mains, et d'une voix un peu tremblante, elle lui demanda avec douceur :

— Qui es-tu, petit ?

— Je suis le roi !

Cette réponse articulée gravement parut les intimider.

Elles se consultèrent du regard et demeurèrent muettes. Pourtant, un instant après, la plus petite céda à la curiosité :

— Le roi ! Quel roi ?

— Le roi d'Angleterre !

Les enfants s'interrogèrent de nouveau d'un clin d'œil, regardèrent l'inconnu, le regardèrent encore, étonnées, perplexes.

— As-tu entendu, Marguerite ? Il dit qu'il est le roi. Est-ce vrai ça ?

— Pourquoi ne serait-ce pas vrai, Priny ? Tu crois

donc qu'il ment? Car, vois-tu, Priny, s'il ne dit pas la vérité, c'est qu'il ment. Ça ne se peut pas autrement. Tout ce qui n'est pas vrai est un mensonge, tu le sais bien.

L'argument était naïf, mais péremptoire. Priny s'en contenta. Elle reporta ses yeux sur l'étranger, puis elle lui dit avec décision :

— Eh bien, si tu me dis que tu es le roi, mais le vrai roi, là, je te croirai.

— Je suis le vrai roi.

Ce premier point admis et la royauté désormais hors de conteste, les petites filles lui demandèrent comment il se faisait qu'il était là, et pourquoi il était si mal habillé, et où il allait, et cent autres choses.

Pour la première fois, le roi se trouvait en présence d'êtres humains à qui il pouvait parler sans avoir à craindre d'être bafoué, rudoyé ou traité de menteur.

Il conta tout au long son histoire, n'oubliant aucun détail, et si sincèrement ému lui-même qu'il ne sentait plus l'horrible faim qui le dévorait.

Les petites filles l'écoutèrent avec recueillement et témoignèrent par leurs gestes et leurs regards combien elles sympathisaient avec lui. Mais lorsqu'il arriva au récit de ses derniers malheurs, lorsqu'elles apprirent qu'il était resté depuis la veille sans manger, elles l'entraînèrent, en courant à toutes jambes, vers la ferme, et crièrent qu'elles allaient lui donner un bon déjeuner.

Le roi avait les larmes aux yeux de contentement.

— Quand j'aurai pris possession de mon trône, se dit-il, je ferai une loi qui obligera tout le monde à aimer les petits enfants ; je me rappellerai toujours que les enfants ont eu confiance en moi, qu'ils m'ont reçu amicalement dans mes jours de misère; tandis que ceux qui sont plus âgés qu'eux et se croient plus sages m'ont raillé et ont mis en doute ma royale parole.

La mère des enfants accueillit le roi avec bonté, et se montra fort compatissante. Elle fut profondément touchée de son dénûment et de son apparente déraison. Elle était veuve et pauvre, et elle avait trop souffert elle-même pour n'être point sensible aux maux d'autrui. Elle crut que l'enfant atteint de démence avait échappé à la surveillance de ses gardiens ou de ses parents. Aussi tâcha-t-elle de savoir d'où il venait, afin de pouvoir prendre des mesures pour le ramener chez lui. Mais elle eut beau le questionner sur les villes et les villages de l'endroit où il habitait, ce fut peine perdue : le visage étonné de l'enfant et les réponses qu'il faisait attestaient combien il était étranger à ce qu'elle lui demandait. Tout ce qu'il disait avait trait à la cour, et quand il en parlait avec un air simple et sérieux, il mentionnait fréquemment le nom du feu roi, « son père »; en dehors de cela, il ne pouvait fournir aucun renseignement et baissait la tête.

La femme était très embarrassée; elle voulut en avoir le cœur net. Tandis qu'elle préparait son repas, elle se dit, tout en n'ayant l'air de rien, qu'elle prendrait bien le petit fou par un endroit et le forcerait de confesser son secret.

Elle lui parla du bétail, et n'obtint pas de réponse. Des moutons : même résultat. Elle l'avait soupçonné d'être un de ces petits bergers qui abandonnent leur maître, on ne sait pas toujours pourquoi; elle fut bien contrainte de s'avouer qu'elle s'était trompée.

Alors elle parla de moulins, de tisserands, de chaudronniers, de forgerons, de gens de toute profession et de tout métier, de Bedlam, de prisons, de maisons de refuge. Peine inutile.

Elle n'en savait pas plus long au bout d'une heure d'interrogatoire. Elle y eût sans doute renoncé, s'il ne lui était venu à l'esprit qu'elle ne lui avait rien demandé de ce qui touche au ménage. C'était peut-être là la vraie piste. Elle la suivit. L'insuccès fut aussi complet qu'auparavant.

Elle entama adroitement la question du balayage : à peine savait-il le nom du balai. Elle passa au chauffage : il n'entendait rien à faire le feu. Elle se rabattit sur le brossage : il n'avait jamais touché une brosse. Elle insista sur le lessivage : il n'avait jamais vu de linge sale, et il eût rougi d'apprendre qu'on lavait le sien, car ce qu'il ne portait plus revenait de droit à ses gens de service.

La bonne femme était au désespoir. Il ne lui restait plus que la question de la cuisine. A son grand étonnement et à sa grande joie, le visage du roi s'éclaira tout à coup. Enfin elle avait touché juste. Elle le croyait du moins. Et elle était toute fière d'avoir si habilement manœuvré, puisqu'il donnait tête baissée dans le piège.

Elle put, dès ce moment, accorder du répit à sa langue. Le roi, inspiré sans doute par les tiraillements de la faim et par le fumet appétissant qui s'exhalait des poêlons et des casserolles, s'était lancé à corps perdu dans une savante dissertation sur la préparation des plats fins, et sur le choix et l'ordre des services. Il parlait avec tant de volubilité, de conviction, d'éloquence, que la brave femme se disait :

— C'est bien ça, il est marmiton.

Il s'étendit longuement sur la confection du menu, qu'il discuta avec tant de sérieux et de conviction que la brave femme se demandait :

— Bon Dieu ! Où a-t-il appris tous ces noms de plats qu'on ne voit que sur la table des riches et des grands ? Ah ! je comprends : le pauvre porte-guenillon aura servi au palais même, avant l'accident qui lui a détraqué la tête. Oui, oui, j'y suis : c'est dans la cuisine du roi qu'il aura été gâte-sauce.

Alors elle eut l'idée de le mettre à l'épreuve. Elle le pria de surveiller un moment le pot-au-feu, en l'autorisant à faire comme il voudrait et, si l'envie lui prenait, à ajouter un plat ou deux de sa façon. Puis elle sortit de la pièce, en faisant signe aux petites filles de la suivre.

Une fois seul, le roi se dit :

— Ce n'est pas la première fois que pareille aventure arrive à un roi d'Angleterre, si j'ai bonne mémoire. Je ne saurais compromettre ma dignité en suivant l'exemple d'Alfred le Grand. Mais je tâcherai de faire mieux que lui, car l'histoire rapporte qu'il laissa brûler les gâteaux.

L'intention était bonne, mais il y avait à la réaliser. Or, le roi Edouard, comme le roi Alfred, s'abîma si complètement dans de longues et profondes réflexions qu'il aboutit à la même calamité que son illustre prédécesseur : il laissa brûler la soupe.

Fort heureusement la femme rentra à temps pour sauver son déjeuner. Elle prit le roi au collet et le secoua rudement en l'arrachant à sa rêverie. Mais quand elle le vit combien il était confus et triste de s'être oublié, elle regretta sa vivacité, s'adoucit tout d'un coup et redevint pour lui bienveillante et affectueuse comme elle l'avait été tout d'abord.

L'enfant mangea de bon cœur. L'appétit lui fit trouver les plats délicieux. Il était tout ragaillardi.

Le repas eut cela de caractéristique que de part et d'autre on se faisait des concessions sans qu'on s'en doutât. La bonne femme avait eu la pensée de traiter le petit vagabond comme elle avait coutume de faire pour ceux de son espèce, ou comme elle eût fait pour un chien à qui l'on jette un os dans un coin. Mais elle se reprochait de l'avoir rudoyé peut-être injustement pour sa maladresse. Elle avait voulu réparer ce mouvement de brusquerie en lui permettant de s'asseoir à la table commune et de manger avec elle et ses enfants, sur le pied de l'égalité.

Le roi, de son côté, se repentait de n'avoir pas tenu sa promesse, après les marques d'égard qu'il avait reçues de ces pauvres gens. Aussi voulut-il leur accorder une compensation en s'abaissant gracieusement à leur niveau : au lieu d'inviter la femme et ses enfants à se tenir debout derrière lui et à le servir tandis qu'il mangerait seul, comme l'eussent exigé les privilèges de sa naissance, il leur fit signe avec bonté de prendre place à côté de lui.

La brave femme se sentait heureuse du bien qu'elle faisait en ne repoussant point le petit mendiant; le roi se trouvait ravi de la faveur qu'il octroyait à une humble paysanne.

Le déjeuner achevé, la femme commanda au roi de laver la vaisselle. Il ne s'attendait guère à cette injonction qui lui parut presque une insulte, et son premier mouvement fut de se révolter avec indignation. Toutefois il se dit que si Alfred le Grand avait surveillé les gâteaux, il était fort probable que l'illustre roi des Anglo-Saxons avait, le cas échéant, lavé les plats et les assiettes, par conséquent le roi d'Angleterre ne dérogeait point.

Il se mit donc à l'œuvre, et s'acquitta de sa besogne aussi mal que possible. Il s'était imaginé, à première vue, que c'était chose facile de rincer des verres et de promener un torchon sur des assiettes. Il put se convaincre, à l'expérience, que rien ne se fait sans pratique. Aussi risqua-t-il de tout casser. Il finit néanmoins par s'en tirer sans accident.

Il aurait voulu prendre congé de la brave femme, la remercier et se remettre en route. Il vit qu'il ne payerait point son écot à si bon compte. Elle le chargea de quelques petits détails du ménage, qu'il voulut bien accepter de faire et qu'il mena à peu près à bonne fin. Elle lui fit alors peler des pommes avec les petites filles; il s'y prit si gauchement qu'elle lui dit de cesser et lui donna un couteau à repasser. Puis elle lui fit carder de la laine.

Il se dit qu'il avait laissé bien loin derrière lui le roi Alfred, qu'il avait fait preuve d'un héroïsme beaucoup plus grand que son illustre ancêtre, et que ce qu'il venait de faire suffisait à remplir le volume où quelque grand poète de la cour raconterait aux enfants de tous les âges présents et futurs les prouesses domestiques et culinaires du roi Edouard. La bonne femme lui parut dépasser la mesure, et il se promit de ne pas aller plus loin. A peine le repas de midi terminé, quand on lui donna un panier plein de petits chats à jeter dans la rivière, il refusa. Je veux dire qu'il se disposait à refuser, après avoir décidé qu'il était en droit de tirer l'échelle. Un roi a bien autre chose à faire que de noyer des chats. C'était ce qu'il se disait lorsqu'une apparition tout imprévue changea brusquement le cours de ses idées.

Au détour du chemin, il venait d'apercevoir John Canty, déguisé en porte-balle, et Hugo.

Cette découverte le glaça d'effroi. Heureusement il avait vu les deux gredins se diriger vers la ferme, avant d'avoir été remarqué par eux.

Il revint donc sur sa première résolution : il ne refusa pas d'aller noyer les chats. Il prit, au contraire, le panier avec une feinte indifférence et sortit sans dire mot.

Il y avait dans une contre-allée un pavillon où l'on remisait le bois. Il y déposa les pauvres petites bêtes.

Puis il pendit ses jambes à son cou.

CHAPITRE XX.

L'ERMITE.

La haie était fort haute. Elle le cacha. L'épouvante lui donnait des ailes. Il fit appel à toutes ses forces.

Une forêt se montrait à l'horizon. Il courut dans cette direction.

Arrivé à la clairière, il tourna la tête. Deux ombres sinistres se mouvaient derrière lui. Il comprit ce que cela voulait dire, et ne s'attardant point à s'en rendre un compte plus exact, il poursuivit sa course, hors d'haleine, jusqu'à ce qu'il se trouvât dans la profondeur de la forêt.

Alors il s'arrêta, persuadé qu'il était en lieu sûr.

Il écouta attentivement : la forêt était ensevelie dans le silence.

Un sentiment de tristesse s'empara de lui.

Quelques moments après, il crut entendre, à une distance très éloignée, des bruits mystérieux, qui ressemblaient à la voix lamentable des âmes errantes. Ces bruits étaient plus sinistres que le silence.

Il voulut d'abord se coucher et demeurer là le reste de la journée ; mais, comme il était en transpiration, la fraîcheur de l'air le saisit, et il fut obligé de marcher pour maintenir la circulation du sang.

Il coupa la forêt en long, espérant bien rencontrer quelque route battue ; il se trouva désappointé.

Il alla plus loin, plus loin encore. Plus il avançait, plus la forêt semblait s'épaissir. De grandes ombres s'allongeaient au pied des arbres. La nuit approchait. Il eut peur d'avoir à la passer dans ce lieu désert. Il hâta le pas ; mais sa course ne faisait que le ralentir, car il ne choisissait pas les endroits où il posait les pieds et s'embarrassait dans les broussailles, culbutait par-dessus les grosses racines à fleur de terre ou se piquait aux orties.

Tout à coup il eut un cri de joie ; il venait d'entrevoir une lumière. Il s'en approcha prudemment, se baissant souvent pour mieux voir les alentours et écoutant. Il s'assura que la lumière venait d'une ouverture non vitrée pratiquée dans une hutte délabrée. Il entendit une voix rauque et voulut fuir et se cacher ; mais il changea soudain d'avis, car il lui parut que la voix priait. Il se glissa jusqu'à la fenêtre de la hutte, se dressa sur la pointe des pieds et jeta un regard furtif à l'intérieur.

La pièce était petite. Le sol durci par l'usage tenait lieu de parquet. Dans un coin se trouvait une natte de jonc qui semblait faire office de lit, à en juger par les deux vieilles couvertures jetées dessus; tout auprès se voyaient un seau, une tasse, une cuvette, deux ou trois pots et poêlons ; il y avait aussi un petit banc et un escabeau ; dans l'âtre se consumaient les restes d'un feu de fagots.

Au pied d'une petit table, où brûlait une chandelle, était prosterné un homme âgé. Devant lui, sur une vieille boîte de bois, gisait un livre ouvert. Une tête de mort était posée sur le livre.

L'homme était grand et musculeux. Il avait les cheveux blancs, la barbe longue et blanche. Il portait une espèce de robe en peau d'agneau serrée au cou et tombant jusqu'aux pieds.

— C'est un saint ermite, se dit le roi. Dieu soit béni.

L'ermite se leva.

Le roi frappa doucement à la porte. Une voix caverneuse répondit :

— Entrez, mais laissez le péché derrière vous, car le sol que vous foulez ici est sacré.

Le roi poussa la porte et s'arrêta sur le seuil.

L'ermite attacha sur lui deux grands yeux flamboyants, et dit :

— Qui es-tu ?

— Je suis le roi, repartit Edouard avec calme.

— Salut à toi, Roi! cria l'ermite avec enthousiasme.

Puis, allant et venant avec une fiévreuse activité, tandis qu'il répétait: « Salut! salut! » il enleva ce qui se trouvait sur le banc, y fit asseoir le roi, le rapprocha du foyer, jeta quelques fagots sur le feu, et se mit à arpenter la pièce d'un pas nerveux.

— Salut! Beaucoup ont cherché un asile dans ce sanctuaire : ils n'étaient pas dignes d'y entrer. Ils ont été expulsés. Mais un roi qui répudie sa couronne, qui renonce aux vaines splendeurs de sa cour, qui se couvre de haillons pour s'humilier devant le Seigneur, un roi qui consacre sa vie à la pratique de la piété, à la mortification de la chair, est le bienvenu dans cette sainte demeure; qu'il y reste à jamais jusqu'à ce que la mort le délivre de l'amertume de la vie !

Le roi s'empressa de l'interrompre et de lui donner des explications. L'ermite ne l'écoutait pas et poursuivait son propre discours, d'une voix forte et imposante :

— Oui, tu goûteras ici la paix des sens, le repos

de l'âme. Personne ne découvrira ton refuge et ne viendra t'accabler de supplications pour te ramener à cette vie vaine, vide et insensée que Dieu t'a fait abandonner. Ici tu prieras, tu liras l'Ecriture, tu méditeras sur l'inanité de cette vie semée de déceptions, tu réfléchiras aux sublimes jouissances de la vie future ; tu te nourriras des herbes de la terre ; tu châtieras ton corps en le battant de verges pour purifier ton âme ; tu porteras un cilice, tu ne boiras que de l'eau ; mais tu auras la paix, une paix profonde et inaltérable ; tous ceux qui viendront te chercher ici s'en retourneront aux lieux d'où ils seront venus ; on ne te trouvera point ; on ne te troublera point.

Le vieillard continua de marcher en long et en large. Il avait baissé la voix et ne marmottait plus que des paroles inintelligibles.

Le roi profita de l'occasion pour exposer sa situation. Le souvenir de ses maux passés, l'appréhension de l'avenir le rendaient éloquent. Mais l'ermite avait une idée fixe ; il mâchonnait des mots sans suite et ne faisait point attention à ce qu'on lui disait.

Tout à coup il s'approcha du roi, lui mit la main sur l'épaule et murmura d'une voix mystérieuse :

— Ecoute, je vais te dire un secret !

Il inclina la tête, couvrit sa bouche de la main, puis hésita, prêta l'oreille et courut à la porte dont il poussa le verrou. Ensuite il se dirigea à pas de loup vers la fenêtre, passa sa tête par la lucarne, sonda anxieusement l'obscurité, et revint sur la pointe des pieds auprès du roi. Il se baissa vers lui, rapprocha son visage de celui de l'enfant, puis tout bas, tout bas, comme s'il se fût agi d'une affaire extrêmement grave, il lui dit :

— Je suis un archange!

Le roi eut un soubresaut.

— Ah! mon Dieu! se dit-il, pourquoi ai-je fui les voleurs? Hélas! me voici maintenant prisonnier d'un fou!

Une affreuse pâleur s'était répandue sur ses traits, où se peignait une morne épouvante.

L'ermite, entraîné par l'enthousiasme, poursuivit ses confidences:

— Je le vois, tu subis l'influence de l'air que l'on respire ici! Tu trembles! Tu as peur! Je le lis dans tes yeux! Personne ne pénètre dans cette atmosphère sans éprouver le vertige! Car cette atmosphère est celle de la Cité de Dieu. J'y vole et j'en reviens en un clin d'œil. J'ai été élevé au rang d'archange il y a cinq ans; des anges sont venus ici me confier cette haute et redoutable dignité. Leur présence remplissait cette cellule d'une éblouissante clarté. Ils s'agenouillèrent devant moi. Roi! m'entends-tu? Ils s'agenouillèrent devant moi, car j'étais plus grand qu'eux. J'ai marché dans les sentiers du Ciel, j'ai pris place parmi les patriarches, et je me suis entretenu avec eux. Touche cette main, n'aie pas peur, touche-la. Fort bien. Tu as touché la main qu'ont serrée Abraham, Isaac, Jacob, car j'ai été assis sur les marches du trône de Dieu! J'ai vu Jehovah face à face!

Il s'arrêta pour juger de l'effet produit par ses paroles; puis son visage changea soudainement d'expression; il se redressa, et d'un accent plein d'amertume:

— Je suis un archange, dit-il, mais j'ai été aussi prophète, comme Isaie et Ezéchiel.

Il se tut, regarda le roi avec effarement, puis d'une voix sépulcrale, il ajouta:

— Non, ce n'est pas Jehovah qui m'a persécuté, c'est le roi d'Angleterre. Je me souviens maintenant. Il a renouvelé contre les Juifs les édits de Nabuchodonosor, comme il a renouvelé contre les Chrétiens les édits de Julien. Roi! te souviens-tu que, la 11e année du règne de Néron, on vit paraître au milieu de la nuit une lumière éclatante qui environna le temple de Jérusalem et son autel pendant plus d'une demi-heure, en sorte qu'on semblait être en plein jour? La porte orientale, toute d'airain et si pesante que vingt hommes avaient peine à la mouvoir, s'ouvrit d'elle-même, quoique fermée par des verrous énormes qui pénétraient profondément dans le seuil et dans les murs. Quelque temps après, au moment où le soleil allait se coucher, on aperçut dans les airs des épées, des chars de feu et des troupes armées qui environnaient la ville et semblaient ensuite traverser les rues. A la fête de la Pentecôte, les sacrificateurs étant entrés dans le temple pour leurs fonctions furent tout à coup frappés d'un bruit confus, puis une voix se fit entendre au fond du sanctuaire: Sortons d'ici! sortons d'ici! Alors Jésus, fils d'Hanani, cria: Voix de l'Orient! voix de l'Occident! voix des quatre vents! voix contre Jérusalem et contre le temple! voix contre tout le peuple!... Roi! les tiens ont détruit Jérusalem et lui ont donné le nom d'Ælia Capitolina! Alors, comme le fils d'Hanani, j'ai crié: Malheur! malheur! malheur! malheur à la ville! malheur à tout le peuple! malheur à moi-même! J'ai couvert ma tête de cendres et j'ai fui dans le désert pour n'être pas témoin de l'outrage fait à Jehovah et aux Juifs!

Il déclama pendant une heure, les yeux injectés de sang, les poings crispés, la face convulsée. Puis tout d'un coup sa frénésie tomba. Il regarda avec tendresse le pauvre petit roi qui demeurait assis sur le banc, horriblement pâle.

Descendu de son nuage, l'ermite, redevenu homme, paraissait un être doux et débonnaire. Il causa affectueusement, simplement, et son langage naïf, sans détours, gagna le cœur du roi.

Le Juif halluciné, victime des rigueurs exercées contre ses coreligionnaires, souvent confondus par Cranmer et Wolsey dans les prescriptions édictées contre les catholiques, était au fond une nature compatissante, écrasée sous le malheur et retrouvant, à ses heures de lucidité, ses instincts de tendresse pour les faibles et les affligés. Il souleva le banc, le rapprocha encore de l'âtre, aviva le feu, prit les pieds de l'enfant dans ses mains, les caressa comme eût fait un père, s'apitoya sur ses contusions, puis alla chercher deux bols remplis de soupe, en donna un au roi, prit l'autre, et se mit à manger, en engageant son petit convive à faire de même.

La conversation prit une tournure gaie. De temps à autre le vieux Juif déposait sa cuiller pour passer sa main dans les cheveux de l'enfant ou lui donner une petite chiquenaude sur la joue, accompagnée d'un sourire jovial. Ces démonstrations étaient si franches, si prévenantes, que le roi oublia peu à peu la terreur et la répulsion inspirées par l'archange et ne vit plus devant lui que le bon vieillard, pour qui il se prit d'un véritable attachement.

Les choses continuèrent ainsi pendant tout le repas.

Alors l'ermite s'agenouilla devant son autel improvisé et pria. Puis il conduisit l'enfant dans une petite pièce voisine, où se trouvait un lit, le coucha, le borda, le caressa, lui souhaita d'heureux rêves et se retira.

Quand il fut rentré dans la grande pièce, il alla s'asseoir devant le feu, qu'il tisonna inconsciemment.

Tout d'un coup il suspendit ses mouvements. Ses yeux étaient hagards. Il se frappa le front du bout des doigts à plusieurs reprises, comme s'il eût voulu se rappeler un fait qui lui échappait. Son trouble trahissait son insuccès. Il se leva vivement, pénétra dans la chambre de l'enfant, le secoua par le bras pour le réveiller et lui dit brusquement :

— Tu es le roi ?

L'enfant, encore somnolent, répondit :

— Oui.

— Le roi d'où ?

— D'Angleterre.

— D'Angleterre ! Alors Henri n'est plus ?

— Hélas ! Je suis son fils.

Le visage de l'ermite s'assombrit. Ses traits se contractèrent. Ses mains osseuses se crispèrent. Il resta quelques instants sans parole, comme s'il eût été près de suffoquer, puis d'une voix sifflante :

— Sais-tu, dit-il, qui a renversé le temple, qui nous a chassés de nos demeures, qui nous a dispersés ?

Il ne reçut point de réponse : l'enfant s'était rendormi.

Il se pencha sur lui et contempla son visage serein et placide.

— Il dort, dit-il, il dort profondément !

Le froncement de ses sourcils fit place à une expression de joie féroce.

Un sourire semblait flotter sur les traits de l'enfant.

— Il dort, répéta l'ermite, et sa conscience est sans trouble!

Il s'éloigna à pas comptés.

Ses regards erraient dans la pièce. Il marchait avec une extrême précaution, fouillant tous les recoins, parfois s'arrêtant pour écouter, hochant la tête, surveillant du coin de l'œil le lit où reposait l'enfant, et murmurant des mots entrecoupés d'exclamations.

A la fin il parut avoir trouvé ce qu'il cherchait. Il mit la main sur un vieux couteau de boucher rouillé et sur une pierre à aiguiser. Muni de ces deux objets, il alla se rasseoir devant le feu et commença à repasser le couteau, sans cesser de marmotter, de s'exclamer.

Il y eut un long temps de silence. On n'entendait que le souffle plantif du vent et les voix mystérieuses de la nuit. Par moments un rat ou une souris sortait la tête de son trou et, croyant l'homme hors d'état de nuire, s'aventurait jusqu'au milieu de la pièce.

Le Juif continuait sa besogne, absorbé, ne voyant plus rien de ce qui l'entourait.

Parfois il s'arrêtait pour passer le pouce sur le fil du couteau, et secouant la tête avec satisfaction, il disait :

— Cela va mieux.

Les heures s'écoulaient. L'ermite travaillait consciencieusement, avec sang-froid, laissant apparemment flotter ses pensées au hasard, et les traduisant par intervalles en phrases saccadées :

— Son père nous a persécutés!... Il a comparu devant Jehovah qui l'a châtié... Le châtiment aura été aussi grand que le crime.... Mais il nous a échappé... Dieu l'a voulu! Dieu l'a voulu!...

Nous ne pouvons murmurer contre la volonté divine. Mais il n'a point échappé à la colère du Très-Haut ! Non, il n'a pas échappé ! La vengeance céleste s'est appesantie sur lui ! Elle s'appesantira sur lui pendant toute l'éternité !

Le couteau glissait sur la pierre à aiguiser, le bras allait et venait, les lèvres entr'ouvertes laissaient passer des sons inarticulés. Puis la voix devenait plus distincte :

— C'était son père !... Je suis l'archange au glaive de feu, l'archange qui terrasse Satan !

Le roi fit un mouvement. L'ermite se trouva d'un bond auprès du lit, et pliant les genoux, se courba sur l'enfant, le couteau levé.

Le roi fit un second mouvement. Ses paupières se soulevèrent, mais ses yeux étaient fixes : il ne voyait rien ; un moment après, son souffle calme et régulier indiqua que le sommeil, passagèrement interrompu, avait repris tout son empire.

L'ermite attendait et écoutait, toujours à genoux, n'osant point respirer. Puis son bras s'abaissa lentement, et il rampa jusqu'auprès du feu.

— Il est minuit passé, dit-il, évitons les cris ; quelqu'un pourrait passer par ici.

Il se leva, se baissa, rampa sur le sol, ramassant les morceaux de guenille, les bouts de corde qui traînaient. Ensuite il se dirigea de nouveau vers le lit, et se mit en devoir de lier les mains du roi, sans l'éveiller.

Soit qu'il s'y prit trop brusquement, soit que le sommeil du roi ne fût point aussi profond qu'il le croyait, à chaque tentative que faisait l'ermite pour soulever le bras de l'enfant, celui-ci le repoussait automatiquement, tantôt changeant les mains de place, tantôt les retirant au moment même où la corde s'enroulait autour de son poignet.

Impatient, nerveux, le Juif brûlait d'en finir. Le hasard le servit alors qu'il commençait à désespérer : l'enfant avait de lui-même joint les mains.

Les yeux farouches de l'ermite lancèrent des éclairs.

Une minute après, le roi était garrotté.

Le Juif passa un bandage sous le menton de l'enfant, ramena les deux bouts sur le sommet de la tête et les noua.

Il allait lentement, doucement, prudemment, serrant les nœuds petit à petit.

L'enfant dormait toujours.

Quand l'ermite fut bien convaincu que les liens étaient solides, qu'aucun effort du roi ne pourrait les rompre, il se releva, et croisant les bras sur sa poitrine, la tête rejetée en arrière, les yeux pleins de flamme, l'air inspiré, il prononça avec un accent prophétique ces paroles de la Genèse :

« Et Lemec dit à Hada et à Tsilla, ses femmes : Femmes de Lemec, entendez ma voix, écoutez ma parole ; je tuerai un homme si je suis blessé ; même un jeune homme si je suis meurtri (1). »

Puis il marcha à reculons, couvant l'enfant du regard, comme le tigre qui savoure son triomphe avant de s'élancer sur sa proie.

(1) Genèse, IV, 23.

CHAPITRE XXI.

LA RESCOUSSE.

Pas à pas, le corps ramassé sur lui-même, le doigt sur la bouche, semblable à un voleur qui vient de faire un mauvais coup, l'ermite arriva jusqu'au banc de bois, où il s'assit, à moitié enveloppé dans l'ombre produite par la lumière vacillante. Ses yeux ne cessaient de se fixer sur l'enfant endormi. Il le guettait, laissant patiemment s'écouler le temps. Il avait repris son couteau et l'aiguisait avec plus de calme encore qu'auparavant. Il avait de petits rires étouffés, il paraissait marmotter une prière. A voir son attitude et son aspect, on eût dit une de ces monstrueuses araignées, qui épient et dévorent du regard le pauvre et innocent insecte, enroulé sans défense dans les fils de leur toile.

Le Juif resta longtemps ainsi. Plongé dans ses réflexions, replié sur le cercle affreux des mêmes pensées, il semblait s'être soustrait à la terre. Ses yeux avaient maintenant l'éclat de l'acier. Il les clouait sur le roi.

Tout à coup il eut un soubresaut : l'enfant s'était éveillé, et, les paupières démesurément ouvertes, regardait avec horreur le couteau.

L'ermite se mit à rire du rire effrayant de la folie, mais il ne changea point de position.

— Fils de Henri VIII, dit-il avec extase, as-tu prié ?

L'enfant voulut se débattre, ses nerfs se tendirent; il essayait de rompre ses liens : vains efforts ! Alors un son rauque pareil à un râle s'échappa de sa gorge et passa en sifflant à travers ses lèvres comprimées.

L'ermite crut avoir entendu une réponse affirmative :

— Prie encore, dit-il, prie pour les morts !

Un tressaillement agita les membres enchaînés de l'infortuné. Il était livide. Tous les muscles de sa figure se contractaient. Il avait les yeux pleins d'un affreux désespoir.

Il fit une tentative suprême pour recouvrer la liberté. Il se souleva, se jeta à droite, à gauche, se roula, se tordit, frémissant, égaré, frénétique. Mais plus il tirait sur ses liens, plus ceux-ci s'enfonçaient dans ses chairs.

L'ermite avait une expression démoniaque. Son sourire sardonique devenait de moment en moment plus hideux. Ses airs de tête étaient effroyables.

Cependant le couteau allait et venait sur la pierre avec un mouvement lent et régulier. Parfois il s'arrêtait, et alors la voix du vieux Juif rompait le morne silence :

— Les instants sont précieux, disait-il, courts et précieux, prie pour les morts !

L'enfant poussa un gémissement, il ne se débattait plus, il pantelait. Les larmes se moulaient sous sa paupière et coulaient l'une après l'autre sur ses joues; mais son aspect pitoyable ne pouvait troubler la tranquille assurance de l'insensible et farouche vieillard.

Peu à peu le jour entra dans la pièce. Les contours des objets devinrent plus distincts. L'ermite suivait, l'œil fixe, les rayons de lumière qui pénétraient par la lucarne. Tout à coup il parla avec un accent nerveux :

— Mon âme s'abîme dans l'extase! Mais l'ombre de la nuit blanchit ! Il est temps ! L'Eternel punit l'iniquité des pères sur les enfants jusqu'à la troisième et quatrième génération de ceux qui le haïssent... Fils du spoliateur du temple, rejeton de Henri qui a plus offensé Dieu que les Commode, les Caracalla et les Héliogabale, prépare-toi à mourir, ferme les yeux, si tu crains de voir...

Les dernières paroles expirèrent sur les lèvres du fou. Il était tombé sur ses genoux, et le couteau levé sur l'enfant atterré, il se penchait pour mieux frapper.

Soudain un bruit de voix retentit au dehors. Le couteau tomba des mains de l'ermite. Il jeta une peau de mouton sur l'enfant pour le cacher et se leva en tremblant.

Le bruit augmentait. Les voix devenaient plus rudes, plus menaçantes. Plusieurs coups portés avec violence résonnèrent sur la porte. Puis des cris : Au secours ! Puis des pas rapides qui paraissaient s'éloigner, puis encore un roulement de coups sur la porte, pareil au fracas du tonnerre.

— Hola ! ho ! ouvrez, venez vite, de par tous les suppôts d'enfer!

Le visage du roi rayonna : c'était la voix de Miles Hendon !

L'ermite, pris de peur, impuissant, grinçait des dents avec rage. Il sortit de la chambre à coucher qu'il ferma derrière lui.

Puis le roi entendit ce dialogue :

— Salut, brave et saint homme ; où est l'enfant, mon enfant?

— Quel enfant, mon ami ?

— Comment, quel enfant! Ne mens point, saint homme, ne cherche pas à me tromper. Je n'entends pas raillerie. Près d'ici, j'ai surpris les gredins qui me l'avaient volé, je leur ai fait avouer ce qu'ils avaient fait de lui; ils ont confessé qu'il s'était échappé de leurs mains et qu'ils avaient suivi ses traces jusqu'à cette hutte. Ils m'ont fait voir l'empreinte de ses pas. Voyons, que veut dire cette hésitation? Prends garde, saint homme, si tu ne me le rends pas, si tu... Où est-il?

L'ermite était resté un moment en suspens ; mais reprenant aussitôt son sang-froid, d'un air rusé, il dit avec componction :

— Votre Seigneurie a tort de s'alarmer. De qui me parle-t-elle ? Est-ce du petit vagabond en guenilles qui est venu ici chercher un refuge cette nuit ? Si c'est à lui que Votre Seigneurie s'intéresse, elle sera bientot satisfaite. Je l'ai envoyé dans les environs. Il ne peut tarder de rentrer.

— Quoi ! Que dis-tu ? Je n'ai pas de temps à perdre. Où est-il allé, que je coure à sa rencontre. Tu affirmes qu'il reviendra ? Quand ?

— Ayez un peu de patience, messire, il sera ici dans quelques minutes.

— Soit, j'attendrai, puisqu'il le faut. Mais..... Ah! je n'y songeais point..... Tu dis, tu soutiens que tu l'as envoyé je ne sais où, toi ! Tu mens. Il aurait refusé de t'obéir. Il t'aurait accablé de son mépris et de sa colère, si tu avais osé lui faire cet affront. Donc tu mens, tu mens effrontément. Il n'y a pas un homme au monde qui puisse lui commander.

— Un homme, c'est possible, mais je ne suis pas un homme.

— Tu n'es pas un homme, toi ! Qu'es-tu alors, au nom du Ciel ?

— C'est un secret — ne le dis à personne — je suis un archange !

Tout à coup Miles Hendon eut une exclamation intraduisible.

— Quoi ! Qu'entends-je ?.....

Le pauvre roi tremblait d'effroi et d'espérance. Il avait rassemblé toutes les forces de ses poumons pour pousser un cri, suppliant Dieu de laisser parvenir ce cri aux oreilles de Hendon, et ne pouvant, quoi qu'il fît, réussir dans cette suprême tentative. Il venait d'épuiser son énergie, au moment même où l'ermite répondait :

— Ce que vous entendez ? Rien. Le bruit du vent peut-être.

— Le bruit du vent ? C'est étrange. Pourtant, il se peut que tu dises vrai. Le vent souffle en effet avec rage cette nuit, et..... Ah ! voici encore ces sons étouffés.... Non, tu mens. Ce n'est pas le vent..... On dirait une plainte..... Je veux savoir ce que c'est.

Le roi entendait tout ce qui se disait. Il déployait toute la puissance de ses muscles, il tendait les ressorts de ses mâchoires, mais sa poitrine soulevée ne laissait passer qu'un faible souffle par ses lèvres, et ce souffle, la peau de mouton jetée sur lui l'étouffait.

Il sentit son âme se briser quand l'ermite dit :

— Cela vient du dehors, sans doute ; des taillis, j'imagine. Votre Seigneurie veut-elle que je la conduise jusque-là ?

Le roi perçut le bruit qu'ils faisaient en sortant ; le son cadencé de leurs pas qui s'éloignaient arriva jusqu'à ses oreilles. Puis il y eut un silence morne, profond, terrible.

Au bout d'un quart d'heure, qui lui parut un siècle, les pas et les voix se rapprochèrent. Un nouveau bruit se mariait maintenant à ceux qu'il avait déjà entendus. Il écouta. C'était comme le piétinement d'un cheval. Hendon disait :

— Non, je ne veux, je ne puis rester ici. Il se sera perdu dans la forêt. Par où a-t-il pris en sortant ? Vite, montre-moi.

— Il... J'accompagne Votre Seigneurie.

— Soit. Tu es meilleur que tu ne le parais, saint homme. Qu'aimes-tu mieux ? Aller à pied ou monter sur cet âne que je destine à l'enfant, ou enfourcher ce mulet, indigne de porter un archange, et que je m'étais réservé, quoique j'aie été trompé par l'homme qui me l'a vendu ?

— Garde le mulet et l'âne. J'aurais peur d'être jeté à terre. Je préfère marcher.

— Soit. Tiens la bride de l'âne pendant que je me mettrai en selle.

Alors il y eut un mélange confus de sons qui paraissaient produits par des cris, des coups, des braiments, des ruades, des jurons, des menaces adressées à la bête rétive, puis le silence se rétablit, la lutte sembla finie : le cavalier avait maîtrisé sa monture.

Pendant ce temps, l'infortuné Edouard VI gisait dans la hutte du Juif, en proie à une souffrance plus poignante qu'une longue agonie, le corps paralysé, semblable à un homme descendu vivant dans une tombe, ayant tous ses sens, et terrifié à la pensée de l'irrémédiable abandon où le plongeait l'éloignement, maintenant définitif, de Hendon. Il sentit son cœur s'écraser sous le poids d'un affreux cauchemar.

— Hélas! se dit-il, le seul ami qui me reste sur la terre est emmené loin d'ici... L'ermite reviendra, et.....

L'idée du supplice qui lui était réservé, qu'il ne pouvait plus éviter, fit affluer d'un coup son sang au cerveau. Il vit la mort en face et il se débattit contre elle. Il ramassa tout ce qu'il avait d'énergie : il ne changea point de place, mais la peau de mouton glissa et tomba sur le sol.

Epuisé, il avait fermé les yeux. Lorsqu'il les rouvrit, il vit la porte tourner lentement sur ses gonds. Son cœur cessa de battre. Il crut sentir le couteau entrer dans sa poitrine. Il ne pouvait crier. Son âme s'éleva vers Dieu. L'horreur abaissa ses paupières. L'horreur les souleva.....

Devant lui se trouvaient John Canty et Hugo!

En un clin d'œil les deux gredins eurent débarrassé le roi de ses liens. Ils le prirent chacun par un bras et l'entraînèrent au dehors.

Puis ils disparurent avec lui dans la forêt.

CHAPITRE XXII.

LA TRAHISON.

Fou-Fou Ier était retombé au pouvoir des vagabonds, des voleurs et des assassins, en butte à leurs sarcasmes, à leurs grossières insultes, et souvent, quand l'Hérissé avait le dos tourné, il était soumis à la brutalité de John Canty et de Hugo. Cependant, à part ces deux ignobles scélérats, il n'y avait personne de la bande qui se montrât réellement fâché contre lui. Beaucoup au contraire l'aimaient; on le trouvait drôle, amusant, spirituel.

Deux ou trois jours durant, Hugo, qui avait repris ses droits de tuteur sur l'enfant, prit plaisir à l'accabler de vexations. Il n'osait point le maltraiter ouvertement, car il n'avait pas oublié la correction infligée par le chef au prétendu John Hobbs; mais il ne laissait passer aucune occasion d'irriter le roi pendant la journée, et le soir, quand avaient lieu les ripailles et les orgies accoutumées, il jetait sur lui, comme par mégarde, tout ce qu'il avait sous la main, débris de viande, fonds de bouteilles, tessons ou immondices. Deux fois il lui marcha rudement sur les pieds, en s'excusant ironiquement. Le roi, se renfermant dans sa dignité, eut l'air de ne point remarquer cette offense, à laquelle un roi répond par l'indifférence du dédain. Mais quand l'enfant vit Hugo recommencer son manège pour la troisième fois, il ne put se contenir plus longtemps. Il prit une bûche qui était à ses pieds et la lança à la tête de son insulteur. Hugo roula par terre. L'assistance applaudit, et le roi eut les rieurs de son côté.

Hugo était penaud et furieux. Il ramassa un bâton et se jeta sur son agresseur. Le cercle se ferma autour des combattants. Les paris s'engagèrent. On aiguillonna les adversaires par des cris et des quolibets.

Hugo ne doutait point de l'issue de cette lutte. Il est probable qu'il eût rougi de la pousser plus loin, tant les forces des adversaires paraissaient inégales, s'il n'avait été en ce moment sous l'empire d'une surexcitation augmentée par le dépit.

En réalité Hugo ne savait pas à qui il avait affaire. Le vagabond n'était pas même un bretteur. Novice en escrime, gauche, maladroit, il frappait à tort et à travers.

Or, il avait devant lui le royal élève des maîtres d'armes les plus renommés de l'époque. Edouard n'ignorait aucun secret de l'école, et maniait avec la même dextérité la canne, le bâton et l'épée.

Il fallait voir le petit roi, alerte et gracieux, marcher, rompre, riposter, se rire de la grêle de coups que le gredin prétendait faire pleuvoir sur lui, le corps droit et d'aplomb sur les hanches, les épaules bien effacées, les genoux légèrement ployés, les bras souples et vigoureux, les mouvements libres et calmes, soit qu'il se mit en garde en se developpant, soit qu'il attaquât.

Les gueux étaient ébahis, saisis d'admiration. De minute en minute, le bâton dont s'était armé le roi, après qu'il eût jeté la bûche, fendait l'air en sifflant et s'abattait sur la tête de Hugo, au milieu des trépignements de l'assemblée émerveillée.

En moins d'un quart d'heure, le gredin était moulu, roué, rossé, terrassé et obligé de quitter le champ du combat, sous les huées et les sifflets.

Le roi n'avait pas été touché une seule fois.

Les gueux l'enlevèrent; deux d'entre eux le hissèrent sur leurs épaules et le portèrent en triomphe. Il fut assis à la place d'honneur, à côté de l'Hérissé, et proclamé solennellement *Roi des Coqs de combat*. Son titre de Fou-Fou Ier fut abrogé, et défense fut faite de lui donner ce nom ironique, sous peine d'être expulsé de la corporation.

Cependant les gueux avaient beau faire pour retenir le roi parmi eux. Il se refusait formellement à accepter leurs offres de services, à vivre dans leur intimité. Il n'avait qu'une pensée : c'était de prendre la fuite.

Le premier jour de son retour, on l'avait envoyé à la maraude dans une cuisine où il n'y avait personne; non seulement il revint les mains vides, mais il avait fait tous ses efforts pour avertir les gens de la maison. On le donna ensuite comme aide à un chaudronnier : il se révolta quand son prétendu maître lui commanda de chercher de l'ouvrage, et il alla jusqu'à arracher au chaudronnier son fer à souder, avec lequel il menaça de lui casser la tête.

Hugo et le chaudronnier eurent toutes les peines du monde à l'empêcher de s'échapper. Il écrasait, sous ses foudres royales, quiconque voulait mettre obstacle à sa liberté ou s'avisait de lui commander. On le chargea alors d'aller avec Hugo, en compagnie d'une femme en guenilles et d'un enfant scrofuleux, demander l'aumône : il n'en fit rien, déclara qu'il ne voulait pas mendier, et signifia à ceux qui parlaient de lui imposer leur volonté, qu'il les ferait pendre.

Plusieurs jours se passèrent ainsi. Le dégoût que lui inspiraient les honteuses pratiques des vagabonds, la saleté de leurs haillons, l'obscénité de leurs gestes, leur immonde langage lui devinrent peu à peu tellement intolérables, qu'il en arriva à se demander s'il n'aurait pas mieux valu pour lui périr sous le couteau de l'ermite.

Pourtant la nuit, dans ses rêves, il oubliait tous ses maux présents, car il se voyait assis sur son trône et maître absolu du royaume.

Ces pensées avaient pour effet de rendre son réveil plus amer.

Telles étaient les angoisses auxquelles il avait été en proie pendant les jours qui s'étaient écoulés entre sa rentrée au camp des vagabonds et son combat avec Hugo, et ces angoisses avaient été chaque jour plus cruelles, plus poignantes.

Le lendemain du combat, Hugo se leva, le cœur plein de projets de vengeance. Il ne pouvait dévorer l'affront que lui avait fait subir un enfant : il avait juré au roi une haine implacable. Parmi les plans qu'il avait formés pour assouvir cette haine, il y en avait deux qui lui souriaient plus que les autres. D'un côté, il aurait voulu infliger au jeune audacieux un châtiment exemplaire qui humiliât son orgueil, et lui fît perdre à jamais ces airs d'autorité royale et de souverain mépris que l'enfant prenait avec toute la troupe. D'autre part, si ce premier dessein échouait, il était décidé à faire tomber le roi dans un piège, à faire peser sur lui une accusation criminelle quelconque, et à le dénoncer aux autorités pour le livrer à l'implacable rigueur de la justice.

Le moyen de mettre à exécution son premier plan, c'était de prendre le roi à l'improviste, et de lui faire une *malandre* à la jambe.

— Cela le mortifiera, se disait-il, et lui ôtera toute envie de nous traiter du haut de sa grandeur.

Une fois la *malandre* bien visible, Canty *forcerait* bien l'enfant à *exposer* sa jambe sur les grands chemins, et à mendier.

La *malandre* est un terme d'argot, employé pour désigner une plaie factice.

Pour faire une *malandre*, on fabriquait un emplâtre de chaux vive, de savon et de rouille, qu'on étendait sur un morceau de cuir, lequel était ensuite appliqué sur la jambe et retenu par un bandage fortement serré. L'emplâtre enlevait la peau et donnait à la chair, mise à nu, l'aspect d'une excoriation : on frottait cet ulcère apparent avec du sang qui, lorsqu'il était sec, donnait à la prétendue plaie une couleur sombre et repoussante. Enfin, l'on enroulait autour de la jambe un morceau de guenille habilement disposé de manière à laisser voir, accidentellement, le hideux ulcère, et à émouvoir les passants.

De compagnie avec le chaudronnier qui ne pardonnait point au roi de l'avoir menacé, Hugo emmena l'enfant sous prétexte d'aller chercher de l'ouvrage.

Quand ils furent hors de portée du camp, ils se précipitèrent sur le roi, et l'étendirent de son long sur le sol.

Le chaudronnier appliqua l'emplâtre, pendant que Hugo empêchait l'enfant de se mouvoir en lui appuyant les mains et les genoux sur la poitrine, sur les bras et les jambes.

Le roi poussait des cris de rage.

— Je vous ferai pendre tous deux, rugit-il, le jour même où j'aurai recouvré mon sceptre.

Les scélérats, plus forts que lui, le maintenaient et riaient de son impuissante colère et de ses vaines menaces. Ils attendaient, avec impatience, que l'emplâtre eût produit son effet; et, certes, leur espérance n'aurait pas tardé à se réaliser, s'il n'était survenu un incident imprévu.

Le gueux qui avait fait la tirade tant applaudie sur l'iniquité des lois anglaises apparut tout à coup sur la scène et mit fin à l'entreprise des deux gredins, en arrachant le bandage et l'emplâtre, et en jetant au loin tout l'appareil destiné à faire une *malandre*.

Yokel l'*esclave* exerçait une espèce de prestige sur la bande de l'Hérissé. Personne n'eût osé lui résister.

Le roi voulut prendre le bâton de son sauveur et en labourer les épaules des deux drôles. Yokel s'y refusa. Il dit que cette affaire devait être examinée avec calme et qu'il fallait attendre jusqu'à la nuit, quand toute la tribu serait réunie. Il était inutile, sinon dangereux d'attrouper les passants. Les gueux n'avaient point coutume de soumettre leurs différends au jugement des intrus ou des *sinves*.

Yokel ramena le roi avec Hugo et le chaudronnier au camp, et il informa l'Hérissé de ce qui s'était passé.

Le chef décida que le roi ne mendierait pas et déclara qu'il l'appelait à des fonctions plus hautes et plus nobles.

Le roi ne fit que passer pour la forme par le grade de mendiant. Il fut immédiatement promu au rang de voleur.

Hugo était au comble de la joie. Il avait déjà essayé de pousser le roi à voler, mais il avait échoué. Or, maintenant il ne pouvait plus y avoir de résistance, car il était impossible que le roi songeât à braver un ordre exprès du *Grand Coësre*.

Hugo avait donc la partie belle. Il n'avait plus qu'à disposer une chausse-trappe, et le roi ne manquerait point de tomber dans les filets de la justice.

Le scélérat se promit de ne point perdre de temps et de régler ce compte le jour même. La seule tactique qu'il eût à suivre, c'était de faire en sorte que l'on crût à un accident, et qu'on ne le soupçonnât point personnellement ; car le Roi des Coqs de combat jouissait maintenant d'une vraie popularité, et la bande n'eût certes pas été tendre pour celui de ses affiliés qui aurait eu l'infamie de livrer par trahison le plus aimé de tous à l'ennemi commun, c'est-à-dire aux représentants de la loi.

Hugo avait l'âme trop noire et trop vindicative pour s'arrêter devant ces considérations. Il sortit du camp, sans rien laisser transpirer de sa machination. Le roi était avec lui. Ils allaient très lentement, montant et descendant les rues l'une après l'autre, tous deux ayant leur plan bien arrêté : Hugo, celui de mener à bout son entreprise criminelle ; le roi, celui de profiter de la première occasion pour prendre la fuite et pour s'arracher à jamais à l'ignoble troupe de coquins dont il était le prisonnier.

Ils eussent pu, l'un et l'autre, en finir assez vite ; mais ils ne voulaient, dans leur for intérieur, agir qu'à coup sûr et ne point s'exposer à une déception, en se laissant séduire par la première chance venue qui pouvait être incertaine.

Ils se reposaient sur le hasard. Ce fut Hugo qui trouva favorisé le premier.

Une femme arrivait derrière eux. En tournant la tête, Hugo vit qu'elle portait un gros paquet dans un panier.

Les yeux du gredin eurent un éclair de joie.

— Mort de ma vie! dit-il, si je puis lui mettre ça sur le dos, mon affaire sera dans le sac. Dieu te garde, Roi des Coqs de combat!

Il ralentit le pas sans avoir l'air de rien, mais dévoré par la soif de la vengeance.

La femme passa devant eux.

Le moment était arrivé.

— Attends-moi ici, dit-il rapidement à voix basse.

Et sans s'occuper de la réponse, il s'élança à la poursuite de la femme.

Le roi n'avait pas répliqué. Son cœur débordait de joie. Pour lui aussi l'heure tant souhaitée venait de sonner. Il allait pouvoir fuir, car il était probable que Hugo serait entraîné assez loin dans sa course. Le sort en avait décidé autrement.

Hugo se glissa derrière la femme, enleva prestement le paquet, le roula dans une vieille couverture qu'il portait sur le bras et revint sur ses pas en courant.

La femme ne s'était pas aperçue du vol sur le moment même, mais, sentant sa charge moins lourde, elle avait jeté un regard dans son panier, puis elle avait poussé un cri.

Hugo avait lancé le paquet dans les bras du roi, en lui criant :

— Suis-moi et crie : Au voleur! aie soin de détourner du chemin ceux qui courront après toi.

Hugo s'était précipité dans un chemin de traverse

dont les détours le ramenèrent un peu plus loin sur la route. En y débouchant, il avait les mains dans les poches, l'air innocent et indifférent. Il alla s'adosser à un poteau et attendit les événements.

Le roi avait bondi sous l'insulte. Il avait jeté le paquet avec dégoût. La couverture se déroulait juste au moment où la femme arrivait. Une foule considérable la suivait sur les talons.

La paysanne saisit d'une main le poignet du roi, tandis que de l'autre elle ramassait son paquet; puis elle fit pleuvoir un torrent d'injures sur le pauvre enfant qui se débattait et essayait vainement de s'arracher à l'étreinte.

Hugo n'avait pas besoin d'en savoir davantage. Son ennemi était pris et l'officier de justice ne tarderait point à entrer en scène. C'était le moment de se dérober. Rayonnant de joie, il regagna le camp en fredonnant une chanson. Et tout en s'éloignant prudemment du lieu où avait été commis le vol, il rumina le récit vraisemblable qu'il allait faire de cet accident à la tribu de l'Hérissé.

Cependant le roi continuait de lutter pour retirer son poignet de l'étau qui l'emprisonnait. Il était furieux et criait, le rouge au front :

— Laissez-moi, femme insensée; ce n'est pas moi qui vous ai pris ce paquet.

Mais la foule l'avait enfermé dans un cercle de fer et l'accablait d'outrages et de vociférations. Un forgeron en tablier de cuir, les manches retroussées jusqu'au coude, étendit un bras musculeux en jurant qu'il n'attendrait point l'arrivée de la justice pour infliger une correction à l'impudent.

Soudain une longue rapière fendit l'air et tomba

comme la foudre sur le bras de l'homme ; en même temps une voix ricana :

— Tout doux, braves gens, allons un peu plus modérément en besogne et ne soyons pas si prompts à prodiguer les coups de poing et les coups de langue. Ceci regarde la justice du roi, et non la justice sommaire des passants. Lâchez cet enfant, bonne femme.

Le forgeron jeta un regard de courroux à l'intrus, et, se frottant le bras, demeura coi. La femme ouvrit la main avec hésitation, mais sans oser résister. La foule regarda l'homme à la rapière, avec de grands yeux, mais sans oser murmurer.

Le roi s'était précipité vers l'étranger, et les joues rouges de plaisir, les yeux flamboyants, il s'était écrié :

— Vous n'auriez pas dû rester en arrière, mais vous arrivez encore à temps, sir Miles; taillez-moi ces insolents en pièces.

CHAPITRE XXIII.

LA SENTENCE.

Hendon eut un sourire. Il se pencha vers le roi et lui dit à l'oreille :

— Doucement, doucement, sire, ne parlez pas si vite, ou plutôt ne parlez pas du tout. Laissez-moi faire. Ayez confiance. Tout ira bien qui finira bien.

Puis il ajouta mentalement :

— *Sir Miles !* Miséricorde ! J'avais complètement oublié mon titre de noblesse ! Que Dieu me bénisse, si j'y puis rien comprendre ! Le malheur et le danger ne lui font point perdre la mémoire de ses coquesigrues !... *Sir Miles !* Ce titre de chevalier ferait bien sur un parchemin ; c'est égal, sa folie ne le rend point injuste, car enfin ce titre, je l'ai quelque peu mérité. Je ne suis, il est vrai, qu'une ombre de chevalier avec l'ombre d'un titre, dans le royaume des ombres et des rêves, mais cela vaut peut-être mieux que d'être un vrai comte dans un vrai royaume, et de servir un vrai roi qui n'irait peut-être pas à la cheville de ce petit roi pour rire !

En ce moment, il y eut une bousculade dans la foule. Un officier de justice se frayait un passage au milieu des curieux. Il arriva jusqu'au roi et lui posa la main sur l'épaule.

— Doucement, mon ami, doucement, dit Hendon. Retirez votre main, je vous prie. Il ira où vous voudrez, je réponds de lui. Marchez devant, nous vous suivrons.

Le représentant de la loi ne répondit point. Il fit signe à la foule de se ranger. Puis il ouvrit la marche avec une grave lenteur. La femme était à côté de lui, son paquet sous le bras. Miles et le roi venaient derrière. La foule fermait le cortège. Le roi voulait regimber ; Hendon lui dit tout bas :

— Songez-y bien, sire, la loi est comme le souffle bienfaisant de la royauté; qui mieux que vous peut donner l'exemple de la soumission aux officiers de la justice royale ? La loi a été violée. Quand le Roi sera remonté sur son trône, il n'aura point à rougir d'avoir, le jour où il ne paraissait être qu'un simple sujet, prouvé à son peuple que la loi doit être souveraine.

Ces paroles firent une profonde impression sur l'esprit de l'enfant.

— Vous avez raison, sir Miles ; je n'ai pas besoin d'en entendre davantage. Je saurai montrer à mon peuple que le Roi d'Angleterre n'impose point à ses sujets d'autres lois que celles qu'il veut observer lui-même.

Quand la femme fut appelée à témoigner devant le magistrat, elle prêta serment que le prisonnier, assis sur le banc des accusés, était bien celui qui avait commis le vol. Aucun témoin à décharge ne se présenta. La culpabilité du roi était évidente. N'avait-il pas été pris en flagrant délit ?

Alors on examina de plus près les pièces de conviction. Le magistrat plongea la main dans le panier et en retira le paquet qu'il ouvrit.

Il y trouva un petit cochon de lait.

Le juge pâlit. Hendon pâlit aussi. Un frissonnement circula dans la foule.

Le roi demeurait immobile, calme, presque indifférent.

Le juge réfléchit longtemps. Il avait l'air atterré. Enfin il regarda la femme avec une visible anxiété, et demanda :

— A combien évaluez-vous cet objet qui vous appartient ?

La femme fit une révérence et répondit :

— A trois shillings et huit pence, Votre Honneur. Pas un penny de moins, et je ne mens pas.

Le juge attacha sur la foule ses yeux attristés, puis il fit signe au constable et dit :

— Faites sortir l'assistance et fermez les portes.

Le constable obéit. Il ne resta plus dans la salle que le magistrat et l'officier de justice, l'accusé, le témoin et Miles Hendon. Celui-ci était livide et pétrifié. De grosses gouttes de sueur perlaient sur son grand front et ruisselaient le long de ses joues.

Le juge se tourna pour la seconde fois vers la femme, et d'une voix où perçait la compassion :

— Ce malheureux enfant, dit-il, est ignorant, et c'est la faim sans doute qui l'a poussé à commettre ce méfait, car les temps où nous vivons sont durs pour les misérables: regardez-le bien, il n'a pas l'air mauvais, mais quand la faim vous pousse!... Femme, savez-vous que celui qui est accusé et convaincu d'avoir volé un objet de la valeur de treize pence et demi, doit être *pendu?* C'est la loi!

Le petit roi tressaillit. Il était consterné, mais il se maîtrisa et se tut.

La femme avait bondi de frayeur.

— Ah! mon Dieu! juste ciel! miséricorde! s'écria-t-elle, qu'est-ce que je viens de faire! Je ne voudrais pas que ce pauvre petit fût pendu pour tout l'or du monde. Il m'a volé, c'est vrai; mais enfin on m'a rendu mon cochon! Ah! ce n'est pas possible, Votre Honneur, je vous en supplie; que faire, comment empêcher ce malheur?

Le juge demeurait grave et pensif.

— Vous avez encore le droit, dit-il, de revenir sur la valeur déclarée, puisqu'il n'y a pour le moment rien d'écrit ni de signé au procès-verbal.

— Au nom du ciel, mettez huit pence seulement, je vous en conjure, et que le bon Dieu me préserve de faire mener cet enfant à la potence!

Miles Hendon était si fou de joie qu'il oublia le respect dû à la justice. Il se jeta au cou de la brave femme et l'embrassa sur les deux joues. Puis il souleva le roi et le pressa contre son cœur.

La femme se retira en manifestant sa satisfaction par de grandes exclamations. Elle prit son cochon dans ses bras et fit un pas vers la porte de sortie. Le constable ramassa le panier vide qui était resté sur la table et la suivit.

Le magistrat avait ouvert un registre et écrivait.

Hendon, toujours l'œil au guet, était intrigué de la disparition du constable. Il sortit de la salle sur la pointe des pieds et rejoignit en un clin d'œil l'officier de justice et la femme.

Alors il entendit la conversation suivante :

— Il est gros et engraissera bien; je l'achète, voici les huit pence.

— Huit pence! vous n'y songez pas. Il me coûte trois shillings et huit pence, en bonne et loyale monnaie d'Angleterre, à l'effigie du roi Henri, que

Dieu ait son âme. Huit pence! Vous vous moquez de moi!

— Ah! c'est comme ça que vous l'entendez! Vous venez de prêter serment que le cochon vaut huit pence. Vous avez donc fait un faux témoignage. Vous allez me suivre devant le magistrat pour répondre de votre crime. Et comme il y a flagrant délit, vous serez condamnée sur l'heure et pendue demain, et l'enfant aussi.

La femme poussa un cri de terreur.

— Tenez, tenez, dit-elle éperdument, prenez-le, je ne discute plus. Donnez-moi vos huit pence et ne dites plus un mot. Surtout ne parlez pas au magistrat.

Le constable avait passé sous son bras le panier où il avait mis le cochon. La femme s'était enfuie comme si elle eût vu le diable.

Hendon revint à pas de loup dans la salle de justice. Le constable l'y suivit presque aussitôt et déposa prudemment sa précieuse acquisition dans un coin.

Le magistrat écrivait toujours.

Enfin il s'arrêta, fixa ses lunettes sur son nez et lut au roi, d'une voix trainante, la sentence qui le condamnait à être emprisonné dans la prison commune, pour ensuite être fouetté en place publique.

Le roi abasourdi ouvrit la bouche. Il allait donner l'ordre d'arrêter le juge et de lui trancher la tête sans autre explication, mais un geste de Hendon l'arrêta, et il ferma la bouche avant que les paroles ne fussent arrivées à ses lèvres.

Hendon lui prit la main, s'inclina devant le magistrat, et suivit le constable qui les conduisit à la prison.

Ils avaient à peine mis le pied dans la rue, que le roi retira sa main avec violence et s'écria indigné :

— Me laisser mener en prison, jamais; on me tuera d'abord.

Hendon se baissa vers l'enfant, et dissimulant sa voix pour n'être pas entendu par le constable :

— Ayez confiance en moi! N'aggravez pas notre situation par vos discours inconsidérés. Laissez-moi faire, vous dis-je, et si je ne réussis pas, à la grâce de Dieu. Ce qui est est, vous avez beau vous démener, vous n'y pouvez rien changer. Donc paix et patience! Encore une fois, laissez-moi faire, tout n'est pas perdu. Qui vivra verra!

CHAPITRE XXIV.

L'ÉVASION.

Le jour était à son déclin, les rues devenaient de moment en moment plus désertes. On n'y voyait plus que quelques rôdeurs fuyant au plus vite avec l'air furtif de gens qui sont pressés de faire un mauvais coup pour se soustraire le plus tôt possible avec leur butin aux morsures du froid glacial. Trop occupés du larcin qu'ils méditaient pour regarder à droite ou à gauche, ils ne faisaient pas attention à ceux qui passaient sur le chemin.

Le roi ne revenait point de son étonnement. Il n'eût jamais cru que l'on pût mener l'un des plus puissants souverains de l'Europe en prison, sans que cet acte inouï provoquât autre chose que l'indifférence publique.

Pas à pas, le constable était arrivé à un petit marché désert; il fit signe au roi et à Miles de le traverser avec lui.

Ils étaient au milieu de la place, lorsque Hendon toucha le bras de l'officier de justice et lui dit à voix basse :

— Un moment, je vous prie, mon ami; il n'y a personne qui puisse nous entendre ici, et je voudrais vous dire un mot.

— Les devoirs de ma charge s'y opposent, répondit le constable : je vous en prie, laissez suivre le cours de la justice, la nuit tombe et j'ai hâte de rentrer chez moi.

— Je n'ai qu'un mot à vous dire, et il y va de votre intérêt. Ayez l'air de ne rien voir et... *laissez cet enfant s'échapper.*

— Que je... Suborneur ! Au nom de la loi je vous arrête.

— N'allons pas si vite, et soyez prudent. Vous pourriez vous repentir de ne pas avoir écouté mon avis.

Miles rapprocha sa bouche de l'oreille du constable.

— Ce cochon que vous avez acheté huit pence pourrait vous coûter la tête, brave homme !

Le constable eut un geste de surprise ; il demeura d'abord interdit ; puis, se croyant raillé, il éclata en invectives et en menaces.

Mais Hendon gardait toute sa placidité. Il attendit que l'officier de justice eût dit tout ce qu'il avait à dire, puis il ajouta :

— J'ai un faible pour vous, brave homme, et je ne voudrais point vous voir au bout d'un gibet. Écoutez bien ce que je vous dis, vous verrez si je vous trompe.

Alors Miles répéta mot pour mot la conversation que le constable avait eue avec la femme :

— Vous voyez, dit-il, que je sais tout. Que penseriez-vous d'une dénonciation faite en due forme au magistrat aujourd'hui même ?

Le constable s'était arrêté. Il était tout d'un coup devenu humble et craintif. Il essaya de se tirer d'affaire en disant avec un sourire forcé :

— C'est faire beaucoup de bruit pour peu de chose. J'ai voulu m'amuser de la frayeur de la bonne femme, et lui faire une farce.

— Et c'est par farce aussi que vous avez gardé son cochon, sans même lui payer le panier?

L'officier de justice joua la fâcherie.

— Je vous dis que c'est une farce,... et cela suffit.

— C'est possible, dit Hendon, en feignant de le croire et sans perdre son accent moqueur; attendez-moi là un moment, je cours chez le magistrat, qui y verra sans doute plus clair que vous et moi, car il connaît la loi, et s'il y a simple farce, il.....

Hendon mâchonna le reste de sa phrase, en pirouettant sur ses talons.

Il avait fait deux ou trois pas dans la direction de la salle de justice, quand le constable le rappela avec un gros juron.

— Attendez donc ! Pst ! Pst ! Vous êtes bien pressé! Le juge, dites-vous? Il n'est pas d'humeur à pardonner une plaisanterie ! Voyons! écoutez donc! Causons sans nous fâcher ! C'est vrai, je me suis mis dans de mauvais draps, et tout cela pour une farce innocente, sans que j'eusse jamais songé à mal. Je suis père de famille, j'ai une femme, de petits enfants. Mais attendez donc! Voyons, que voulez-vous?

— Je vous l'ai déjà dit. Mais vous êtes aveugle, sourd, muet, paralytique, et il faut vous dire cent mille mots avant que vous en ayez entendu un. Je ne vous demande rien de déraisonnable pourtant.

— Rien de déraisonnable ! s'exclama le constable désespéré; mais c'est ma perte que vous voulez. Ah! je vous en conjure, mon bon messire, cessez cette cruelle moquerie ; considérez la chose sous toutes ses faces, songez bien qu'il ne s'agit que d'une farce, d'une plaisanterie, et qu'il serait inouï qu'un homme que je ne connais pas vînt me faire du tort auprès des supérieurs. Je sais bien que quand le juge sera convaincu qu'il n'est question que d'une farce — et c'en est une, rien de plus, — il se bornera à me faire une réprimande ; mais.....

— Savez-vous quel nom la loi donne à ce genre de farce ?

— Non, je ne sais pas. Je ne suis pas savant. La loi, dites-vous, a prévu ce cas, ce délit, s'il y a délit ?

— Ce n'est pas un délit, mais un crime. La loi dit : *Non compos mentis lex talionis, sic transit gloria mundi.*

— Ah ! mon Dieu !

— Et la pénalité, c'est la mort.

— Miséricorde !

— Ecoutez bien. Vous avez profité de la situation où se trouvait la paysanne, et vous avez abusé de l'avantage que vous donnait sur son esprit faible et craintif votre qualité de représentant de la loi ; vous avez fait saisie-arrêt et exercé le droit de confiscation sur une valeur de plus de treize pence en la payant une bagatelle. Tous ces agissements sont qualifiés par la loi de crime assimilé à la baraterie, de non-révélation d'attentat, de malfaisance en exercice de fonctions, *ad hominem expurgatis in statu quo*, et la pénalité édictée pour les crimes de cette nature est la mort par la hart, sans composition (1), commutation, ni bénéfice de clergie (2).

(1) La composition est l'amende payée pour tenir lieu de punition corporelle.

(2) Le bénéfice ou privilège de clergie était à l'origine l'exemp-

— Soutenez-moi, soutenez-moi, mon bon messire, mes jambes fléchissent. Pitié ! miséricorde ! grâce ! Epargnez-moi ! Je ferai semblant de ne rien voir. Qu'il s'en aille ! qu'il parte !

— Allons, vous devenez enfin raisonnable. C'est entendu. Nous nous échapperons sans que vous en sachiez rien. Et vous rendrez le cochon ?...

— Oh ! oui, je le rendrai, et oncques de ma vie n'en toucherai, ni n'en mangerai, dût le ciel me l'envoyer tout rôti sur ma table. Allez, au nom du Seigneur ! Je suis aveugle, je suis sourd. Je n'aurai rien vu, rien entendu. Si l'on m'interroge, je dirai que vous avez sans doute forcé la porte de la prison, et que vous avez emmené le prisonnier à mon insu. La porte est vieille, la serrure ne tient pas. Je passerai toute la nuit à l'enfoncer moi-même.

— Et vous ferez bien, et il ne vous sera point fait de mal, car j'ai vu que le juge avait l'âme charitable, qu'il souffrait de devoir condamner ce pauvre petit. Il ne sévira pas contre le geôlier qui l'aura laissé échapper. Allez en paix et rendez le cochon.

tion, accordée aux clercs ou membres de l'ordre du clergé, d'être jugés au criminel par des juges séculiers. Cette immunité fut ensuite étendue à tous ceux qui savaient lire, et que la loi considérait dès lors comme des clercs. Elle a été abolie en 1827.

CHAPITRE XXV.

HENDON HALL.

Hendon et le roi furent bientôt hors d'atteinte. Ils convinrent qu'on se rendrait à l'auberge voisine où Miles avait à régler son compte. Le roi attendrait son compagnon à un endroit indiqué, hors de la ville.

Une demi-heure après, ils trottaient joyeusement côte à côte, montés sur les bêtes maigres du « chevalier ».

Le roi s'était débarrassé de ses haillons. Il était, maintenant, vêtu convenablement et chaudement, car il avait trouvé, à l'auberge, les habits d'occasion que Miles avait achetés au pont de Londres.

Hendon voulait, autant que possible, éviter de nouvelles fatigues au pauvre enfant déjà si cruellement harassé. Brûler les étapes, manger à la hâte où et comme on pouvait, retrancher sur le sommeil pour aller plus vite, la tête malade du roi n'y eût probablement point résisté. Au contraire, le repos, la régularité, des exercices modérés pouvaient favoriser sa convalescence et la hâter.

Le brave Hendon aurait tant voulu guérir ce cerveau troublé, dont l'émotion avait dû déranger l'équilibre, et qu'il souffrait de voir ainsi hanté par de tristes et douloureuses visions. Aussi résolut-il de ne s'acheminer qu'à petites journées vers le domaine paternel d'où il avait été banni depuis tant d'années. Il fit violence à son cœur, maîtrisa son impatience qui l'eût poussé à courir, à bride abattue, nuit et jour, sans relais, et obéissant à la maxime : « Patience et courage vaut plus que force ni que rage », il mit ses bêtes à l'amble.

Ils avaient fait une dizaine de milles, quand ils atteignirent un gros bourg. Ils y trouvèrent une bonne auberge, où ils s'arrêtèrent pour passer la nuit.

Chacun reprit son rôle respectif. Hendon se tint debout, derrière le siège du roi, pendant le repas, et le servit respectueusement. Il le déshabilla ensuite et le coucha; puis il s'enveloppa lui-même dans une couverture et s'étendit de son long en travers de la porte.

Le lendemain et le surlendemain, ils poursuivirent leur voyage, en égayant la chevauchée lente et paresseuse par le récit de leurs aventures depuis leur séparation. Le roi parlait avec volubilité, appuyant chacune de ses phrases d'un geste expressif. Miles l'écoutait avec avidité.

Quand ce fut au tour du brave homme de conter son récit, sur la demande expresse qui lui en fut faite, il détailla tout ce qui s'était passé depuis le moment où il était sorti de la hutte avec l'archange en quête de « Sa Majesté ». Il avait battu toute la forêt avec l'ermite et, ne pouvant se débarrasser de lui, il l'avait ramené à la cabane.

Le Juif était entré seul dans la chambre à coucher d'où il était sorti, un instant après, la figure bouleversée, l'air consterné.

— J'espérais, avait-il dit, le trouver là couché sur le lit, il n'y est plus.

Hendon avait attendu jusqu'à la nuit. Enfin, désespérant de voir revenir le roi, il avait quitté le fou, pour reprendre ses investigations.

— Le vieux Sanctum Sanctorum était, ma foi, tout affligé de ne pas avoir Votre Altesse sous la main. Il en était tout déconfit, tout malheureux!

— Je le crois bien, fit le roi. Il a dû se dire que le nouveau sacrifice d'Abraham n'était pas du goût du nouvel Isaac!

Hendon déclara que s'il avait su ce qui était arrivé, l'archange aurait passé un mauvais quart d'heure.

Le voyage touchait à sa fin. On n'avait plus qu'une étape à faire. L'imagination de Hendon vagabondait. Sa langue n'arrêtait plus. Il parlait de son vieux père, de son grand frère Arthur, il vantait leur bon cœur, leurs qualités d'esprit, leurs sentiments généreux; il prononçait souvent le nom d'Edith, mais toujours en tremblant; et il était si content, si absolument heureux, qu'il disait même du bien de son frère Hughes. Comme on allait être ravi de son retour à Hendon! Quelle surprise pour tout le monde! Quelle explosion de joie! Que de remerciements adressés au Ciel!

Le pays était magnifique. Partout des fermes, des vergers; la route traversait des pâturages, bordait des collines, s'enfonçait dans la vallée, ondulant comme les vagues de la mer.

Quand vint l'après-midi, Hendon ne se possédait plus. A chaque instant il piquait des deux, enfilait un sentier, grimpait sur un coteau, s'arrêtait pour interroger l'horizon, tenait la main au-dessus des yeux afin de mieux découvrir le manoir.

Enfin il l'aperçut. Alors son enthousiasme n'eut plus de bornes.

— Voyez, sire, dit-il, voyez, voyez. Ce que vous distinguez là-bas, c'est le village; et là, c'est Hendon Hall. On voit les tours d'ici. Tenez, là, c'est le parc de mon père. Vous allez voir comme c'est beau, comme c'est vaste. Soixante-dix chambres... Vous n'avez jamais ouï ça, n'est-ce pas?... Et vingt-sept domestiques! Comme nous allons être bien là dedans tous ensemble ! Venez, venez, je n'y tiens plus, je brûle d'arriver.

Cependant ils eurent beau faire diligence, trois heures sonnaient quand ils entrèrent dans le village. Ils allaient au galop, et la langue de Hendon allait plus vite encore.

— Voici l'église, c'est bien ça, toujours le même lierre, rien de changé... Voici l'auberge, le vieux Lion-Rouge ; là-bas, c'est la place du Marché. Voici l'arbre de mai, le *maypole*; voici la pompe,... rien de changé non plus,... si ce n'est les gens peut-être, car en dix ans, il y en a qui partent ou qui viennent. Il me semble que je reconnais certaines figures. Mais personne n'a l'air de se douter que c'est moi.

Il ne tarissait point.

Bientôt ils furent au bout du village; ils prirent par une allée étroite et tortueuse, bordée de grandes haies. Ils la suivirent ventre à terre pendant un demi-mille, et pénétrèrent, enfin, par une imposante arcade, flanquée de pilastres sculptés et armoriés, dans un vaste jardin de fleurs. Un manoir seigneurial se dressait devant eux.

— Soyez le bienvenu au château de Hendon, mon Roi! s'exclama Miles. Ah! quelle journée! quelle grande journée! Mon père et mon frère et lady Edith ne vont pas se sentir de joie; ils n'en croiront pas leurs yeux, leurs oreilles; ils en perdront la parole; n'interprétez point à mal leurs transports qui s'adresseront, naturellement, d'abord à moi, sire; ne prenez point souci du premier accueil qu'ils vous feront; cela changera tout de suite, quand je leur aurai dit que vous êtes mon pupille, mon protégé, que je vous aime comme si vous étiez mon fils, que je ne veux pas me séparer de vous, que vous êtes digne de leur affection comme de la mienne. Vous verrez comme on vous chérira alors, pour l'amour de Miles Hendon, comme tous les bras vous seront ouverts, comme tous les cœurs iront à vous, comme tout le monde vous dira : Restez! vous êtes des nôtres!

Hendon avait sauté à terre près de la porte d'entrée, il aida le roi à descendre, le prit par la main, et s'élança avec lui à l'intérieur du manoir.

Il poussait les portes, traversait les salons, allait comme le vent. Enfin il arriva dans une vaste pièce, montra un escabeau au roi, et aperçut auprès d'une fenêtre un homme encore jeune assis devant une table, les pieds sur les chenets du foyer où brûlait un grand feu de bois.

— Hughes! Hughes! me voici! viens! viens dans mes bras, cria-t-il. N'est-ce pas que tu es heureux de me revoir? Où est mon père? que je le voie tout de suite! Je ne me croirai pas chez moi avant de lui avoir serré la main, d'avoir vu son visage, d'avoir entendu sa voix.

Hughes avait reculé son siège avec un mouvement de surprise. Il regarda gravement l'intrus, avec un air offensé ; puis l'expression de ses traits changea subitement, comme s'il eût obéi à quelque dessein secret, et il attacha sur celui qui lui parlait, des yeux intrigués où l'on eût cru lire un sentiment de vive compassion.

A la fin il dit avec douceur :

— Vous paraissez exalté, pauvre étranger ; vous aurez eu à subir de cruelles privations, de rudes souffrances ; vos traits égarés, votre costume en désordre me le disent suffisamment. Parlez ! Pour qui donc me prenez-vous ?

— Pour qui, juste ciel ? mais pour toi-même ! pour Hughes Hendon ! s'écria Miles qui ne comprenait rien à ce langage.

Hughes continua, sans rien perdre de son sang-froid.

— Et qui donc croyez-vous être vous-même, pauvre homme ? Car il me semble que votre imagination...

— Mon imagination ? Sache que l'imagination n'a rien à voir en ceci ! Voudrais-tu prétendre par hasard que tu ne me reconnais point, que je ne suis point ton frère, Miles Hendon ?

Un éclair de joie parut rayonner sur le visage de Hughes.

— Quoi ! s'exclama-t-il, toi ! toi ! serait-il possible ! Les morts reviendraient à la vie ! Ah ! plût à Dieu qu'il en fût ainsi ! Notre pauvre frère, que nous pensions à jamais perdu, nous serait rendu après tant d'années d'angoisses ! Non, ce serait trop beau, trop beau pour y croire. Pitié ! Si c'est un jeu, qu'il cesse aussitôt, car la déception serait trop amère! Là... sous cette lumière... oh! je veux voir! je veux voir...

Il avait saisi Miles par le bras, l'avait entraîné auprès de la fenêtre et le dévorait des yeux, le toisant des pieds à la tête, le tournant en tous sens, allant et venant autour de lui et scrutant avidement les moindres lignes de son corps.

Miles avait les larmes aux yeux. Il souriait, riait et hochait la tête.

— Va, va, disait-il, ne crains point, mon frère, c'est bien moi; ces bras que tu touches, ces jambes, ces pieds, cette tête, tout ça c'est moi. Regarde-moi, je te reviens tout entier. Es-tu content, mon bon vieil Hughes, le voilà enfin ton vieux Miles, c'est toujours lui; il était perdu, il est retrouvé! Ah! quelle journée, n'est-ce pas, quelle grande et splendide journée! oui, splendide et heureuse et inoubliable. Ta main, Hughes, viens, viens, que je t'embrasse! Oh! laisse-moi m'abandonner à toute l'effusion de mon âme! Je crois que je vais mourir de joie!

Il allait se précipiter dans les bras de Hughes, mais celui-ci le retint, et au lieu de répondre à son empressement, leva la main comme pour le maintenir à distance, puis baissant tristement la tête:

— Dieu me donnera-t-il la force de supporter cette cruelle désillusion?

Miles, ébahi, restait sans parole. A la fin, il put s'écrier :

— Désillusion, dis-tu? mais tu ne vois donc pas que je suis ton frère?

Hughes secoua la tête avec pitié.

— Fasse le ciel que vous disiez vrai, pauvre homme, murmura-t-il, et que d'autres que moi découvrent des traits de ressemblance cachés à mes yeux. Hélas ! je crois bien que la lettre....

— Quelle lettre?

— Celle que nous reçûmes d'outre-mer, il y a six ou sept ans. Elle nous disait que notre frère était mort sur le champ de bataille.

— Cette lettre ment. Appelle ton père. Il me reconnaîtra bien, lui...

— Mon pauvre père est dans un royaume d'où l'on ne rappelle personne!

— Mort!

Miles eut un tressaillement. Une affreuse pâleur couvrit son visage.

— Mon père mort! Ah! je ne m'attendais point à cette horrible nouvelle! Il me semble que toute ma joie s'en est allée d'un seul coup! Puisque mon père est mort, appelle Arthur; il m'a tant aimé, il ne saurait m'avoir oublié, il me reconnaîtra, et je pleurerai avec lui notre père!

— Arthur est mort!

— Dieu! qu'entends-je! Arthur mort aussi! Tous les deux!... Ceux que j'aimais,... et Dieu ne me laisse que celui qui... Oh! pitié! ne me dis point que lady Edith...

— Vous paraissez connaître lady Edith et craindre qu'elle ne soit morte. Elle vit.

— Grâces soient rendues à la miséricorde divine! Edith vit, dis-tu? Hâte-toi, mon frère, prie-la de venir ici! Si elle ne dit point qui je suis... mais non... elle le dira... non, non, elle ne saurait point ne pas me reconnaître, elle; ce doute est insensé.... Appelle-la, je t'en supplie; fais venir les anciens serviteurs de Hendon Hall; ils attesteront que je suis ton frère.

— Tous sont morts, excepté cinq : Pierre, Halsey, David, Bernard et Marguerite.

En disant ces paroles, Hughes avait quitté la pièce.

Miles resta un moment rêveur, puis il arpenta le parquet.

— C'est étrange, murmura-t-il, les cinq qu'il vient de nommer étaient les seuls dont mon père suspectât la bonne foi : il les croyait capables de tous les crimes. Eux seuls ont survécu, tandis que les vingt-deux serviteurs honnêtes et loyaux ne sont plus.

Il continua sa promenade, roulant dans son esprit toutes sortes de conjectures.

Il avait complètement oublié le roi.

L'enfant était resté assis sur son escabeau, et avait suivi attentivement la scène qui venait de se passer, mais n'avait pas proféré une parole.

Il crut que la dignité royale lui commandait d'intervenir, et d'une voix grave où se traduisait une vive et sincère compassion :

— Cette méprise est cruelle, mon bon et féal serviteur, dit-il, mais d'autres que vous dans ce monde ont été victimes d'un pareil malheur, sans que personne ait cru à leurs protestations. Rassurez-vous, le Roi ne vous abandonnera pas !

— Ah ! mon Roi, s'écria Hendon en rougissant légèrement, ne me condamnez pas, vous aussi ; attendez, et vous verrez. Je ne suis pas un imposteur. Elle le dira ; et c'est à la plus noble des femmes que je devrai ma justification ! *Moi ! un imposteur !* Allons donc ! Est-ce que je ne connais pas cette vieille salle, ces portraits de mes ancêtres, tous ces objets qui sont autour de nous, comme un enfant connaît l'endroit où fut son berceau ? Car c'est ici que je suis né, que j'ai été élevé, que j'ai grandi, sire ; oui, je ne mens point, je ne vous trompe point, et si personne ne veut me croire, oh ! je vous en supplie, ne doutez pas de moi, vous que j'aime si tendrement !

— Je ne doute pas de vous, dit le roi avec une simplicité enfantine, je crois que vous êtes Miles Hendon.

— Oh ! merci ! merci du fond de mon âme, s'exclama Hendon profondément touché.

L'enfant le regarda affectueusement ; et, avec le même air naïvement enfantin :

— Et vous, dit-il, croyez-vous que je suis le Roi ?

Miles voulut balbutier quelques paroles. Heureusement pour lui la porte s'ouvrit et livra passage à Hughes, suivi de plusieurs personnes.

Il tenait par la main une jeune dame richement vêtue. Derrière eux venaient quelques gens de service.

La dame s'avança lentement, la tête baissée, les yeux fixés à terre, le front surchargé de tristesse.

Miles Hendon s'était précipité vers elle, en criant :

— Edith, ma chère Ed....

Mais Hughes le repoussa gravement et se tournant vers la dame :

— Regarde-le bien, demanda-t-il, le reconnais-tu ?

En entendant la voix de Miles, elle avait tressailli, ses joues s'étaient couvertes d'une subite rougeur. Elle demeura immobile, et sembla, pendant longtemps, absorbée dans de pénibles réflexions ; puis elle leva doucement la tête, attacha sur Hughes un long regard, parut plonger ensuite ses yeux dans ceux de Miles et le contempla avec froideur et mépris. Ses joues se décolorèrent lentement, son visage prit un aspect livide. On eût cru que la mort avait tout d'un coup posé sur elle sa main glacée. Ses lèvres s'entr'ouvrirent, et avec un accent indéfinissable elle dit :

— Je ne le connais pas !

Elle eut un soupir étouffé, baissa la tête et se retira.

Miles Hendon s'était affaissé dans un siège. Il avait caché sa tête dans ses mains.

Hughes fit un signe à ses gens :

— Vous l'avez-vu ? interrogea-t-il impérieusement. Le connaissez-vous ?

Ils secouèrent la tête négativement.

Alors Hughes s'avança vers Miles avec le calme qu'il n'avait cessé de garder.

— Mes gens ne vous connaissent point, dit-il, je crains qu'il n'y ait de votre part quelque méprise, je ne vous ai jamais vu, et vous avez entendu ce que vient de dire ma femme.

— Ta *femme* !

Une main de fer avait saisi Hughes à la gorge et le clouait contre le mur.

— Ah ! traître ! scélérat ! vipère ! renard ! mes yeux se dessillent enfin ! C'est toi qui as écrit la lettre ! Tu as menti alors comme tu as menti quand tu m'as fait chasser de la maison paternelle ; tu m'as volé mes biens, tu m'as ravi ma fiancée ! Malheur à toi ! meurs écrasé de ma main comme on écrase un reptile immonde ! Car tu n'es pas digne de mourir par l'épée d'un soldat loyal et d'un honnête homme !

Hughes étouffait.

Il parvint toutefois à se dégager.

— Qu'on le saisisse, commanda-t-il à ses gens, qu'on l'enchaîne !

Il y eut un moment d'hésitation. Un des gens dit :

— Il est armé et nous avons les mains vides.

— Armé ! qu'importe ! vous êtes dix contre un ! Sus à l'assassin !

Miles avait fait un pas en arrière et s'était adossé au mur.

— Ah ! vous ne m'avez point reconnu ! rugit-il. Eh bien ! si vous vous souvenez de mes coups, approchez !

Il avait dégainé.

Personne ne s'avisa de répondre à la provocation.

— Lâches ! cria Hughes, allez, armez-vous, prévenez mes gardes !

Les gens de service se retirèrent.

Hughes les suivit. Au moment où il fermait la porte derrière lui, il se retourna vers Miles et d'un air menaçant :

— N'essayez pas d'échapper, dit-il, vous n'y réussiriez point.

— M'échapper ! s'écria Miles hors de lui ; va, n'aie pas cette crainte. Miles Hendon est le maître légitime de Hendon Hall. Tout ce qui est ici lui appartient. Sois tranquille, il restera !

CHAPITRE XXVI.

RENIÉ.

Le roi était demeuré muet et pensif. Quand Hughes fut parti, il leva la tête et dit :

— C'est étrange et extraordinaire, je ne puis comprendre...

— Non, sire, fit Miles avec vivacité, il n'y a rien d'étrange dans tout ce que vous venez de voir et d'entendre. Je le connais, il agit comme il pense. C'est un scélérat. Tel il était enfant, tel il est aujourd'hui.

— Je ne parle pas de lui, sir Miles.

— Et de qui donc parlez-vous? Qu'est-ce que vous ne comprenez pas?

— Qu'on ne soit pas inquiet de l'absence du Roi...

— Quoi? Comment? Je ne saisis point.

— Vraiment! Ne vous semble-t-il pas surprenant que toutes les routes du pays ne soient pas parcourues en tous sens par des courriers, qu'on ne distribue point partout des proclamations, faisant la description de ma personne, et ordonnant de me rechercher sans trêve ni cesse! Ne vous paraît-il point étrange et extraordinaire que le chef de l'Etat puisse ainsi disparaître, sans qu'on s'en émeuve en Angleterre et en Europe, sans qu'on prenne le deuil, sans qu'on se demande de ville en ville, de maison en maison, comment un fait aussi inouï a pu se produire, et comment un événement, qui doit être malheureux pour tout le royaume, qui devrait mettre tout sens dessus dessous, se prolonge depuis plusieurs jours, sans que personne paraisse en avoir souci!

Miles eut un sourire de compassion.

— C'est vrai, sire, dit-il, je l'avais oublié.

Et il ajouta à part lui avec un soupir :

— Pauvre tête, toujours hantée par la même folie !

— Mais j'ai un projet, continua l'enfant, un projet qui doit nous sauver l'un et l'autre. Je veux écrire une lettre en trois langues, en latin, en grec et en anglais. Vous la porterez demain matin à Londres et vous ferez diligence. Vous ne la donnerez qu'à mon oncle, lord Hertford; quand il la verra, il reconnaîtra mon écriture et donnera l'ordre de venir me reprendre ici.

— Ne vaudrait-il pas mieux, sire, attendre ici, jusqu'à ce que je me sois fait reconnaître moi-même? Quand j'aurai recouvré mes droits et mes biens, il nous sera bien plus facile...

— Paix, sir Miles! interrompit le roi impérieusement. Que sont vos domaines insignifiants, vos intérêts personnels et sans importance auprès des affaires du royaume et de la sauvegarde du trône?

Puis regardant le pauvre homme avec bonté :

— Obéissez et n'ayez point de crainte, dit-il, justice vous sera faite en son heure. Je me souviendrai de vous et de vos loyaux services.

Il s'était assis à la table, y avait pris du papier et une plume et s'était mis à écrire d'une main rapide. Miles le contemplait, émerveillé.

— Si je n'étais sûr de l'endroit où je l'ai trouvé, se dit-il, je jurerais sur le salut de mon âme que c'est le Roi lui-même qui vient de me parler. Qu'on le veuille ou non, il faut lui obéir. Il a un air de commandement, il impose sa volonté comme ferait le Roi en personne. Où donc a-t-il pu prendre ce ton et cette assurance! Le voilà qui écrit et griffonne, et trace des pattes de mouche qu'il prend pour du latin et du grec... Et à moins de trouver en ma cervelle quelque échappatoire pour faire diversion à cette nouvelle lubie, je vais être obligé de faire semblant demain de partir à l'aurore pour m'acquitter de la haute mission qu'il me confie!

Cependant les idées de Miles le ramenèrent presque aussitôt à sa propre situation. Il s'absorba si complètement dans ses réflexions que lorsque le roi lui remit sa lettre, il la prit machinalement et la fourra dans sa poche sans savoir ce qu'il faisait.

— Quelle étrange conduite! murmura-t-il. Elle a l'air de me reconnaître! Et elle paraît avoir perdu tout à fait le souvenir de mes traits! Il y a là deux choses contradictoires que je ne puis concilier en aucune manière, sans pouvoir nier l'une ni l'autre, car l'une et l'autre sont également incontestables. Il est impossible que mon visage, mes traits, ma voix aient changé au point de me rendre méconnaissable pour elle. Et pourtant elle a dit qu'elle ne m'a jamais vu, elle l'a dit et elle est incapable de mentir... Si... oui, j'y suis, j'aurais dû y songer plus tôt!... C'est lui qui l'aura menacée; il l'aura contrainte à mentir. Toute autre solution est inadmissible. C'est la clef du secret. Il n'y en a pas d'autre. Elle était pâle d'effroi, j'ai cru qu'elle allait mourir. Elle aura eu peur, elle aura cédé à la force; mais je la verrai seule. Quand il ne sera pas là, quand elle n'aura pas à redouter sa colère, elle parlera sincèrement, elle se rappellera nos jeux d'enfance, nos promesses, nos serments, et ces souvenirs la consoleront ; elle me dira tout ce qui s'est passé. N'est-elle pas la loyauté, la sincérité mêmes? Elle m'aimait autrefois. On ne trahit point ceux que l'on a aimés, quand ils sont restés fidèles.

Il fit un pas vers la porte, qui s'ouvrit d'elle-même. Lady Edith entra. Elle était très pâle ; mais sa démarche était assurée, pleine de grâce et de dignité. Elle avait l'air aussi triste qu'auparavant.

Miles s'était reculé d'abord. Il alla au-devant d'elle, heureux et confiant ; mais elle lui fit signe de ne point avancer, et il s'arrêta.

Elle s'assit et lui montra un siège.

Elle le traitait donc en étranger !

Le pauvre homme crut un moment que le contact du roi l'avait rendu fou à son tour.

Il se demanda s'il était bien sûr lui-même d'être Miles Hendon.

— Je viens, messire, dit lady Edith, vous donner un avis et un avertissement. On ne décide pas aisément ceux qui sont frappés de démence à renoncer à leurs croyances imaginaires; mais on parvient quelquefois à les prévenir des périls qu'ils courent. Je crois que vous êtes sous l'empire d'une hallucination, d'un mauvais rêve, et qu'en parlant comme vous avez fait devant mon mari et mes gens, vous n'avez pas voulu nous tromper, ni cru vous tromper vous-même. Aussi ne saurais-je vous imputer vos paroles à crime ; j'ai pitié de vous, et je veux vous sauver pendant qu'il en est temps encore ; ne restez pas ici, fuyez, votre vie est en danger.

Elle regarda Miles avec intérêt, et elle ajouta :

— Ce danger est d'autant plus grand que vous êtes en effet tel qu'aurait été ce pauvre Miles, s'il avait vécu.

— Mais je suis Miles lui-même !

— Vous croyez l'être, et c'est là votre hallucination ! Je ne mets pas en doute la sincérité de votre croyance, mais cette croyance est, je le répète, purement imaginaire. Je ne viens faire ici qu'une chose : vous avertir. Mon mari est maître de ce domaine, où il exerce la haute et basse justice ; son autorité est absolue ; il a sur tous les habitants de cette contrée droit de vie et de mort. Si vous ne ressembliez point à celui dont vous prétendez usurper le nom, mon mari pourrait se borner à vous inviter à aller promener vos rêves ailleurs ; mais je le connais et je sais d'avance ce qu'il fera de vous : il vous dénoncera comme imposteur, et tout le monde le croira.

Elle attacha sur Miles le même regard de compassion qu'elle avait eu en le voyant la première fois.

— Si vous étiez réellement Miles Hendon, dit-elle, s'il savait que vous êtes son frère, si toute la contrée en était convaincue, écoutez-moi et pesez mes paroles : eh bien ! vous ne cesseriez point d'être en danger, vous seriez exposé au même châtiment, car il vous renierait et vous accuserait de fausseté, et il n'y aurait personne, personne, dis-je, qui osât prendre votre défense !

— Je vous crois, dit Miles avec amertume. Quand on a assez de pouvoir pour commander à une âme noble et droite de renier, et de répudier celui qui donnerait sa vie pour ne point affliger cette âme loyale et généreuse, quand on est sûr que ce commandement sera obéi, on ne doit pas craindre de faire exécuter sa volonté par des gens sans foi ni loi, pour lesquels l'honneur est un vain mot et la justice une arme perfide.

Le visage de lady Edith se colora légèrement. Elle baissa les yeux; puis d'une voix qui ne trahissait aucune émotion, elle poursuivit :

— Je vous ai engagé, je vous engage encore à fuir. Cet homme est un tyran qui ne connait point la pitié. Personne ne le sait mieux que moi qui suis son esclave, à jamais retenue dans ses fers. Le pauvre Miles, le pauvre Arthur et mon pauvre tuteur, sir Richard, sont à l'abri de ses coups. Il vaudrait mieux pour vous être avec eux que de rester une heure de plus ici et de vous exposer à tomber dans les serres de cet oiseau de proie. Vos prétentions sont une menace. Si vous disiez vrai, il perdrait son titre et ses biens. Vous l'avez outragé chez lui; vous l'avez frappé dans sa propre maison. Vous êtes perdu, si vous restez ici. Allez, n'hésitez point. Si vous avez besoin d'argent, prenez cette bourse, j'avertirai mes gens, j'achèterai leur silence. Partez, pauvre homme, partez, fuyez, les instants sont comptés.

Miles repoussa la bourse et, se levant, il regarda Edith avec stupéfaction :

— Je ne vous demande qu'une grâce, dit-il, et ce sera la dernière. Fixez vos yeux sur moi, sans les détourner... Maintenant, répondez-moi, suis-je Miles Hendon ?

— Je ne vous connais pas.

— Jurez-le.

Tout bas, presque inintelligiblement, elle dit :

— Je le jure.

— Ah !

— Fuyez ! ne perdez point un temps précieux, fuyez, ne songez qu'à votre salut !

En ce moment les gardes de Hughes se précipitèrent dans la chambre.

Une lutte s'engagea.

Miles, vaincu par le nombre, fut renversé et garrotté.

Le roi, surpris avant d'avoir pu se défendre, fut attaché également avec des liens qu'il essaya vainement de rompre.

On les emporta et on les jeta dans un cachot.

CHAPITRE XXVII.

EN PRISON.

Toutes les cellules de la prison étaient occupées. Miles et le roi furent enchaînés dans une vaste pièce où l'on avait coutume d'enfermer les malfaiteurs accusés d'offenses légères. Ils n'étaient pas seuls. Une vingtaine d'individus de tout sexe et de tout âge avaient comme eux les fers aux pieds et aux mains. C'était une tourbe immonde de vauriens dont le langage trahissait l'ignoble condition.

Le roi ne revenait point de sa stupeur. Il ne pouvait s'imaginer qu'un sujet anglais, un mortel quelconque eût assez de témérité pour faire un tel outrage à la royauté.

Miles était sombre et taciturne. Son visage, d'ordinaire si doux, avait pris une expression farouche.

Eh quoi! revenir à la demeure paternelle, après tant d'années d'absence, rentrer au foyer de la famille comme le fils prodigue, s'attendre à trouver tous les bras ouverts, tous les cœurs pleins de joie, et au lieu de cela se voir jeté dans un infect cachot, et enchaîné avec des voleurs!

Quelle différence entre l'attente et le résultat! Et quel nom donner à cette aventure, qui tenait à la fois du tragique et du grotesque? Tel un homme qui sort de chez lui pour admirer un arc-en-ciel et qui est frappé par la foudre!

Peu à peu ses pensées confuses, et se pressant toutes à la fois dans son cerveau, s'éclaircirent et se classèrent avec ordre. Alors sa réflexion se concentra sur lady Edith. Il examina sous toutes ses faces la conduite qu'elle venait d'avoir à son égard; mais, quoi qu'il fît pour la disculper, il n'y pouvait parvenir. Le reconnaissait-elle? Ne le reconnaissait-elle point? Jamais il ne s'était trouvé en présence d'un dilemme aussi perplexe. A la fin pourtant, il dut s'incliner devant l'évidence des faits et s'avouer qu'elle l'avait reconnu et renié. Il aurait voulu l'accabler de malédictions, mais il avait eu toujours pour elle un si grand respect, un attachement si vrai, si profond, qu'il lui sembla que maudire le nom d'une femme aimée, ce serait commettre une profanation.

Miles et le roi n'avaient pour se garantir du froid qu'une mauvaise couverture. Ils passèrent une nuit affreuse.

Le geôlier avait fait entrer en contrebande quelques bouteilles de liqueur pour les autres prisonniers. Ceux-ci étaient ivres, ils criaient, chantaient, hurlaient, se battaient, se jetaient à la tête ce qu'ils trouvaient sous la main.

Vers minuit, un homme assaillit une femme et l'assomma à coups de manilles (1). Il l'aurait tuée si le geôlier n'était intervenu. La paix se rétablit par le procédé accoutumé. Le geôlier assomma l'homme à coups de bâton, et profita de l'occasion pour rosser également ceux qui n'avaient rien fait. Les battus

(1) Anneau qui tient à une chaîne la jambe des forçats.

parurent contents, car ils se turent. On n'entendit plus que quelques gémissements étouffés.

Les jours s'écoulèrent sans qu'aucun changement eût lieu dans le sort du roi et de son compagnon. De temps à autre, on introduisait dans la prison des individus que Miles se rappelait plus ou moins avoir vus autrefois, et qui venaient regarder « l'imposteur » sous le nez, lui dire qu'ils ne le connaissaient pas et l'injurier. La nuit arrivée, le vacarme, les querelles et les batailles recommençaient.

A la fin pourtant, il se produisit un incident nouveau. Le geôlier amena un matin dans la prison un homme tellement vieux qu'il paraissait avoir plus de cent ans.

— Le scélérat est dans cette pièce, dit-il; toi qui as vu naître tous les gens de ce pays, tu reconnaîtras bien où il est, si vraiment il est ici. Regarde tous les prisonniers avec soin.

Miles avait levé les yeux en entendant ces paroles, et l'espérance, qui semblait anéantie dans son cœur, s'était tout d'un coup réveillée. Il se dit :

— Ce vieillard, c'est Blake Andrews, le plus vieux des serviteurs de notre famille, celui qui nous a tous tenus dans ses bras quand nous étions enfants; c'était autrefois un brave homme, droit, probe, sincère, mais est-il resté tel, dans ce milieu d'hypocrisie et d'êtres pervertis ? C'est lui qui m'accompagnait quand j'ai quitté Hendon Hall, il y a sept ans, et sept ans ne changent point le caractère d'un vieillard. Il me reconnaîtra, il ne me reniera point comme ont fait les autres.

Le vieillard promenait sur chacun des prisonniers un regard attentif et scrutateur; il sondait en quelque sorte leurs traits, et après chacune de ses enquêtes, il demeurait pensif.

Quand il les eut vus tous, il dit avec humeur :

— Tu m'as fait perdre mon temps. Je ne vois ici qu'un tas de vauriens, de traine-potence, que tu feras bien de pendre haut et court, le plus tôt possible, pour débarrasser le pays de cette lèpre.

Le geôlier eut un éclat de rire.

— Et celui-ci, dit-il, en désignant Miles, ce grand sac à vices, toise-le-moi comme il faut et dis-moi ton avis.

Le vieillard avança curieusement la tête, regarda Miles dans le blanc des yeux, eut l'air de compter les poils de sa barbe, fronça les sourcils, haussa les épaules et dit :

— Ça, Miles Hendon ? Autant dire que je suis l'archevêque de Canterbury. Les yeux que j'ai dans ma tête sont des yeux, vois-tu, et pas des bouchons de liège. Je te dis que cet homme n'est pas Miles, et je m'y connais, je crois.

— Je m'en doutais comme toi, père Andrews, et je sais que tu vois encore un lièvre d'un bout de la plaine à l'autre. Va, si j'étais messire Hughes, j'en aurais fini depuis longtemps avec cette engeance, et...

Le geôlier fit un geste significatif en se dressant sur la pointe des pieds et en feignant de se suspendre par le cou à une corde imaginaire, tandis qu'il imitait, par une espèce de hoquet, le mouvement convulsif d'un homme qui suffoque.

— Dieu me garde, il a une mine de bandit qui fait frissonner, s'écria Andrews en reculant. Si j'avais charge de régler son compte, je le brûlerais à petit feu, ou j'y perdrais ma réputation d'honnête homme.

Le geôlier eut un nouvel éclat de rire, et sa face prit une expression féroce.

— Je te laisse avec lui, père Andrews. Fais-le jaser, si ça t'amuse. Tu m'avertiras quand tu en auras assez.

Il disparut. Le vieillard se rapprocha de Miles et se pencha sur lui.

— Dieu soit loué, mon maître, dit-il vivement. Te voilà enfin revenu. On avait fait courir le bruit de ta mort; c'était un mensonge. Je t'ai reconnu tout de suite; et il m'a fallu un grand effort sur moi-même pour ne pas pousser un cri de douleur, en te voyant parmi cette immonde racaille. Je suis vieux et pauvre, mon maître; si je dis la vérité, on m'enverra au supplice; mais ordonne et j'obéirai... Veux-tu que je proclame devant tout le monde que tu es Miles Hendon, celui de mes maîtres que j'ai toujours aimé avec le plus de dévouement et que j'aime aujourd'hui comme jadis? Parle, j'obéirai, dussé-je être étranglé.

Miles le regarda avec émotion.

— Non, dit-il, je ne veux point. Je te perdrais sans me sauver. Mais je te remercie. Tu m'as fait croire qu'il y a encore sur terre des êtres humains, dignes de ce nom.

Blake Andrews devint ainsi un auxiliaire précieux pour Miles et le roi. Le vieillard venait plusieurs fois par jour dans la prison sous prétexte d'interroger le « scélérat », et à chacune de ces visites, il passait en contrebande quelque douceur, cuisse de poulet ou tranche de porc qu'il glissait dans la main de Miles, sans qu'on s'en aperçût. En même temps il le tenait au courant de ce qui se passait.

Miles donnait la viande au roi, car le pauvre

Edouard eût péri de faim sans cette attention d'Andrews, n'ayant point été accoutumé, au palais de Westminster, à manger la grossière nourriture servie aux prisonniers de Hendon Hall.

Les visites du vieillard étaient toutefois de courte durée, afin de ne point éveiller les soupçons. Mais le peu de paroles qu'il disait, en passant, à l'oreille de Miles, et qu'il entrecoupait, pour mieux jouer son jeu, de grossières insultes lancées tout haut, suffisaient pour faire comprendre au frère de Hughes la trame ourdie par l'usurpateur.

Il apprit ainsi qu'Arthur était mort depuis six ans. Cette perte et l'absence de nouvelles de Miles avaient profondément altéré la santé de sir Richard. Celui-ci, sentant sa mort prochaine, avait témoigné le désir de voir l'hymen de Hughes et d'Edith avant l'arrivée de sa dernière heure. Edith résista longtemps, ajournant de mois en mois ce mariage, et espérant toujours que Miles reviendrait.

Un jour, on reçut une lettre où la mort du brave soldat était racontée avec les détails les plus circonstanciés. Ce fut le dernier coup porté à sir Richard. Il insista sur la prompte célébration du mariage. Edith demanda et obtint un mois de répit, puis un autre mois, puis un troisième. Sir Richard s'alita, et la veille de la mort de son tuteur, Edith consentit à donner sa main à Hughes.

Le bruit avait couru, dans le pays, que, peu de temps après son mariage, la châtelaine de Hendon Hall avait trouvé dans les papiers de son mari le brouillon de la lettre prétendûment reçue au sujet de la mort de Miles. On disait que lady Edith avait reproché à Hughes d'avoir hâté son mariage et par suite la mort de sir Richard, et qu'elle l'avait ouvertement accusé de n'être qu'un faussaire. On racontait aussi des choses effrayantes de la tyrannie de Hughes à l'égard de sa femme et de ses serviteurs ; et l'on s'accordait à reconnaitre que, depuis la mort de sir Richard, l'héritier de Hendon Hall avait jeté le masque et était devenu le plus cruel et le plus impitoyable des maitres, rançonnant et faisant périr de faim ceux de ses vassaux et de ses serfs qu'il ne pendait pas.

De tout ce que disait Andrews, le roi n'écouta qu'une phrase :

— On assure, avait dit le vieillard, que le Roi est fou. Mais, de grâce, n'ayez pas l'air de le savoir, car il y a peine de mort pour qui touche ce sujet.

Le roi eut un soubresaut et fixant ses yeux sur Andrews :

— Le Roi n'est pas fou, brave homme, dit-il avec indignation. Et je vous conseille de vous mêler de ce qui vous regarde et de ne point vous livrer à des propos insensés qui pourraient vous coûter cher.

— Que veut dire ce petit? demanda Blake, un peu vexé de se voir morigéner par un enfant, qu'il ne connaissait point et qu'il avait jusqu'alors comblé de prévenances.

Miles Hendon lui fit un signe d'intelligence.

Sans se soucier davantage de l'interpellation royale, Andrews poursuivit :

— Le feu roi doit être enterré à Windsor dans une couple de jours, le 16 de ce mois, et le nouveau roi doit être couronné à Westminster le 20.

— Il me semble qu'avant de couronner le Roi il faut l'avoir retrouvé, murmura l'enfant. Puis il ajouta à part lui :

— Mais on va s'en occuper, et j'y veillerai...

Le vieillard continua :

— Sir Hughes doit assister au couronnement. Il nourrit secrètement l'espoir d'être élevé à la pairie, car il est en grande faveur auprès du Lord Protecteur.

— Quel Lord Protecteur? demanda le roi.

— Sa Grâce le duc de Somerset.

— Quel duc de Somerset ?

— Mais il n'y en a qu'un, ce me semble, Seymour, comte de Hertford.

Le roi eut un geste d'étonnement et de colère.

— Depuis quand cet homme est-il duc et Protecteur? interrogea-t-il avec sévérité...

— Depuis le trente et un janvier.

— Et qui l'a fait duc et Protecteur, je vous prie?

— Il a pris ce titre et cette dignité avec l'agrément du grand conseil et du Roi.

— Du Roi? De quel roi ? s'écria l'enfant, l'air interdit.

— Comment ? de quel roi ! Et qu'est-ce que cela peut bien te faire à toi, petit? Combien crois-tu donc que nous ayons de rois en Angleterre? De quel roi ? Eh ! parbleu ! de notre très sacré souverain Edouard VI, que Dieu l'ait en sa sainte garde! Un charmant petit garçon, dit-on, tout plein de qualités, quoique... mais, qu'il soit *fou ou non* — et l'on affirme que son état s'améliore de jour en jour — tout le monde fait son éloge, on le couvre de bénédictions, on supplie le Ciel de le conserver pendant de longues années à son peuple, dont il est appelé à faire le bonheur et la prospérité, car il a inauguré son règne par un acte d'humanité en faisant grâce de la vie au vieux duc de Norfolk, et depuis le peu de temps qu'il a succédé à son père, le terrible Henri VIII, il a déjà fait abroger plusieurs des lois cruelles qui opprimaient le peuple, et songe, dit-on, à introduire partout de grandes réformes...

Le roi ne pouvait en croire ses oreilles. Il s'était soudainement absorbé dans ses pensées et n'entendait plus un mot de ce que disait le vieillard. Ce « charmant petit garçon » était-il le petit mendiant avec qui il avait changé de costume avant de quitter le palais? Cela n'était pas possible : l'enfant pauvre d'Offal Court, s'il avait eu l'audace de se faire passer pour le prince de Galles, avait dû se trahir au premier mot, au premier geste; on l'avait, sans aucun doute, expulsé du palais, et on s'était mis à la recherche du vrai prince. Il n'était pas possible que la noblesse eût élu, à la place du fils de Henri VIII, quelque prince du sang, ou qu'à son défaut, on eût acclamé une autre dynastie que celle des Tudor. Le comte de Hertford s'y serait opposé et, tout puissant qu'il était, il aurait écrasé les rebelles.

Plus le roi s'abimait dans ses conjectures, plus il se trouvait impuissant à résoudre ce mystère, plus aussi il devenait perplexe, agité, incapable de dormir, de manger. Son impatience d'aller à Londres croissait d'heure en heure, sa captivité lui paraissait d'instant en instant plus intolérable.

Vainement Miles Hendon mettait en œuvre toutes ses ressources pour calmer le trouble du roi; le pauvre diable ne réussissait qu'à l'irriter davantage.

Deux femmes, enchaînées près de lui, eurent plus de succès. Elles lui parlèrent avec bonté, avec douceur, et lui enseignèrent à prendre patience. Il les remercia, les écouta et daigna leur demander pourquoi elles étaient en prison.

— Nous sommes catholiques, dirent-elles.

Le roi sourit et dit :

— Il y a eu évidemment erreur. Etre catholique n'est point un crime ; on ne saurait vous retenir en prison pour cela.

Elles ne répondirent point, mais il y avait quelque chose de triste dans leur regard.

— Vous ne semblez pas rassurées, dit-il, parlez ; qu'avez-vous à craindre ? On vous a emprisonnées, mais on vous mettra bientôt en liberté.

Elles essayèrent de donner une autre tournure à la conversation : il semblait avoir une idée fixe.

— On ne vous fouettera pas, dit-il avec anxiété, on n'osera point commettre une telle barbarie. N'est-ce pas, on n'osera point ?

Les femmes étaient navrées. Elles auraient voulu éviter une explication catégorique, et elles sentaient qu'il leur était impossible d'y échapper. L'une d'elles, s'armant de courage, dit avec un accent ému :

— Tu nous brises le cœur, pauvre petit. Dieu nous donne la force de supporter...

— N'achevez pas, cria le roi, je vous comprends. Je lis dans vos yeux que votre sort vous paraît inévitable. Fouettées, vous, pauvres femmes ! Non, cela ne se peut point. Je ne veux pas. Cessez de pleurer, vos larmes me pénètrent l'âme. Courage ! J'arriverai à temps pour vous soustraire à cet affreux supplice. Comptez sur moi.

Quand le roi s'éveilla le lendemain matin, les femmes n'étaient plus là.

— Elles sont sauvées, se dit-il, on les aura lâchées ; elles sont plus heureuses que moi. Qui me consolera maintenant ?

Elles avaient, l'une et l'autre, épinglé sur ses haillons un bout de ruban en signe de souvenir. Il se promit de garder ces objets avec le plus grand soin.

— Elles ont partagé la captivité du Roi, se dit-il, le Roi les fera rechercher, il leur accordera son appui, sa protection. Elles seront heureuses.

En ce moment, le geôlier entra avec quelques acolytes, et commanda de mener les prisonniers dans la cour de la geôle.

Le roi poussa un cri de joie. Il allait donc enfin revoir le ciel bleu, respirer l'air pur. Il s'irritait de la lenteur des formalités. Son tour n'arriva qu'en dernier lieu. On détacha sa chaîne qui était fixée au mur, comme on avait détaché celle de Miles Hendon, et les prisonniers se mirent en marche sous l'escorte de leurs gardiens.

La cour de la geôle était un préau à ciel ouvert, pavé de dalles. Les prisonniers y pénétrèrent par une arcade de maçonnerie massive. On leur ordonna de se mettre en rang, le dos au mur. Une grosse corde tendue sur eux les empêcha de se mouvoir. Des gardes armés jusqu'aux dents faisaient sentinelle de distance en distance. L'air était glacial. La neige, tombée pendant la nuit, couvrait le sol d'un linceul lugubre. Par moments un coup de vent balayait cette neige et fouettait les visages des malheureux incapables de se garantir.

Au milieu de la cour se dressaient deux poteaux. Deux femmes y étaient attachées. Le roi les reconnut aussitôt : c'étaient ses compagnes de captivité.

— Hélas ! se dit-il, je croyais qu'on n'aurait point eu cette cruauté. Pauvres créatures ! Je n'aurais jamais supposé que l'on eût le courage, la lâcheté de fouetter des femmes ! Oh ! honte ! voir de telles choses, non dans un pays d'infidèles, mais en

Angleterre, dans un royaume chrétien! Fouettées! Et moi qui leur ai donné de l'espoir, qui leur ai promis de les sauver, j'assiste à ce spectacle, je laisse s'accomplir cette sauvagerie, sous mes yeux. Etrange! étrange en vérité! Quoi, je suis la source de toute autorité, tout le monde doit se prosterner devant ma volonté dans ce vaste royaume, et je ne peux empêcher de martyriser deux femmes innocentes! Ah! mécréants et lâches! souvenez-vous bien du serment que je fais ici. Un jour viendra où il vous sera demandé un compte terrible de votre conduite. Et ce jour-là, pour chaque coup de fouet que vous aurez donné, vous en recevrez cent.

Une porte de fer s'ouvrit et livra passage à un flot de curieux qui dérobèrent les femmes à sa vue.

Un prêtre se fraya un chemin à travers la foule et disparut aussi. Puis le roi entendit des bruits confus qui lui parurent être des interrogations et des réponses, sans qu'il comprit exactement ce que l'on disait ni ce que l'on faisait. Puis il y eut un bourdonnement sourd et prolongé, des allées et venues, accompagnées de cris et de commandements, annonçant l'imminence d'un événement extraordinaire. Puis il se fit un silence solennel.

Alors, sur un ordre donné, la foule s'écarta de manière à faire le vide au centre de la cour. Le roi poussa un cri d'horreur. Un flot de sang monta à ses joues. Il lui sembla que la moelle se figeait dans ses os.

Des fagots avaient été entassés aux pieds des deux femmes et un homme à genoux y mettait le feu.

Les femmes avaient baissé la tête et couvraient leurs visages de leurs mains. Les flammes jaunâtres montaient lentement en léchant les poteaux comme des langues de vipères. Le bois des fagots avait des craquements sinistres et pétillait. Des gerbes de fumée noire et bleue chassées par le vent se condensaient en nuages et flottaient au-dessus des têtes. Le prêtre levait les mains et priait.

Tout à coup deux jeunes enfants, deux petites filles, sortirent de la foule et se précipitèrent, en poussant des sanglots, des hurlements de douleur, vers les poteaux où les femmes étaient attachées. Des gardes les saisirent. L'une des enfants ne put se soustraire à leur étreinte, mais l'autre leur échappa, en criant qu'elle voulait mourir avec sa mère. Avant qu'on eût pu la saisir, elle s'était cramponnée au cou de la pauvre condamnée.

On parvint enfin à lui faire lâcher prise. Sa robe était en feu. Deux ou trois gardes la maintenaient. Il fallut, pour la sauver, lui arracher par lambeaux les vêtements et les chairs. Elle criait toujours qu'elle était seule au monde, qu'elle n'avait que sa mère, elle suppliait les gardes de la jeter dans les flammes.

Les petites filles ne cessaient de pousser des cris déchirants, de se débattre. Tout à coup une immense clameur partit de la foule, et cette clameur était dominée par deux voix étouffées.

Le roi avait, depuis le commencement de cette scène, fixé les yeux sur les poteaux ; il les détourna pour n'être pas témoin de l'horrible dénouement, et la tête retombant sur la poitrine , les paupières closes, le visage d'une affreuse pâleur, il dit :

— Non, ce spectacle ne sortira jamais de ma mémoire. Je ne cesserai de le voir le jour comme la nuit. Pourquoi Dieu n'a-t-il pas voulu que je fusse aveugle !

Miles observait le roi et se disait avec satisfaction :

— Le trouble de son esprit tend à disparaître; il a beaucoup changé, il devient plus calme. Autrefois il aurait accablé les gardes d'invectives, il aurait crié : « Je suis le Roi ! » il aurait donné l'ordre de mettre les femmes en liberté. Son hallucination aura bientôt cessé et son pauvre cerveau malade se remettra en équilibre. Dieu lui vienne en aide !

Le même jour, quelques nouveaux prisonniers furent amenés dans le cachot où ils devaient passer la nuit, pour être dirigés, le lendemain, sur divers points du royaume, afin de subir les condamnations qu'ils avaient méritées par leurs crimes. Le roi les interrogea. Il s'était fait, dès son entrée dans la prison, un devoir de questionner, chaque fois qu'il le pouvait, les détenus sur la nature des peines prononcées contre eux, et tout ce qu'il apprenait le navrait.

Parmi les nouveaux arrivés se trouvait une pauvre femme, à moitié idiote, qui avait pris un yard (1) ou deux de drap chez un tisserand. Elle devait être pendue. Un homme avait été accusé d'avoir volé un cheval. Le fait n'avait pas été prouvé. Il se croyait déjà sauvé, mais à peine avait-il été élargi, qu'on l'avait ressaisi pour avoir tué un daim dans le parc royal. La culpabilité avait été établie. Il était condamné aux galères et allait faire sa peine. Un

(1) Mesure de 91 centimètres. Elle se divise en trois pieds ou trente-six pouces. C'est l'unité de longueur en Angleterre et aux Etats-Unis.

autre était apprenti-marchand. Son cas émut vivement le roi. Il était tout jeune. Un soir, il avait trouvé un faucon qui s'était échappé. Il l'avait emporté chez lui, s'imaginant que l'oiseau lui appartenait de droit; il avait été convaincu de vol et condamné à mort.

La sévérité draconienne de ces sentences mit le roi dans une fureur et une exaltation telles qu'il ordonna à Miles de forcer la porte de la prison et de fuir avec lui pour le ramener immédiatement à Westminster. Il voulait monter sur le trône dès le lendemain matin, proclamer une amnistie générale et sauver tous ces malheureux.

— Pauvre enfant! soupira Hendon, ces sombres histoires ont de nouveau ébranlé sa raison. Sans cela, sa convalescence aurait marché rapidement.

Il y avait aussi parmi les détenus un ancien magistrat. C'était un homme aux traits énergiques, et qui paraissait inaccessible à la peur. Il avait écrit, trois ans auparavant, un libelle contre le lord chancelier qu'il avait accusé d'iniquité. Il avait été condamné pour ce crime à la dégradation et au pilori. En outre, on lui avait coupé les deux oreilles et on lui avait infligé une amende de trois mille livres sterling (1). Il devait passer le reste de sa vie en prison. Cette dernière peine avait été motivée par la publication d'un second libelle. Avant de l'envoyer aux galères à perpétuité, on lui avait coupé *ce qui restait de ses oreilles*, et infligé une amende supplémentaire de cinq mille livres; on lui avait, en dernier lieu, imprimé des stigmates d'infamie sur les deux joues avec un fer rouge.

(1) La livre sterling vaut un peu plus de 25 francs.

— Ce sont d'honorables cicatrices, dit-il en écartant ses cheveux blancs, pour montrer comment on l'avait mutilé.

Le roi rugit de colère.

— Personne ne me croit, s'écria-t-il, toi pas plus que les autres. Qu'importe! Dans un mois tu seras libre et la loi qui t'a frappé en déshonorant l'Angleterre sera rayée du Livre des Statuts (1). Le monde est mené à l'envers. Les rois devraient faire eux-mêmes l'expérience de leurs lois; ils apprendraient ainsi à avoir pitié de leurs peuples.

(1) Code des lois anglaises.

CHAPITRE XXVIII

LE SACRIFICE.

Cependant Miles Hendon commençait à s'alarmer de la prolongation de sa captivité, mais ces alarmes cessèrent plus tôt qu'il ne l'avait cru. Il ne put toutefois se défendre d'un mouvement de joie lorsqu'on vint lui annoncer qu'il allait être conduit devant le juge ; il se dit que sa sentence, quelle qu'elle fût, serait toujours plus douce que l'emprisonnement.

Hélas ! il se trompait amèrement. Quelle ne fut point sa stupéfaction et sa colère, lorsqu'il se vit accuser de vagabondage et condamner à deux heures de pilori, pour avoir outragé par voies de fait le maître légitime de Hendon Hall.

Vainement il s'écria que ce prétendu maître légitime était un usurpateur, qu'il n'y avait d'héritier légitime des titres et domaines de sir Richard que lui, Miles Hendon ; on n'écouta pas ce qu'il disait ; on le regarda avec plus de mépris que de pitié ; le juge déclara que la cause était entendue, et le prisonnier fut emmené au lieu du supplice.

Chemin faisant, Miles éclatait en rugissements de rage et en menaces. Mal lui en prit : les officiers de justice le poussèrent devant eux brutalement, et comme il faisait mine de résister, on lui donna des coups de poing et de bâton pour lui apprendre à vivre.

Le roi ne parvint point à fendre la foule qui l'avait séparé de son loyal ami et fidèle serviteur. Il fut obligé de le suivre de loin.

Le roi lui-même avait failli être condamné à recevoir la bastonnade pour avoir été trouvé en si mauvaise compagnie : mais on s'était contenté de l'admonester et de le sermonner, en considération de son jeune âge. Quand la foule eut enfin fait halte, il courut fiévreusement de place en place pour trouver une éclaircie et arriver jusqu'aux premiers rangs. Après de longs efforts, il y réussit.

Alors il vit une chose inouie. Au milieu de la place, un homme était assis, le dos appuyé à un pilier de pierre, les pieds dans les ceps, en butte aux criailleries, aux ignobles imprécations d'un ramassis de misérables qui le regardaient à distance et qui lui jetaient des pierres et des immondices. Et cet homme était le favori du Roi d'Angleterre !

Édouard avait entendu la lecture de la sentence, mais il n'en avait compris ni la signification, ni la portée. Il respirait à peine, tant ce spectacle l'apitoyait. De grosses larmes sortaient une à une de ses yeux et descendaient le long de ses joues pâles comme la mort. Tout à coup il eut un cri déchirant quand il vit un œuf traverser l'espace, s'abattre et s'écraser sur le visage de Hendon, aux acclamations de la populace.

Le roi ne put supporter cet outrage qui lui semblait l'atteindre directement dans la personne de son ami. D'un bond il se trouva devant le pilori, et saisissant par la ceinture l'officier de justice qui était de garde :

— Lâches, s'écria-t-il, cet homme est mon serviteur, qu'on le mette en liberté, je le veux ; je suis le...

— Oh ! taisez-vous, s'exclama Miles épouvanté, vous allez vous perdre aussi.... Ne faites pas attention à ce qu'il dit, il est fou, le pauvre enfant !

— Ne te mets point en peine, dit l'officier de justice blessé dans sa dignité, je sais ce qu'il faut pour guérir ces accès ; j'en ai vu d'autres, et une petite leçon ne saurait que lui faire du bien.

Et s'adressant à un aide :

— Qu'on donne à ce petit drôle un avant-goût du martinet. Un ou deux coups, pour lui enseigner à mieux pendre sa langue.

— Une demi-douzaine fera plus d'effet, suggéra Hughes, qui passait en ce moment à cheval devant le pilori et venait s'assurer que sa vengeance s'accomplissait.

Le bourreau prit le roi par le milieu du corps.

L'enfant ne résista point. Il était paralysé. L'idée qu'il y eût dans le royaume d'Angleterre un homme assez hardi pour oser mettre la main sur la personne sacrée du roi, et le menacer d'un aussi monstrueux outrage, lui faisait monter au cœur un tel dégoût, qu'il avait fermé les yeux. Plié en deux sur le bras du bourreau, il subissait, sans qu'il lui fût possible d'articuler une parole, l'horrible attouchement qui profanait la royauté.

Il n'ignorait pas qu'un autre roi d'Angleterre avant lui avait reçu des coups de fouet, mais l'histoire parlait de cet acte inconcevable en des termes si indignés qu'il lui paraissait impossible que cet acte eût pu se renouveler jamais, et que lui-même pût être victime de ce crime de lèse-majesté, dépassant toute croyance humaine.

Que faire dans cette situation ignominieuse qui semblait sans issue ? Fallait-il accepter le châtiment ou demander grâce ? Subir un supplice infâme sous les yeux d'une foule en délire, au milieu des cris de joie féroce d'esclaves ivres, un roi pouvait s'y résigner, et les annales de bien des pays en citaient des exemples, témoin Conradin. Mais implorer la pitié d'un bourreau, jamais !

Tandis que ces pensées se pressaient dans le cerveau du pauvre enfant inerte et muet, Miles Hendon disait à l'exécuteur de justice :

— Faites grâce à cette innocente petite créature, que vous ne sauriez toucher de votre fouet sans la tuer. Voyez comme il est chétif et tremblant. Laissez-le et fouettez-moi à sa place !

— Accordé, s'écria Hughes avec un rire sardonique, car il se réjouissait d'avoir trouvé une nouvelle occasion de vengeance ; lâchez le petit mendiant et donnez douze coups à ce drôle, mais douze coups consciencieusement appliqués.

Le roi s'était redressé ; il lança un regard de défi à Hughes, et voulut répliquer. Le tyran l'arrêta du geste :

— Ah ! tu veux parler, s'écria-t-il. Eh bien, parle, va, laisse aller ta langue, mais fais bien attention à ceci : pour chaque mot que tu diras, on lui donnera douze coups de plus.

On dégagea les pieds de Hendon, on lui dit de se lever, de tourner la face contre le pilori, on l'y attacha par les mains, et on lui mit le dos à nu jusqu'à la ceinture. Puis le fouet s'abattit sur ses épaules.

Le pauvre petit roi ne put voir couler le sang de son serviteur. Chacun des coups lui retentissait dans l'âme. Il s'était retourné et, baissant la tête, il pleurait.

— Quel brave cœur! se disait-il, quelle noble conduite! quel loyal dévouement! jamais je ne l'oublierai. Je le jure devant Dieu, le Roi d'Angleterre se souviendra de cela et le peuple anglais aussi!

La magnanimité de Hendon ne tarda point à prendre dans son esprit des proportions gigantesques, et sa reconnaissance royale grandit dans la même mesure.

— Sauver son prince et son Roi de la mort, — et c'est ce qu'il a fait pour moi, — ajouta-t-il en se parlant à lui-même, quel service plus généreux! Et pourtant ce service est peu de chose, rien, moins que rien, en comparaison de cet autre acte : sauver son prince et son Roi de la honte!

Hendon ne poussa pas un cri sous le fouet. Il supporta l'affreuse douleur avec l'héroïsme du soldat.

Ce courage et le fait d'avoir consenti à subir le châtiment de l'enfant exercèrent une impression inattendue sur la foule. On se prit d'amitié pour cet homme extraordinaire qui aggravait volontairement son supplice par pitié pour les faibles. La horde ignoble cessa tout d'un coup ses cris, et le silence qui se fit fut si profond que l'on n'entendit plus que le sifflement du fouet et le bruit sec de l'instrument qui déchirait les épaules du condamné.

Quand le bourreau eut cessé de frapper, Hendon reçut l'ordre de s'asseoir, et ses pieds furent de nouveau emprisonnés dans les ceps. La foule n'avait pas quitté la place, mais elle regardait maintenant le patient avec une morne compassion, et ceux qui avaient été, quelques instants auparavant, les plus ardents à l'accabler d'injures, le plaignaient tout bas et l'eussent volontiers loué avec exaltation.

Le roi s'approcha doucement de Miles et lui dit à l'oreille :

— Grand et noble cœur, aucun roi de la terre ne saurait t'accorder la récompense que tu mérites ; mais le Roi des rois a inscrit ton acte sublime dans son livre d'airain. Le Roi d'Angleterre ne peut plus qu'une chose pour toi : proclamer ta noblesse à la face du royaume et de l'univers.

Et ramassant le fouet resté à terre, il toucha du manche l'épaule sanglante de Hendon et dit :

— Edouard d'Angleterre te fait comte!

Hendon était profondément ému. Ses yeux s'emplirent de larmes. Il oublia soudainement l'affreuse réalité de son sort, il ne vit plus les officiers de justice, le bourreau, sir Hughes, la foule, qui étaient là : son visage contracté par la souffrance prit une expression sereine. Un sourire effleura même sa lèvre.

Etre là, honni, pilorié, martyrisé, les membres en sang, les pieds chargés d'entraves, et se voir tout à coup, du fond de cet abîme d'infortunes, transporté au plus haut sommet de la gloire ! Entendre un Roi qui dit : Je te fais comte ! et sentir en même temps un bourreau vous cracher au visage : n'était-ce point le comble de l'ironie !

— Pauvre petit ! se dit-il, plus je descends, plus il me fait monter ! Hier je n'étais qu'une ombre de chevalier dans le royaume des ombres et des rêves, me voilà maintenant l'ombre d'un comte ! J'avance vite ! Je n'ai que des ombres d'ailes, mais elles me portent loin ! Si cela continue, je serai bientôt, comme un arbre de Mai, couvert de clinquant, de simulacres d'honneur ! C'est égal, je les apprécie plus que des dignités réelles ces titres fantastiques, car je les dois à l'amitié et à la reconnaissance. Mieux vaut une couronne de comte pour rire qu'on n'a point quémandée, et qu'on reçoit d'un pauvre enfant en démence, mais pur de tout vice, qu'un vrai blason acheté au prix de la servilité et de la honte !

Sir Hughes avait enfoncé ses éperons dans les flancs de son cheval et tourné bride. La foule s'était reculée sur son passage. La place du pilori était restée plongée dans le silence. Personne n'avait pour le loyal serviteur une parole de compassion, personne, excepté le roi. Mais l'abstention de la populace était un hommage tacite.

Une femme, arrivée trop tard pour voir tout ce qui s'était passé, crut avoir du succès en injuriant le condamné et en lui jetant une charogne à la tête. On se précipita sur elle, on la renversa, on la foula aux pieds, on lui arracha les cheveux et les vêtements.

Justice était faite.

CHAPITRE XXIX.

A LONDRES.

Hendon avait subi sa sentence. Les deux heures de pilori étaient écoulées. On le mit en liberté ; on lui enjoignit de quitter la contrée et de n'y plus revenir. On lui rendit son épée, son mulet et son âne.

Le roi et son serviteur enfourchèrent leurs montures. La foule s'ouvrit devant eux, calme, silencieuse, pénétrée de respect. Puis elle se dispersa, et la place du pilori resta vide.

Hendon demeura quelque temps absorbé. La situation était grave. Qu'allait-il faire maintenant? Où irait-il? Où trouverait-il un appui assez fort? Ou bien lui fallait-il renoncer à jamais à ses droits et laisser l'héritage paternel aux mains d'un infâme, en acceptant pour lui-même le rôle d'imposteur? Qui appeler à l'aide dans cette perplexité? Y avait-il quelqu'un dans tout le royaume qui fût assez puissant pour le venger et le rétablir dans ses biens? Et si ce quelqu'un existait, où était-il? Question difficile, compliquée, presque insoluble!

Petit à petit, cependant, une idée prit corps dans son cerveau. Il se dit qu'il y avait encore une chance de salut, chance bien faible assurément, la plus faible de toutes peut-être, mais, au demeurant, la seule à laquelle il pût encore s'accrocher. Il se rappela ce que le vieil Andrews avait dit de la bonté du jeune Roi, de sa clémence, de sa pitié pour les malheureux. Pourquoi ne pas aller à lui, tenter de lui parler, implorer sa justice ?

Mais n'était-ce point là une illusion téméraire ? Comment un pauvre diable, sans feu ni lieu, pouvait-il espérer d'être admis en présence de l'auguste souverain du royaume ? Qu'importe ? Il n'en coûtait rien d'essayer. Dieu ferait le reste. Il y avait un abime entre Miles Hendon et le Roi ; soit. Mais qui savait s'il ne se trouverait pas quelque jour un pont jeté sur cet abîme ! En attendant, il n'y avait qu'à aller de l'avant.

D'ailleurs Miles était un vieux routier. Il avait encore des tours dans son sac, et son esprit inventif ne pouvait manquer de le tirer d'affaire. Avant tout, il fallait gagner la capitale. Peut-être le vieil ami de son père, sir Humphrey Marlow, lui donnerait-il un coup de main ; le bon vieux sir Humphrey, premier gentilhomme de la cuisine du Roi, ou premier gentilhomme des écuries du Roi, ou quelque chose de ressemblant : Miles ne savait plus au juste quoi.

Toujours est-il que son activité retrouvait un aliment, que son énergie allait pouvoir s'exercer, qu'il avait devant lui un but défini. C'était assez pour chasser la pénible impression faite sur son esprit par l'incompréhensible conduite de lady Edith, pour lui faire oublier les humiliations et les tourments qu'il venait d'endurer, pour lui remonter le courage, lui faire lever la tête, et le déterminer à braver l'avenir en face.

En regardant autour de lui, il fut étonné d'avoir fait

tant de chemin. Il se retourna pour jeter un dernier coup d'œil sur Hendon Hall. Il y avait longtemps que le village et le manoir avaient disparu.

Le roi chevauchait sans parler, la tête basse, pleine de pensées et de projets.

Un nuage passa sur le front de Hendon, et le replongea dans ses inquiétudes. L'enfant voudrait-il consentir à reprendre le chemin de la Cité, où il n'avait eu que souffrances et maux, et où il avait été traité si cruellement sous les yeux de son ami, sans compter ses infortunes antérieures? Miles aimait trop son protégé pour vouloir lui causer la moindre affliction. Il était prêt à renoncer à tous ses plans, si l'enfant s'y opposait. Aussi tira-t-il sur la bride du mulet, de manière à le rapprocher de l'âne, et demanda-t-il d'une voix douce et respectueuse :

— Où allons-nous, sire? J'attends vos ordres.

— A Londres.

Miles donna un coup d'éperon à sa bête. Il était ravi. Mais pourquoi l'enfant voulait-il aller à Londres? Il n'y comprenait rien.

La journée se passa sans incident. Dix heures sonnaient, et il était nuit close quand ils passèrent sur le pont de Londres. L'affluence y était plus considérable que jamais. On se poussait, se pressait, s'écrasait. On hurlait et vociférait. Ce n'étaient que hourras et explosions de joie frénétique. Les faces enluminées avaient un aspect fantastique à la lueur des torches allumées. Des clameurs sauvages, des battements de mains ininterrompus saluaient la chute d'une tête de duc ou de grand du royaume exposée là depuis le dernier règne. La tête heurta en tombant le bras de Hendon, puis roula sous les pieds de la populace.

Vanité des œuvres humaines! Il n'y avait pas trois semaines que le feu roi était mort, il n'y avait pas trois jours qu'il était couché dans sa tombe, et déjà les ornements, qu'il s'était donné tant de peine de choisir pour décorer le noble pont de la capitale, étaient abattus et traînés dans la boue.

Un homme trébucha sur la tête du duc et alla cogner de sa propre tête l'homme qui était devant lui, et qui, se croyant assailli, se retourna brusquement et assomma le plus proche de ses voisins, lequel se vengea par un gros coup de poing sur le premier venu, lequel, ne sachant à qui s'en prendre, s'en prit à tout le monde. Une bataille générale en résulta.

C'était le prélude des fêtes qui devaient avoir lieu le lendemain 20 février 1547, jour fixé pour le couronnement du Roi. Ces fêtes, dont les préparatifs s'achevaient, promettaient d'être splendides. Le bon peuple de Londres les célébrait dès la veille. Ivre de boisson et de patriotisme, au bout de cinq minutes, il se livra à une tuerie sans précédents. Cela dura de dix heures à minuit, et à minuit sonnant on ne comptait plus les morts ni les blessés.

Dans ce tumulte, Hendon et le roi se trouvèrent séparés l'un de l'autre, et quoi qu'ils fissent pour lutter contre les vagues humaines qui les engloutissaient, même après avoir écrasé une dizaine d'ivrognes sous les pas de leurs bêtes affolées, ils ne parvinrent point à se rejoindre.

CHAPITRE XXX.

TOM AU FAÎTE DES GRANDEURS.

Tandis que le vrai roi errait par les grands chemins, pauvrement vêtu, pauvrement nourri, accablé d'injures, tourné en dérision par les vagabonds, accouplé aux voleurs, jeté en prison avec les assassins, traité de fou, d'idiot, d'imposteur par tout le monde, le faux roi Tom Canty, pareil au soleil qui gravite dans l'immensité des cieux, et s'élève de degré en degré jusqu'à son point culminant, montait successivement d'échelon en échelon au faîte des grandeurs.

L'étoile qui présidait à sa destinée prenait de jour en jour un éclat plus splendide. Bientôt cette étoile ne se trouva plus voilée par aucun nuage et inonda le monde de ses feux.

Tom avait dépouillé toutes ses hésitations, toutes ses craintes. On ne se souvenait plus de ses gaucheries. Son embarras avait fait place à la grâce, à l'aisance, à la confiance.

Et tout cela était l'œuvre secrète de l'enfant du fouet.

Quand il voulait se divertir et causer, il mandait lady Elisabeth et lady Jane Grey en sa présence; quand leur conversation avait cessé de lui plaire, il les congédiait avec un air de familiarité qui faisait croire qu'il avait été accoutumé toute sa vie à cet ascendant du Roi sur ses sujets. Il n'éprouvait plus aucune confusion lorsque les nobles princesses lui baisaient la main en se retirant.

Il aimait maintenant à se voir reconduire au lit en grande pompe le soir, à se voir habiller le matin en grande cérémonie. Il éprouvait je ne sais quelle satisfaction orgueilleuse à se rendre processionnellement à sa table, escorté par les grands officiers de sa couronne et les gentilshommes de sa garde ; et cette satisfaction était telle qu'il doubla le nombre de ces derniers et le porta à cent au lieu de cinquante. Il tressaillait de bonheur lorsqu'il entendait les fanfares résonner dans les longs corridors et les sentinelles répéter de distance en distance : « Place pour le Roi ! »

Il aimait à s'asseoir sur son trône et à présider son grand conseil. Et il n'était déjà plus un simple jouet aux mains du Lord Protecteur, qui s'étonnait de ne plus l'entendre dire tout haut ce que « son oncle » lui soufflait tout bas.

Il aimait à recevoir les grands ambassadeurs et leur suite magnifique. Il aimait à écouter la lecture des messages affectueux que lui adressaient les plus illustres souverains qui l'appelaient « mon frère », lui, Tom Canty, le petit pauvre d'Offal Court!

Il aimait ses beaux costumes et il commandait qu'on lui en fît d'autres. Il aimait ses quatre cents gentilshommes de service, et il trouvait que c'était peu pour rehausser l'éclat de sa couronne : il voulut en avoir trois fois plus. Les adulations de ses courtisans, leurs salamalecs lui semblaient une musique enivrante ; mais cet enivrement ne lui faisait point perdre sa bonté naturelle ;

il était et demeurait le défenseur résolu des pauvres, des faibles et des opprimés; il avait déclaré une guerre impitoyable aux abus et aux iniquités et il la menait vigoureusement et sans relâche. Il lui était déjà arrivé de relever un mot prononcé trop haut par un comte ou un duc et de faire trembler l'audacieux sous son regard.

Un jour, sa « royale sœur » lady Mary avait voulu lui faire certaines représentations sur les dangers qu'il y avait à pardonner à tant de gens qui méritaient d'être emprisonnés, pendus ou brûlés, et elle lui avait rappelé que, sous le règne de feu leur auguste père, les prisons du royaume avaient contenu jusqu'à dix mille détenus à la fois, et que sous ce même règne, admirable à tant d'égards, soixante-douze mille voleurs et bandits avaient péri de la main du bourreau. Tom avait eu un accès d'indignation, et d'un geste froid il avait commandé à lady Mary de se retirer dans ses appartements et de prier Dieu de changer la pierre qu'elle avait sous sa poitrine en un cœur humain.

Tom Canty pensait-il jamais au pauvre petit prince légitime qui l'avait traité avec tant d'affabilité et qui lui avait donné une preuve si évidente de sa générosité d'âme lorsqu'il l'avait vu réprimer l'insolence de la sentinelle postée à la porte du palais? Oui, Tom pensait au prince, ou plutôt il avait pensé à lui les premiers jours de sa royauté, et surtout les premières nuits, quand il se trouvait seul, et quand il se demandait ce qu'était devenu son bienfaiteur. Alors il formait des vœux pour le retour de celui dont il ne faisait qu'occuper la place et à qui il était impatient, en ce moment-là, de restituer ses droits et ses magnificences.

Mais à mesure que ce temps s'écoulait, à mesure que l'absence du prince se prolongeait, l'esprit de Tom se laissa envahir de plus en plus par l'idée que son bonheur présent pouvait durer indéfiniment. Peu à peu l'image du vrai souverain s'effaça de sa pensée, et finalement il arriva un moment où cette image se représentant à sa mémoire lui apparaissait comme un spectre désagréable qui le faisait rougir de son audace et de son usurpation.

La pauvre mère de Tom et ses sœurs avaient eu à peu près le même lot. Il avait d'abord souffert d'être séparé d'elles ; il avait senti son cœur se serrer en songeant quelle devait être leur inquiétude ; il avait brûlé du désir de les revoir ; mais, plus tard, quand il avait réfléchi qu'elles étaient vêtues de haillons, sales, crasseuses, que leurs baisers l'auraient trahi, l'auraient précipité de ce trône où il se trouvait si bien, l'auraient replongé dans la misère, dans la dégradation, dans la boue, il avait eu un frisson. Ce trouble avait toutefois disparu avec le temps, et maintenant il se sentait débarrassé de ce cauchemar. Son bonheur était sans mélange. S'il lui arrivait, à certaines heures, de plus en plus rares, de voir se dresser devant lui les spectres tristes et sombres de sa mère, de Nan ou de Bet, d'entendre bourdonner à ses oreilles leurs voix accusatrices, il repoussait ces visions importunes, comme il eût repoussé un ver de terre rampant à ses pieds.

Le 19 février 1547, à minuit, Tom Canty s'endormit d'un sommeil profond et placide dans son lit royal. Sa garde, dévouée corps et âme au Roi d'Angleterre, était là qui veillait sur lui ; ses gentilshommes et serviteurs peuplaient les antichambres ; partout autour de lui éclataient les attributs de sa souveraineté. Tom était heureux, plus heureux qu'il ne l'avait jamais été dans les plus éblouissants de ses rêves, plus heureux que ne l'était le plus heureux des enfants d'Angleterre ; car il se disait que le jour qui allait se lever devait être le plus beau jour de sa vie, le jour où il allait être solennellement couronné Roi d'Angleterre.

A la même heure, Édouard Tudor, le vrai roi, mourait de faim, de froid, de fatigue ; les vêtements mis en lambeaux par la foule qui le tiraillait en tous sens, le corps couvert de contusions, les pieds nus, la tête nue, le visage souillé de poussière, ruisselant de sueur, il se débattait contre les curieux amassés aux abords de l'abbaye de Westminster, où des centaines d'ouvriers allaient et venaient, affairés comme des fourmis, et achevaient à la hâte les préparatifs de la fête du couronnement royal.

CHAPITRE XXXI.

LA FÊTE DE L'INAUGURATION.

La première chose que Tom Canty entendit en s'éveillant, ce fut le bruit du canon, dont les salves répétées produisaient l'effet d'un roulement de tonnerre. Ce fracas, loin de l'épouvanter, lui causa une sensation de joie indéfinissable. Ces salves lui apprenaient, en effet, que toute l'Angleterre était debout pour acclamer loyalement ce grand jour.

Quelques heures après, Tom était pour la seconde fois le héros d'une merveilleuse fête nautique sur la Tamise. L'ancienne coutume voulait, en effet, que le nouveau roi, accompagné de sa cour, traversât toute la ville depuis la Tour de Londres. C'était la *Recognition procession*, la Fête de l'Inauguration.

Au moment où le cortège royal se mit en marche, la vénérable forteresse parut tout d'un coup faire mille brèches à ses murs, et par chaque brèche s'élança une gerbe de flammes rougeâtres et un flot de fumée blanche ; en même temps une terrible explosion fit trembler le vieil édifice sur sa base, et une immense acclamation retentit sur tous les points de la ville ; les jets de flammes, les flots de fumée, les explosions se succédaient sans intervalles. En quelques minutes la Tour se trouva enveloppée dans un épais nuage, d'où l'on voyait émerger seulement le plus haut de ses sommets, la Tour Blanche, pavoisé de drapeaux.

Tom Canty, splendidement vêtu, montait un coursier superbe et fringant, dont les riches ornements pendaient jusqu'à terre. Le Lord Protecteur Somerset, également à cheval, s'avançait derrière lui ; la garde royale, le morion en tête, la cuirasse d'acier poli étincelant au soleil, formait la haie des deux côtés. Derrière le Protecteur marchaient les hauts barons du royaume avec leurs vassaux ; puis le lord maire et le corps municipal des aldermen en robe de velours cramoisi, avec la grande chaîne d'or en sautoir ; puis les officiers et les membres de toutes les corporations de Londres en grand apparat, chaque corporation précédée de sa bannière. Il y avait aussi l'ancienne et honorable Compagnie des artilleurs de la Cité, qui comptait déjà à cette époque, trois cents ans d'existence, et qui avait, seule parmi les corps militaires d'Angleterre, le privilège de ne pas dépendre du Parlement (1).

Le spectacle était magnifique. C'était un éblouissement de richesses, de pierreries, d'élégants costumes qu'à peine on eût pu rêver. Une foule compacte, ivre d'enthousiasme, obstruait le chemin, où l'on ne pouvait se frayer un passage qu'avec une extrême difficulté.

« Le Roy, dit un chroniqueur, fut reçu, en entrant « dans la Cité, par le peuple, qui l'accueillit avec « force prières, salutations, cris et tendres paroles « et tous signes qui attestent un sérieux amour des « sujets pour leur souverain ; et le Roy en souriant

(1) Ce privilège subsiste encore aujourd'hui.

« affectueusement à ceux qui étaient les plus éloi-
« gnés et en parlant un tendre langage à ceux qui
« étaient les plus proches de Sa Grâce, se montra
« lui-même aussi reconnaissant de recevoir la bien-
« venue de son peuple, que celui-ci l'était de la lui
« offrir. A tous ceux qui lui souhaitaient longue vie
« et bonheur, il disait : merci. A ceux qui disaient :
« Dieu sauve Votre Grâce ! », il répondait en retour :
« Dieu vous sauve tous ! » et il ajoutait qu'il les re-
« merciait de tout son cœur. Le peuple était mer-
« veilleusement transporté en entendant ces répon-
« ses aimables et en voyant ces gestes nobles de
« son Roy. »

A Fenchurch Street, un bel enfant en riche appareil se tenait debout sur une estrade. Il adressa à Sa Majesté, au nom de la ville, de la Cité et du royaume, un compliment en vers, dont voici les derniers :

Salut, ô Roi ! Ton nom se grave en notre cœur !
Salut, salut ! Nos voix célèbrent ta grandeur !
Salut ! Nos voix, nos cœurs joyeux que rien n'oppresse,
Vers Dieu pour ton bonheur s'élèveront sans cesse !

Le peuple acclama l'enfant et répéta en chœur ce qu'on venait d'entendre réciter.

Tom Canty contemplait cette mer mouvante qui s'agitait à ses pieds, et sur laquelle il semblait marcher; et son cœur se gonfla d'orgueil, et il se dit qu'il n'y a pour l'homme qu'un but en ce monde : être Roi et être l'idole d'une nation!

En ce moment ses regards découvrirent au loin deux de ses anciens camarades d'Offal Court. Ils étaient, ce jour-là comme toujours, en guenilles. L'un était le lord grand-amiral pour rire de sa cour pour rire; l'autre, le premier gentilhomme pour rire de sa chambre royale pour rire. Et son cœur se gonfla encore plus. Et il se dit : « Oh! s'ils pouvaient me reconnaître! » Quelle gloire indicible! Être admiré, reconnu par ses anciens seigneurs, lords et ladies, pour rire! Leur prouver que le roi pour rire du ruisseau de Pudding Lane était devenu un vrai roi, qu'il avait de vrais ducs, de vrais princes pour humbles serviteurs, et que l'Angleterre était prosternée à ses pieds!

Cependant il se maîtrisa et refoula ce désir; car cette reconnaissance lui aurait coûté plus cher qu'elle ne valait. Il détourna donc la tête, et laissa aller où ils voudraient, sans s'inquiéter d'eux plus qu'il ne convenait, les deux petits drôles en loques hideuses, lesquels ne soupçonnaient guère pour qui ils se mettaient en frais de joyeuses démonstrations de fidélité.

De minute en minute on entendait le cri : Largesse! largesse! Et Tom, ouvrant la main, laissait tomber une pluie de belles pièces neuves sur la multitude qui se ruait à terre pour les ramasser.

« Au haut bout de Gracechurch Street, dit encore « la chronique, devant l'enseigne de l'Aigle, les « gens de la Cité avaient élevé un superbe arc de « triomphe, qui s'étendait d'un côté de la rue à « l'autre, et où se trouvaient représentés les ancê- « tres immédiats du Roy : Elisabeth d'York, assise « au milieu d'une immense rose blanche, dont les « pétales formaient autour d'elle comme des bandes « d'étoffes froncées et plissées, figurant des falbalas; « à côté d'elle Henri VII, sortant d'une grande rose « rouge; le couple royal se tenait par la main, et

« la Reine portait au doigt une bague de mariage « d'une dimension prodigieuse, de manière à la ren- « dre bien apparente. Sur chacune des deux roses « passait une tige qui se réunissait et montait à un « étage plus élevé occupé par Henri VIII sortant « d'une rose rouge et blanche, et ayant à côté de « lui Jane Seymour, la mère du nouveau Roy. Une « tige s'élançait de la rose rouge et blanche, s'en- « laçant autour de Jane Seymour et montait à un « troisième étage où brillait l'image d'Edouard VI « lui-même, assis sur son trône au milieu de « la pompe royale. L'arc de triomphe était, de la « base au faîte, semé de roses rouges et blan- « ches. »

Cette ingénieuse et subtile allégorie répondant aux goûts de l'époque souleva, au passage du cortège, un tonnerre d'acclamations, qui étouffa la voix de l'enfant chargé d'expliquer le sens de cette merveille en un poème élogieux composé par un poète illustre. Mais Tom Canty n'était pas fâché de ne pas entendre ce qui se disait : les cris du peuple, quelque discordants qu'ils fussent, lui paraissaient bien plus harmonieux que la plus suave des poésies. De quelque côté que Tom tournât son visage rayonnant de joie, le peuple reconnaissait la parfaite ressemblance de l'image peinte sur l'arc de triomphe avec l'original, et cette constatation, faite à haute voix par des milliers de témoins, soulevait de nouveaux tonnerres d'applaudissements.

Le cortège avançait toujours. Les arcs de triomphe se succédaient de rue en rue. Aux fenêtres et aux balcons des maisons on voyait partout des tableaux symboliques, on lisait des quatrains, des acrostiches, des anagrammes, des chronogrammes, rappelant les vertus, les mérites, les talents du jeune Roi.

« Dans Cheapside, à chaque auvent, à chaque fe-
« nêtre flottaient des bannières et des banderoles;
« de riches tapis, des étoffes du plus haut prix, et
« notamment de drap d'or, tapissaient les rues, et
« laissaient soupçonner la fortune immense de ceux
« qui les habitaient, et la splendeur de ce passage
« était égalée par celle des autres rues, et souvent
« même dépassée. »

— Et toutes ces beautés et toutes ces merveilles, c'est à moi qu'elles s'adressent, murmurait Tom Canty.

Le faux roi était rouge de plaisir et d'enthousiasme, ses yeux flamboyaient, ses sens déliraient.

Il venait de lever la main pour prodiguer de nouvelles largesses, lorsqu'il aperçut un visage pâle, émacié, ébahi, dont les yeux se clouaient sur lui.

Il eut un tressaillement.

Ce visage était celui d'une femme qui se trouvait au premier rang des curieux.

Cette femme était sa mère.

Il porta la main à son front et se couvrit les yeux, comme s'il eût craint d'être aveuglé par la foudre.

Cette main laissait voir la paume en dehors.

La femme eut un cri, elle repoussa ceux qui lui barraient le passage, repoussa les gardes, s'élança vers Tom, saisit le cheval du Roi par la bride et l'arrêta.

— O mon enfant! mon pauvre petit!... cria-t-elle.

Un officier de la garde royale la prit et l'entraîna, en l'accablant de malédictions, et d'une main vigoureuse il la rejeta dans la foule.

— Femme, je ne vous connais pas !

Ces mots étaient tombés des lèvres de Tom Canty malgré lui. A peine les eut-il prononcés, qu'il se sentit piqué au cœur comme par une vipère. Il éprouva un remords affreux d'avoir traité ainsi sa mère. Il la vit attacher sur lui ses yeux éteints, il la vit s'engloutir dans l'océan humain. Elle avait l'air si malheureuse, si navrée ! Alors la honte lui monta au front. Il eut horreur de sa puissance, de cette royauté qu'il avait volée, de ces grandeurs qui lui faisaient renier sa mère, et il lui sembla que ses riches habits tombaient de son corps l'un après l'autre, et ne le laissaient plus couvert que de guenilles infectes, et quand il se revit dans ce costume d'Offal Court, sous lequel il n'eût pas rougi d'embrasser celle qu'il avait tant aimée, il recouvra le bonheur qu'il croyait perdu.

Le cortège avançait toujours. Et toujours des splendeurs nouvelles apparaissaient aux regards. Et toujours les tempêtes de hourras saluaient Tom Canty.

Mais Tom Canty ne voyait plus rien, n'entendait plus rien. Tout ce qui l'entourait n'existait plus pour lui. Sa royauté n'avait plus pour lui aucun attrait, le charme était rompu. Toutes ces voix qui s'élevaient pour célébrer sa gloire retentissaient à ses oreilles comme de sinistres reproches. Sa conscience le rongeait comme eût fait un poison lent. Sa pourpre royale le brûlait comme une robe de Nessus.

— Oh ! se disait-il, plût à Dieu que je fusse libre, que je pusse m'arracher à cette captivité !

Sa pensée, remontant le cours des dernières semaines qui venaient de se passer, le ramenait au moment où, désespérant de voir revenir le prince, il suppliait le Ciel de lui rendre ses guenilles.

Le cortège avançait toujours, ondoyant comme un immense serpent de feu par les rues étroites de la vieille Cité, par les flots du peuple en délire. Et toujours le Roi marchait devant lui, la tête baissée, le regard perdu dans le vide, ne voyant plus qu'une chose: le visage pâle et hagard de sa mère et les yeux caves de ce visage attachés sur lui !

— Largesse ! Largesse !

Ce cri retentissait à chaque pas. Tom ne l'entendait point.

— Vive Edouard d'Angleterre !

On eût dit que la terre tremblait jusque dans ses entrailles. Et le Roi n'entendait point, il ne répondait point.

Tout ce qu'il percevait, c'était la voix qui ne cessait de crier au fond de son cœur :

— Femme, je ne vous connais pas !

Et ces paroles avaient comme le son d'un glas funèbre ; elles étaient comme l'appel suprême de quelqu'un que l'on a poussé dans un abîme, et que l'on laisse périr, quand il suffirait, pour le sauver, d'étendre la main.

Et les magnificences s'entassaient de rue en rue, de passage en passage, les prodiges surgissaient de partout avec une splendeur inouïe, les salves d'artillerie ébranlaient les airs, les acclamations de la multitude, les transports d'allégresse se multipliaient à l'infini, croissant d'instant en instant ; l'immense joie d'un peuple éclatait en un ensemble où tonnaient à l'unisson cent mille voix ; — et le Roi semblait ne donner plus signe de vie, car il ne pouvait arracher de son cœur le remords qui le dévorait.

Et petit à petit cette tristesse devint contagieuse ; la joie populaire parut baisser comme un grand vent qu'abat la pluie ; les visages s'assombrirent ; il y eut comme un frissonnement dans la foule ; les applaudissements s'étouffèrent ; un malaise général parut peser sur la fête.

Le Lord Protecteur fronça le sourcil ; il remarqua que l'enthousiasme du peuple diminuait graduellement, et il ne fut pas long à en saisir la cause.

Il piqua des deux, se rapprocha du Roi, et la tête découverte, le corps penché sur sa selle, dans l'attitude du plus profond respect :

— Sire, dit-il, ce moment est mal choisi pour rêver. Votre peuple vous observe. Il vous voit baisser la tête, il voit votre front se couvrir d'un nuage, et il croit à un présage fâcheux. Songez-y bien, sire, il importe que la royauté apparaisse au peuple comme un soleil resplendissant. Chassez donc ces vapeurs qui troublent votre pensée. Levez la tête, sire, et souriez : votre peuple vous regarde !

En parlant ainsi, le duc avait jeté une poignée de pièces d'argent à droite et à gauche, puis il avait repris sa place.

Tom fit machinalement ce qu'on lui avait commandé. Il sourit, mais ce sourire ne venait pas du cœur. Heureusement, il n'y eut qu'un bien petit nombre de curieux qui le remarquèrent.

Il salua gracieusement la foule, et les plumes de son chapeau se balançaient joyeusement au vent chaque fois qu'il inclinait la tête. Il laissa tomber de sa main royale et libérale des largesses plus abondantes. Et l'anxiété du peuple cessa, et l'enthousiasme reparut, et la tempête d'acclamations fut plus bruyante que jamais.

Pourtant, un peu avant l'arrivée du cortège au

point où il devait s'arrêter, le duc fut obligé de se rapprocher une seconde fois du Roi et de lui dire à l'oreille :

— Sire, au risque d'encourir votre colère, je vous en supplie, chassez cette humeur sombre, l'univers a les yeux sur vous !

Et le Lord Protecteur ajouta plus bas encore :

— Maudite soit cette pauvresse, c'est elle qui a troublé Votre Majesté.

Le Roi leva lentement sur le duc ses beaux yeux où brillait une grosse larme, et d'une voix étouffée il dit :

— C'était ma mère !

— Ah ! mon Dieu ! s'exclama le Protecteur, la foule ne s'était pas trompée, le présage n'était que trop vrai ! Le Roi est redevenu fou !

CHAPITRE XXXII.

LE COURONNEMENT.

C'était à l'abbaye de Westminster que devait avoir lieu, ce même jour, 20 février 1547, le couronnement du roi d'Angleterre Édouard VI, fils et successeur de Henri VIII.

Dès quatre heures du matin, une foule compacte avait envahi les galeries éclairées par des torches, et quoiqu'il fît encore nuit et qu'il fallût attendre sept ou huit heures avant le commencement de la cérémonie, des centaines de personnes avaient déjà pris place sur les banquettes réservées d'où elles espéraient voir ce qu'elles ne verraient peut-être qu'une fois dans leur vie : le couronnement d'un roi.

C'était vers l'abbaye de Westminster que se dirigeait le cortège. C'était là que tout Londres s'était donné rendez-vous. Mais tous ne pouvaient pénétrer à l'intérieur de l'édifice. Il fallait, pour avoir ce privilège, faire valoir un grand titre, de hautes protections, et, comme l'enceinte ne pouvait contenir toute la ville, entrer des premiers. Aussi, bien longtemps avant l'arrivée du cortège, tous les sièges étaient occupés.

Un silence recueilli et profond régnait dans cette immense assemblée. L'imposante majesté de ce lieu sacré, la solennité de l'événement qui allait s'accomplir, inspiraient une sorte de crainte respectueuse.

Il y avait à cette époque près de dix siècles que Sebert, roi d'Essex et de Middlesex, après sa conversion au christianisme, avait, en l'an de grâce 610, posé la première pierre de ce monument qui est, encore aujourd'hui, le plus vénéré de l'Angleterre. L'abbaye n'était toutefois, à l'origine, qu'une modeste construction, placée sous la surveillance de quelques moines bénédictins et d'un abbé. Elle était alors très pauvre. Sous le règne d'Édouard le Confesseur, qui obtint du pape la dispense d'aller en pèlerinage à Rome, à la condition de bâtir un monastère dédié à saint Pierre, la vieille église fut remplacée, en 1065, par un édifice plus vaste, dont il n'existe plus que quelques souvenirs, notamment la pièce basse et voûtée, connue sous le nom de *Pix Office* ou *Chamber of the Pix*, où se trouvait autrefois le trésor royal, et qui contient maintenant le *pix* ou coffre dans lequel on garde les types des monnaies d'or et d'argent frappées sous chaque règne et recueillies par la corporation des orfèvres, en possession de ce privilège. En 1220, Henri III fit rebâtir l'église d'Édouard le Confesseur et construire la chapelle de la Vierge, depuis remplacée par celle de Henri VII en 1502. Henri III modifia également le chœur et le transept. L'abbaye subit encore d'autres changements au seizième siècle.

Vue du dehors, *Westminster Abbey* présente un aspect des plus pittoresques. Le transept septentrional, qui fait partie des constructions de Henri III, date de la première moitié du XIIIe siècle, c'est-à-dire de l'époque où florissait le style gothique dit de transition. Quatre arcs-boutants ornementés et terminés en pinacles de forme octogonale le divisent en trois compartiments. La porte centrale, appelée *Porche de Salomon*, était jadis décorée d'un grand nombre de statues, maintenant détruites. La grande rosace de 90 pieds de circonférence, restaurée en 1722, avait été percée par ordre de Richard II. L'aile septentrionale est du temps d'Edouard I (1272-1307) ; la façade occidentale est de Henri VII (1483-1509). Les *cloisters*, arcades et colonnades entourant une cour ouverte, sont d'époques différentes. Celle du nord conduit à *Chapter House*, bâtiment octogonal construit en 1520 par Henri VII, et où siégea la Chambre des communes, de 1377 jusqu'au règne d'Edouard VI (1).

L'intérieur de l'édifice n'est pas moins admirable. La nef a cent deux pieds de haut. Elle est séparée des deux ailes par des colonnes circulaires, et soutenue par des arcs en tiers-point; au-dessus on voit un élégant triforium, l'une des merveilles de l'abbaye, et plus haut encore la *clerestory* ou *claire-voie*, suite de fenêtres formant l'étage supérieur de la nef. Les vitraux anciens qui éclairent le chœur représentent le Christ et la Vierge, Edouard le Confesseur et saint Jean l'Evangéliste, saint Augustin et Mellitus, évêque de Londres. Au pied de l'autel est une mosaïque, donnée à l'abbaye en 1268 par Richard de Ware, abbé de Westminster, et indiquant le temps assigné par certaines prophéties à la durée du monde, qui, suivant l'auteur de la mosaïque, doit disparaître au bout de 19683 ans. Au côté nord de l'autel sont les tombeaux de la comtesse de Lancaster (1276), du comte de Pembroke (1325), d'Edmond Crouchback,

(1) Chapter-House sert maintenant d'Archives pour les documents officiels.

comte de Lancaster (1296); au côté sud, on voit la tombe du roi Sebert, fondateur de l'abbaye. Les deux ailes de la nef contiennent depuis deux siècles les tombeaux des hommes illustres de l'Angleterre. A proximité de l'autel est le *coin des poètes*, où se trouvent les monuments de Dryden, Chaucer, Ben Jonson, Butler, Spencer, Milton, Shakespeare.

Le grand transept du nord était encore vide : c'était la place d'honneur des grands dignitaires de la couronne. Au fond s'élevait, sur une vaste estrade, dont les quatre marches étaient couvertes de splendides tapis, le trône royal, en drap d'or, et ayant pour siège une pierre plate et brute, cachée sous un coussin armorié. Cette pierre, appelée *scone stone*, remontait aux plus anciens rois d'Ecosse. Elle servait, depuis de nombreuses générations, dans les cérémonies du couronnement, et avait un caractère sacré, presque analogue à la Sainte Ampoule de la cathédrale de Reims.

Le temps s'écoulait. Peu à peu la lumière des torches pâlissait. Tout d'un coup le jour pénétra à flots par les vitraux et se répandit sur l'autel, dans le chœur, dans la nef et dans les ailes latérales, précisant les contours des objets, mais enveloppant encore l'assemblée dans une sorte de gaze vaporeuse, car, au dehors, le ciel était légèrement couvert.

A sept heures, les premières pairesses firent leur entrée dans le transept. Elles étaient belles comme la reine de Saba quand elle vint visiter le roi Salomon. Un gentilhomme marchait devant chacune d'elles et d'un geste gracieux leur indiquait le siège qu'elles devaient occuper. Un autre gentilhomme vêtu, comme le premier, de satin et de velours, venait derrière et portait la longue traine de la haute et noble dame, qui s'asseyait gravement. Alors le second gentilhomme ramenait la traîne par devant en la croisant sur les genoux de la dame, lui glissait un tabouret sous les pieds en mettant un genou en terre, et plaçait à sa portée la couronne princière, ducale ou comtale, que les nobles devaient, à un moment donné de la cérémonie, mettre simultanément sur leur tête.

Les pairesses étaient nombreuses. En les voyant passer l'une après l'autre, on eût dit un flot d'or. Les gentilshommes de service, couverts de pierreries, allaient et venaient comme des météores resplendissants. Une grande animation avait succédé au calme. Quand toutes les pairesses furent assises, le silence se rétablit.

Le transept offrait en ce moment un spectacle merveilleux. De loin on aurait cru un immense bouquet de fleurs aux couleurs les plus variées, étincelant sous les feux des diamants et des pierreries.

Ce « coin des pairesses » attirait tous les regards. On y trouvait réunies, dans un ensemble éblouissant mais curieux, les femmes les plus belles et les plus laides du monde : des douairières en perruques blanches, la peau jaunie et ratatinée, qui pouvaient remonter le cours des âges bien haut, bien haut, et se souvenaient du couronnement de Richard III et de ces jours tourmentés, maintenant si complètement oubliés ; des visages auxquels le temps n'avait point encore fait subir l'irréparable outrage ; de jeunes mères de famille conservant les derniers restes de la beauté du diable ; des jeunes filles, rayonnantes, avec des yeux de péris, des teints de lis et de roses, des figures étonnées, assistant pour la première fois à une fête royale, et se demandant sans doute quel était, parmi tous ces beaux seigneurs, celui qui placerait sur leur tête la couronne enrichie de joyaux, sans déranger leur coiffure, arrangée, il est vrai, avec un art particulier pour que l'échafaudage ne s'écroulât point.

Le « coin des pairesses », qu'on eût pu appeler aussi le « coin des diamants », devenait plus splendide d'instant en instant, à mesure que la clarté devenait plus vive dans le transept. A neuf heures, les nuages qui voilaient le soleil se dissipèrent, des faisceaux de lumière blanche descendirent de la voûte et tombèrent sur les têtes, qui parurent prendre feu.

Alors il y eut dans l'assistance comme une commotion électrique, et la sainteté du lieu ne put empêcher un immense murmure de surprise et d'admiration : un envoyé spécial d'un des souverains de l'Extrême Orient s'avançait parmi les ambassadeurs étrangers et traversait le faisceau de lumière ; il semblait enveloppé de flammes, tant il était constellé, des pieds à la tête, de pierres et de perles fines; et à chaque mouvement qu'il faisait, des gerbes de feu jaillissaient de son corps.

Une heure se passa, puis encore une heure, puis une troisième heure, une quatrième, une cinquième ; puis on entendit une formidable décharge d'artillerie. Le cortège royal venait de faire halte à l'entrée principale de l'abbaye. Au dehors une immense clameur, à l'intérieur un bourdonnement confus annoncèrent que la cérémonie était près de commencer.

Cependant on savait qu'il y avait encore à prendre patience ; car le roi devait revêtir le manteau du couronnement; mais cette dernière attente fut moins cruelle, parce que la curiosité trouva un aliment dans l'entrée solennelle des pairs du royaume, conduits en grande pompe à leurs sièges, auprès desquels reposaient sur des tabourets leurs couronnes seigneuriales. Dans les galeries et aux balcons, on se montrait les ducs, les barons, dont les noms historiques illustraient les annales du pays depuis cinq cents ans.

Quand les pairs eurent pris place, on vit apparaître les hauts dignitaires de l'Eglise, en longue robe couverte d'ornements, le front ceint d'une mitre. Ils allèrent s'asseoir sur une estrade reservée.

Puis on vit le Lord Protecteur et les grands-officiers de la Cour, puis les hommes d'armes en cotte de fer.

Il y eut un long temps de silence.

Tout à coup, une sonnerie de trompettes ébranla l'édifice, et Tom Canty, revêtu d'un long manteau de drap d'or bordé d'hermine, apparut à la porte d'entrée.

L'assemblée s'était levée.

Il posa le pied sur la première marche du trône.

La cérémonie de l'inauguration commençait.

L'abbé de Westminster entonna d'une voix claire et profonde une hymne sacrée.

Les hérauts proclamèrent et saluèrent l'avènement du nouveau règne.

Tom Canty gravit les trois autres marches du trône, et, debout, il regarda l'assistance et inclina la tête.

Tous les yeux étaient fixes, toutes les respirations suspendues.

Tom Canty était pâle, affreusement pâle ; sa main posée sur sa poitrine semblait comprimer les battements de son cœur. Il eût voulu l'arracher, tant étaient douloureux les reproches de sa conscience.

On touchait au dernier acte. L'archevêque de Canterbury souleva des deux mains la couronne d'Angleterre et la tint suspendue au-dessus de la tête du faux roi.

En ce moment une lumière éblouissante éclaira le transept. Les pairs, imitant le geste de l'archevêque, tenaient leurs propres couronnes levées.

Aucun bruit n'interrompait le silence.

Soudain on vit de la grande aile sortir lentement, solennellement, et s'avancer au pied du trône un enfant que personne n'avait aperçu jusqu'alors.

Il était nu-tête, chaussé de gros souliers, vêtu d'habits communs, usés et tombant presque en lambeaux.

Il étendit la main avec un geste imposant vers l'archevêque de Canterbury, et d'une voix impérieuse, il cria :

— Je vous défends de poser la couronne d'Angleterre sur le front de cet imposteur. Je suis le Roi !

Trente bras s'abaissèrent, trente mains saisirent l'enfant.

Au même instant, Tom Canty, vêtu du manteau royal, descendit la première marche du trône, et cria à son tour :

— Arrêtez ! Ne le touchez pas ! c'est le Roi !

Une espèce de panique s'empara de l'assemblée. On montait sur les sièges pour mieux voir. Les visages étaient hagards. On se demandait si l'on était éveillé ou endormi. Personne n'osait élever la voix. Tous semblaient pétrifiés.

Le Lord Protecteur lui-même était changé en statue. Pourtant, au bout de quelques instants, il recouvra son sang-froid, et d'une voix ferme il dit à ceux qui l'entouraient :

— Rassurez-vous, messeigneurs ; vous connaissez la terrible maladie du Roi. Saisissez ce vagabond.

Les trente bras firent un mouvement. Mais le faux roi, debout sur la première marche du trône, frappa du pied et cria :

— Prenez garde ! Il y va de votre vie ! Ne le touchez pas ! C'est le Roi !

Les bras restèrent suspendus. L'assemblée était paralysée. Personne ne se fût enhardi à faire un geste, à prononcer une parole. On s'interrogeait du regard, on ne savait que résoudre, qu'entreprendre dans une situation aussi inattendue, aussi perplexe.

Cependant l'enfant inconnu avançait toujours, la tête haute, l'air menaçant.

Il mit le pied sur l'estrade royale.

Alors on vit le Roi qu'on allait couronner descendre précipitamment les marches du trône, s'élancer au-devant du nouveau-venu, se jeter à ses pieds ; et l'on entendit ces paroles :

— Oh ! grâce ! grâce ! mon seigneur et roi ! Laissez le pauvre Tom Canty vous jurer fidélité avant tout le monde et vous dire : prenez votre couronne, sire, et votre sceptre ; ils sont à vous !

Le regard du Lord Protecteur flamboyait de colère. Mais les mots qu'il voulut articuler expirèrent sur ses lèvres. Il était frappé de stupeur, extasié. Les grands-officiers de la couronne subissaient la même impression. Ils se regardaient, muets et tremblants. Ils contemplaient le Roi à genoux, l'étranger debout, fier sans audace, impérieux sans arrogance, et une même parole semblait prête à sortir de toutes les bouches :

— Quelle étrange ressemblance !

Le Lord Protecteur réfléchit longuement. Puis,

faisant un pas en avant vers l'enfant inconnu :

— Daignez, sire, dit-il en s'adressant à Tom Canty, me permettre d'interroger...

— Je répondrai, dit l'enfant inconnu avec hauteur.

Le duc lui demanda des renseignements précis sur la cour, sur le feu roi, sur son fils, sur les princesses. L'enfant satisfit à toutes ces questions, sans éprouver aucun trouble, sans montrer la moindre hésitation. Il décrivit les divers appartements du palais, ceux du feu roi, comme ceux du prince de Galles, suivant les corridors sans se tromper, énumérant les objets qui ornaient chaque pièce, sans rien oublier.

— C'est étrange!

— Merveilleux!

— Inconcevable!

A chaque phrase qu'il achevait de prononcer, une exclamation soulignait l'exactitude de ses indications.

Tom Canty s'était relevé et le considérait avec ravissement.

Le Lord Protecteur hocha la tête, haussa légèrement les épaules et dit :

— Certes, tout ce que dit cet enfant est vrai ; mais le Roi aurait pu dire comme lui, et beaucoup de seigneurs de la Cour savent depuis longtemps tout ce qu'ils viennent d'entendre. En un mot, rien ne prouve...

Le visage de Tom Canty s'assombrit. Son espoir s'évanouissait. Au moment même où il croyait toucher au port vers lequel il se sentait entraîné par tous ses vœux, tout à coup une saute de vent le rejetait en plein océan et ouvrait un gouffre où disparaissait le vrai Roi.

Le Lord Protecteur regardait les deux enfants avec anxiété.

Une pensée dominait parmi celles qui se pressaient dans son cerveau :

— Le salut de l'État défend, se dit-il, de s'arrêter à ces suppositions ridicules et de laisser subsister plus longtemps cette redoutable énigme, qui pourrait diviser la nation et ébranler le trône

Il eut un geste de commandement :

— Sir Thomas, arrêtez ce... Non...

Son visage s'illumina d'une subite clarté :

— Où est le grand sceau? demanda-t-il vivement au prétendant en haillons. Répondez, car de votre réponse dépend votre salut.

Il y eut un mouvement d'approbation dans l'assemblée. Aucun des grands dignitaires de la couronne n'avait perdu le souvenir de cet événement resté inexplicable, et sur lequel Tom Canty n'avait jamais fourni d'explication catégorique : la disparition du grand sceau! Il est vrai que la folie du Roi le rendait excusable, et que le caractère même de cette folie étant le manque de mémoire des choses les plus usuelles, on comprenait qu'il ne sût plus ce qu'il avait fait du grand sceau. Mais l'autre, l'imposteur, le mendiant audacieux, qui avait arrêté la main de l'archevêque de Canterbury au moment où le Roi allait être couronné, comment pouvait-il savoir ce que le prince de Galles était seul à connaître?

Le Lord Protecteur avait eu une idée ingénieuse en touchant le vrai point de la question, en confondant le téméraire, en prouvant devant toute la noblesse d'Angleterre l'inanité de cette témérité et en mettant fin d'un seul mot à une situation qui ne pouvait être prolongée sans compromettre la dignité et l'autorité royales. Aussi, les grands dignitaires, en se répétant mentalement ces raisons, se sentaient-ils comme débarrassés d'un grand poids. Leur perplexité avait fait place à un sourire : ils allaient voir et entendre proclamer l'incroyable astuce de ce vilain, si jeune et déjà si pervers, qui ne craignait point de commettre, devant toute la Cour, devant toute l'Angleterre, le plus grand des crimes de lèse-majesté !

Quel ne fut point leur ébahissement lorsque l'enfant inconnu répliqua d'une voix assurée :

— Je vais vous le dire.

Involontairement les grands dignitaires s'étaient rapprochés.

L'enfant, d'un geste simple mais accoutumé à se faire obéir, désignant l'un des hauts barons du royaume, lui commanda :

— Mylord Saint John, allez, je vous prie, dans mon cabinet de travail, un peu au-dessus du parquet, dans l'angle gauche de la pièce presque en face de la porte qui donne accès dans l'antichambre ; vous verrez, fixé dans le mur, un clou à tête de cuivre ; posez le doigt dessus et appuyez ; le mur s'ouvrira soudainement avec violence, vous découvrirez une cachette, et dans cette cachette un coffret. Personne au monde n'a pu connaître la cachette, excepté moi et l'ouvrier qui l'a pratiquée là sur mon ordre et en ma présence, et qui est mort. Ouvrez le coffret, le premier objet que vous trouverez, c'est le grand sceau. Prenez-le et apportez-le ici.

A ce discours net et ferme, la stupeur de l'assemblée avait redoublé. Ce n'étaient pas seulement les paroles du petit vagabond qui causaient la surprise générale, c'était aussi l'assurance de son attitude et l'air familier qu'il prenait avec l'un des premiers lords du royaume, dont il savait si exactemet le nom.

Lord Saint John fut tellement ahuri que les bras lui tombèrent, et qu'il fit une révérence comme si le Roi lui-même eût parlé. Il fit un pas en arrière pour se retirer; mais, reprenant ses sens, il rougit et attendit, interrogeant des yeux Tom Canty.

— Vous hésitez, mylord, dit Tom; n'avez-vous pas entendu l'ordre du Roi? Allez!

Lord Saint John s'inclina cette fois presque jusqu'à terre; seulement on remarqua que son salut pouvait s'adresser aussi bien à l'un des enfants qu'à l'autre, et au besoin à l'un et à l'autre.

Au moment où lord Saint John s'éloigna de l'estrade royale, on put constater un autre phénomène, presque imperceptible, il est vrai, mais pourtant manifeste. Il y eut dans le groupe des grands dignitaires, qui se pressaient au pied du trône, comme un déplacement automatique, semblable à ce qui se passe dans un kaléidoscope, que l'on tourne doucement, et où les parcelles colorées qui composent une image se dissolvent pendant que l'autre image se forme. Les grands et les hauts barons s'écartaient insensiblement de Tom Canty, et paraissaient vouloir graviter autour de l'enfant inconnu.

Petit à petit, le cercle qui entourait Tom se dissolvait. Et à mesure que l'attente se prolongeait, les seigneurs qui étaient à droite passaient à gauche, sans que personne eût pu dire qu'ils avaient bougé. L'assistance ne s'en aperçut qu'au moment où Tom, vêtu de la pourpre royale, couvert de diamants et de pierres précieuses, se trouva complètement isolé, la tête pensive, les yeux baissés.

Lord Saint John ne revint qu'au bout d'une heure. Quand il traversa la nef, les murmures et les conversations s'éteignirent subitement. Tous ceux qui s'étaient rassis se levèrent. Un silence grave et pieux s'étendit sur l'assemblée. Un frémissement circula dans tous les rangs. Les yeux grands ouverts laissaient fouiller jusqu'au fond des âmes. Une fièvre d'espoir dévorait toutes les pensées.

Il monta les marches de l'estrade, s'arrêta, s'inclina et dit :

— Sire, le grand sceau n'y est pas !

Pâles, terrifiés, comme s'ils eussent fui le contact d'un pestiféré, les courtisans se reculèrent et firent le vide autour du mendiant qui osait prétendre au trône. Une minute après, l'inconnu était isolé, comme Tom Canty l'avait été, et les regards pleins de colère et de vengeance se concentraient sur l'insolent.

Le Lord Protecteur s'écria d'une voix retentissante :

— Que l'on jette ce drôle impudent à la porte, qu'on le fouette jusqu'au sang, en le promenant par toute la ville ! Point de pitié pour l'imposteur sans vergogne !

Les officiers de la garde s'élancèrent.

Mais Tom Canty les repoussa de la main :

— Arrière ! Qui le touche s'expose à la mort !

Le Lord Protecteur ne savait plus que faire. Il n'osait braver l'autorité royale ; il ne pouvait laisser durer indéfiniment cette scène, à la fois pénible et dangereuse.

— Avez-vous bien cherché, mylord Saint John ?

demanda-t-il ; mais à quoi bon insister? Ce qui se passe ici est vraiment incroyable ! Que l'on perde le souvenir de faits insignifiants, de choses sans importance, soit ; mais ne pouvoir se rappeler un objet d'un aussi grand prix, d'un aussi grand poids, une masse d'or....

Un éclair jaillit des yeux de Tom. Il fit un bond vers le duc, et lui saisissant le bras :

— Arrêtez, cria-t-il, n'allez pas plus loin. Vous dites une masse d'or, quelque chose de plat, n'est-ce pas ? de rond, d'épais, avec des lettres et des images gravées dessus ?... Il fallait le dire plus tôt, si c'est là le grand sceau qui vous fait perdre la tête à tous. Il y a trois semaines que je vous ai demandé ce que c'était. Vous ne m'avez pas répondu. Vous voulez savoir où il est, je vais vous le dire, moi, mais ce n'est pas moi qui l'y ai mis.

— Qui donc, sire ? demanda le Lord Protecteur.

— Lui ! Lui que voici ! le vrai Roi d'Angleterre, le seul légitime ; et il vous dira lui-même où vous le trouverez, parce que vous ne le croiriez pas, si je vous indiquais la place. Rappelez-vous bien, ô Roi !.. recueillez vos souvenirs, ç'a été la dernière chose, la toute dernière chose que vous fîtes, quand vous êtes sorti du palais, sous mes haillons que vous m'avez forcé de vous donner.

Le silence n'était plus auguste, mais jamais il n'avait été plus expressif depuis le commencement de cette scène. Les regards s'étaient reportés sur l'enfant inconnu. Immobile, la tête penchée, le front plissé, le menton dans la main, il restait abîmé dans ses réflexions. On eût dit qu'il feuilletait ses pensées.

L'instant était suprême. S'il retrouvait le souvenir perdu, il montait sur le trône, il était le maître absolu du royaume. Si ce souvenir s'obstinait à lui échapper, il était à jamais précipité dans les derniers bas-fonds de l'ignominie et de la misère.

Les moments s'écoulaient. L'enfant réfléchissait toujours, et plus il réfléchissait, plus ses traits pâlissaient, plus son visage prenait une expression attristée, éperdue, épouvantée.

Enfin il poussa un soupir, hocha faiblement la tête, et dit d'une voix tremblante et désespérée :

— Je me rappelle tout, tout ce qui s'est passé à ce moment... mais je n'ai pas souvenir du grand sceau.

Il s'arrêta, leva la tête, regarda les grands barons et ajouta avec dignité :

— Mylords et gentilshommes, si vous prétendez dépouiller votre Roi de ses droits souverains et le détrôner parce qu'il n'est point en état de fournir des explications sur ce fait, je me soumettrai à votre volonté ; mais...

— Mais vous êtes insensé, vous êtes fou, mon Roi, s'écria Tom Canty avec terreur ; attendez... réfléchissez encore. Tout n'est pas perdu pour vous,... ni pour moi. Écoutez-moi... suivez-moi. Je vais vous dire point par point comment les choses se sont passées ce jour-là... Nous causions. Je vous parlais de mes deux sœurs, Nan et Bet... ah ! vous vous rappelez... et de ma grand'mère... et de nos jeux d'Offal Court... Vous voyez bien que vous vous rappelez... Ne m'interrompez pas... Laissez-moi dire... Vous me faisiez manger et boire... vous aviez renvoyé vos domestiques pour ne pas m'intimider... n'est-ce pas, c'est cela ?...

A mesure que Tom entrait dans les détails, l'enfant inconnu approuvait par des signes de tête.

L'assemblée suivait le jeu des physionomies avec une angoisse indescriptible. Tout ce que disait Tom paraissait indiscutable. Mais comment cette rencontre entre le prince et le pauvre avait-elle pu avoir lieu, dans le palais, en plein jour, sans que personne en eût eu connaissance?

— Vous m'avez dit alors : ôte tes guenilles, et je les ai ôtées ; mets mes habits, et je les ai mis ; et vous avez endossé mes loques. Et nous nous sommes regardés, et nous nous sommes trouvés si semblables l'un à l'autre que nous ne nous sommes pas reconnus... Ah ! vous vous rappelez, je le disais bien... Et alors vous avez aperçu l'écorchure que m'a faite à la main ce grand diable de hallebardier qui m'avait pris par le bas du dos... Tenez, voici encore la cicatrice, ça me fait encore mal ; si l'on m'avait dit d'écrire, je n'aurais pas pu. . Alors vous avez fait un bond vers la porte, vous avez pris quelque chose qui était sur la table, quelque chose d'épais, de plat, de rond, et qui était en or, avec des lettres, et vous avez cherché des yeux un endroit où vous pourriez cacher cet objet qu'on appelle .. le grand sceau... comme on vient de dire... et...

— Arrêtez, s'écria l'enfant en haillons avec enthousiasme. Allez, mon bon Saint John, allez, retournez, je vous prie, dans mon cabinet de travail, vous verrez pendue au mur une panoplie, mettez la main dans un des gantelets, vous trouverez le grand sceau.

— Oui ! oui ! c'est ça, s'écria Tom Canty. Oh ! que je suis heureux ! Vous allez être Roi enfin ! Vous allez reprendre ce sceptre qui vous appartient. Allez, mylord Saint John, mais allez donc , mettez des ailes à vos pieds !

L'assemblée était au comble de la surexcitation. Tous les sentiments envahissaient à la fois les âmes troublées par un incident aussi inouï : étonnement, joie, appréhension, colère, délire, toutes les passions se donnaient carrière en même temps. Le respect du saint lieu n'existait plus. On parlait tout haut, on se parlait à l'oreille, on se livrait à des gestes désordonnés. Pour la première fois peut-être depuis la fondation du royaume d'Angleterre, et peut-être aussi pour la dernière fois, la noblesse et le peuple oubliaient les démarcations de rang et le decorum sévère des prérogatives. On se précipitait vers l'estrade royale, on se poussait, on se bousculait, et les pairesses, vieilles et jeunes, étaient coudoyées dans l'église de Westminster, comme on l'était sur le pont de Londres.

Ce fut pis encore quand lord Saint John reparut, tenant des deux mains au-dessus de sa tête le grand sceau du royaume.

Alors un cri unanime retentit dans l'enceinte de l'abbaye :

— Vive le vrai roi !

Des salves d'applaudissements éclatèrent, les mouchoirs et les mains s'agitèrent en l'air, et au milieu de ce tumulte, un enfant en guenilles, debout sur l'estrade, tandis que tous les hauts barons et les grands vassaux pliaient le genou devant lui, regardait avec un bonheur inexprimable la foule qui l'acclamait.

Quand la tempête de hourras se fut apaisée, ceux qui s'étaient agenouillés se levèrent, et Tom Canty s'écria :

— O Roi, reprenez ces vêtements qui sont les insignes de votre puissance, et rendez au pauvre Tom, le plus humble de vos sujets, ce qui reste de ses loques.

Le lord Protecteur fit un signe aux gardes, et désignant Tom Canty :

— Saisissez ce coquin, mettez-le nu comme un ver et jetez-le à la Tour!

Mais le nouveau roi, le vrai Roi, fit un geste, et le Lord Protecteur trembla.

— Arrêtez, mylord duc. Telle n'est point notre volonté. Sans lui, nous n'aurions point recouvré notre couronne. Que personne ne mette la main sur lui! Je le défends! Et quant à vous, mon bon oncle, mylord Protecteur, votre conduite à l'égard de cet enfant pauvre et innocent n'est point signe de gratitude: c'est lui qui vous a fait duc.

Le Protecteur rougit.

— Il vous a fait duc, lui qui n'était pas roi. Que vaut donc votre beau titre? Demain vous le prierez d'intercéder pour vous; s'il le veut, vous resterez duc; sinon vous redeviendrez ce que vous étiez avant son prétendu règne, simple comte.

Le duc de Somerset se recula, sans pouvoir dissimuler sa confusion.

Alors le roi se tourna vers Tom et lui dit avec affabilité :

— Comment as-tu pu, pauvre petit, te rappeler où était le grand sceau, quand je ne pouvais me le rappeler moi-même?

— Ah! sire, rien n'est plus simple, je m'en servais tous les jours.

— Tous les jours? Et tu ne savais pas où il était?

— Je ne savais pas ce que c'était. Personne ne me l'avait dit.

— Et à quoi te servait-il alors?

Tom rougit comme un enfant qu'on prend en flagrant délit de larcin et qu'on va fouetter. Il baissa les yeux et se tut.

— Parle, dit le roi, parle sans crainte, pauvre

petit ; que faisais-tu du grand sceau d'Angleterre? A quoi te servait-il?

Tom balbutia, ferma les yeux presque tout à fait et dit :

— A casser mes noisettes!

Un éclat de rire formidable accueillit cette naïve confession.

Si quelqu'un eût pu douter encore de la non-légitimité des droits de Tom Canty à la couronne d'Angleterre, cet aveu eût suffi pour convaincre les plus incrédules.

On enleva à Tom le manteau royal que l'on fit passer de ses épaules sur celles du vrai roi, dont les haillons disparurent ainsi aux regards.

La cérémonie du couronnement fut reprise.

Chacun s'était assis et le silence s'était rétabli.

Le vrai Roi reçut l'onction. On lui posa la couronne sur la tête.

Au dehors les canons tonnaient.

Des centaines de milliers de voix se répétaient de bouche en bouche la grande nouvelle.

Edouard VI était monté sur le trône de Henri VIII.

CHAPITRE XXXIII.

LA JUSTICE DU ROI.

Miles Hendon était à plaindre au moment où il se trouva englouti dans l'océan humain qui s'ouvrit et se ferma sur lui. Il était plus à plaindre encore quand il en sortit. Il lui restait quelques menues pièces de monnaie dans sa poche en arrivant sur le pont de Londres; il n'avait plus un farthing quand il se trouva à l'autre extrémité de London Bridge : les pick-pocket ou voleurs à la tire s'étaient chargés de le dévaliser.

Il ne s'en souciait point, car il n'avait qu'une pensée : retrouver l'enfant. En sa qualité de soldat, il ne se mit pas immédiatement et inconsidérément à l'œuvre, mais il s'occupa d'abord de tracer son plan de campagne.

Que faisait l'enfant? Où était-il? Miles s'était déjà posé ces questions lorsque John Canty avait perfidement attiré son « prétendu fils » dans son piège; il les reprenait maintenant dans le même ordre, et, maintenant comme alors, il s'égarait dans un labyrinthe de suppositions.

— Le lièvre, disait-il, revient au gite, l'homme aussi, et surtout l'enfant, fou ou non. Mais comment savoir son gite? D'où venait-il quand je l'ai trouvé? Les guenilles et les paroles de ce gredin qui avait l'air de le connaître et se disait même son père indiquent clairement qu'il est d'un quartier pauvre et peut-être bien du plus pauvre de Londres. Chercher un quartier dans une grande ville ne saurait être ni difficile ni long. On peut ne pas retrouver un enfant, on trouve un quartier, et dans ce quartier une rue, et dans cette rue une maison, et dans cette maison un enfant.

Resserrer successivement le cercle des investigations, c'était la vraie tactique à suivre. Tactique infaillible, car la populace ne devait pas manquer de s'amuser des airs extraordinaires de l'enfant qui, là comme ailleurs, se proclamerait roi. Il y aurait peut-être à imposer silence à ces drôles, à casser une tête, un bras ou une jambe, à emporter l'enfant de force, à le calmer, à le réconforter par des paroles douces, tendres et aimables. Mais Miles Hendon n'était-il pas homme à faire tout cela, surtout quand il s'agissait de n'être plus séparé de son cher petit protégé?

Miles se mit donc en quête. Pendant plusieurs heures, il fouilla les allées sordides, les impasses infectes, les rues obstruées par les immondices, les groupes et les cohues, et certes il ne fut point en reste de besogne. Mais de l'enfant, rien. Ceci lui causa une grande surprise ; pourtant il ne se découragea point. Il n'y avait rien à dire à son plan de campagne, si ce n'est que ce plan, au lieu d'abréger les recherches, les multipliait et les prolongeait indéfiniment.

Quand le jour se leva, il avait fait je ne sais combien de milles de chemin ; il avait remué des tas d'ordures, de quartiers et de gens, et le seul résultat qu'il eût obtenu, c'était d'avoir faim comme un loup, d'être las comme un chien, et d'avoir envie de dormir comme un loir. Il aurait voulu déjeuner ; mais déjeuner, quand on a les poches vides, était en 1547, à Londres, un problème aussi insoluble qu'il l'est encore aujourd'hui. Mendier, il n'y songeait point : on ne mendie pas quand on est le maître légitime, quoique méconnu, de domaines comme ceux de Hendon Hall. Engager son épée ? Autant aurait valu forfaire à l'honneur. Engager ses habits ? Il l'eût fait volontiers, mais il aurait trouvé plus aisément à emprunter sur une maladie contagieuse que sur ses loques.

A midi il marchait encore ; mais il n'explorait plus les quartiers pauvres, il fendait les flots de mendiants qui suivaient le cortège de l'inauguration, comme les requins suivent un navire, et il se disait que probablement ces royales magnificences avaient attiré son pauvre petit lunatique. Il consentit donc à se faire requin à son tour, et il se mit à la remorque du cortège, traversant avec lui toutes les rues pavoisées, passant sous toutes les arcades, et se rapprochant peu à peu de Westminster et de l'abbaye.

Il rôda çà et là parmi la multitude entassée aux alentours, il joua des coudes et des poings, il interrogea, régarda, écouta, s'impatienta, s'alarma et finit par s'en aller, convaincu que son plan de campagne n'était point aussi infaillible qu'il l'avait cru, et décidé à y apporter des modifications pour le rendre plus pratique.

Il resta debout pendant longtemps à la même place, assez semblable au héron de la fable sur ses longs pieds. A force de creuser sa cervelle, il découvrit que si son plan de campagne n'avait pas réussi, c'est qu'au lieu de le suivre, il avait suivi le cortège, et qu'au lieu de fouiller les quartiers pauvres de Londres, il leur tournait le dos, car Westminster était au delà de l'enceinte de la ville, bien loin. Ce qu'il y avait de plus fâcheux, c'est qu'il avait laissé passer une bonne partie de la journée sans aboutir à rien, et que son ventre commençait à n'avoir plus d'oreilles.

Il se trouvait en ce moment au bord de la Tamise en pleine campagne, dans un endroit où il n'y avait que des habitations riches, occupées par des gens qui, sans aucun doute, ne lui souhaiteraient pas la bienvenue, en le voyant nippé comme il l'était.

Heureusement il ne faisait pas froid. Il se coucha sur le lit que la nature donne gratuitement aux animaux et aux pauvres, et, étendu de son long à terre, le bras sous la tête en guise d'oreiller, abrité par une haie, il songea. Ses membres ne tardèrent pas à s'engourdir. Il entendit tonner le canon, il perçut les échos des acclamations poussées par les cent mille bouches des curieux, et il se dit :

— La cérémonie est achevée, le nouveau roi est couronné !

Et sur cette réflexion, très juste, il s'endormit. Il en avait grand besoin : il y avait plus de trente heures qu'il n'avait pas fermé l'œil. Quand il s'éveilla, c'était le 21 février.

Il se leva, raide, perclus, ankylosé, plus mourant de faim qu'un chat maigre, prit un bain dans le fleuve, mit son estomac à la raison en ingurgitant une ou deux pintes d'eau, et s'achemina, clopin-clopant, vers Westminster, en maugréant contre le sort qui lui avait fait perdre un temps si précieux. Les tiraillements de son estomac, qui ne paraissait pas satisfait, lui suggérèrent une nouvelle stratégie.

Il résolut d'aller trouver le vieux sir Humphrey Marlow, de lui emprunter quelque monnaie de poche, et puis de voir ce qu'il y aurait à faire, car il serait toujours temps de se décider, une fois en possession du nerf de la guerre.

Il était près de onze heures quand il arriva aux abords du palais, et quoiqu'il vit beaucoup de gens se rendre dans la même direction, il ne put empêcher que son costume le mit en évidence. Il regarda tout le monde sous le nez, désirant rencontrer quelqu'un de mine assez charitable pour se charger de remettre un mot d'écrit au vieux lieutenant, car Miles ne pouvait avoir la prétention de pénétrer dans l'intérieur du palais.

En ce moment l'enfant du fouet passa devant lui, se retourna tout d'une pièce, le toisa, l'examina comme il eût fait d'une bête curieuse, et se dit :

— Si ce n'est pas là le vagabond dont Sa Majesté se metsi fort en peine, je veux être un âne bâté, ce qui ne changerait pas beaucoup mon sort, il est vrai, car l'âne ne saurait être plus battu que moi. Par ma foi, l'individu répond au portrait, sans qu'il y manque une guenille. Dieu ne fait pas deux gueux comme ça, et ne prodigue pas les miracles de ce genre en les répétant. Tâchons de trouver une excuse pour le faire parler.

Miles Hendon lui épargna cette peine ; il s'était retourné lui-même, et avait, depuis cinq minutes, observé et inspecté l'enfant, comme on fait généralement quand on se sent magnétisé par quelqu'un qu'on a sur ses talons.

L'enfant lui parut abordable ; il fit un pas vers lui et dit :

— Vous sortez du palais? Etes-vous de la maison du Roi?

— Oui, Votre Honneur,

— Connaissez-vous sir Humphrey Marlow?

L'enfant eut un tressaillement.

— Ciel! se dit-il, mon pauvre père!

Puis il répondit avec une certaine tristesse dans la voix :

— Oui, Votre Honneur.

Et l'enfant ajouta mentalement :

— Il est dans la tombe.

— Voulez-vous me faire l'amitié de lui faire passer mon nom, et de le prévenir que j'aurais deux mots à lui dire en particulier?

— Très volontiers, je me charge de la commission, mon beau messire.

— Vous lui direz que c'est Miles Hendon, fils de sir Richard, qui l'attend ici. Je vous serais bien obligé.

L'enfant eut un geste de désappointement.

— Ce n'est pas le nom que le Roi m'a nommé, se dit-il, mais peu importe, ça doit être le frère jumeau; il donnera des nouvelles de l'autre : sir « Je ne sais plus quoi ».

Il se tourna vers Miles et reprit :

— Entrez là un moment, je vais vous apporter la réponse.

Hendon pénétra dans l'endroit qu'on lui indiqua.

C'était une espèce de niche creusée dans le mur du palais avec un banc de pierre, un refuge pour les sentinelles en cas de mauvais temps.

Il s'était à peine assis qu'une troupe de hallebardiers, conduits par un officier, vint à passer. L'officier l'aperçut, commanda à ses hommes de faire halte, et intima à Hendon l'ordre de sortir de là.

Sans autres explications, Miles fut arrêté comme suspect de rôder aux abords du palais, sans doute pour faire un mauvais coup.

Les choses prenaient une tournure imprévue et peu rassurante. Le pauvre Miles voulut s'expliquer, mais l'officier lui imposa brutalement silence et dit à un de ses hommes de le désarmer et de le fouiller.

— Dieu veuille qu'ils trouvent quelque chose dans mes poches, se dit Miles, j'ai eu beau fouiller, moi : je n'en ai pas retiré un farthing, et pourtant Dieu sait si j'en ai plus besoin qu'eux.

On ne trouva rien qu'un chiffon de papier. L'officier le déploya, et Hendon sourit quand il reconnut les pattes de mouche tracées par son petit ami le jour de cette sinistre aventure à Hendon Hall.

L'officier lut ce qui était écrit sur le papier, et son visage devint tout sombre ; tandis que le visage de Miles devenait au contraire tout pâle.

— Encore un prétendant au trône ! s'écria l'officier. C'est le jour, paraît-il, où ils font nichée comme les lapins. Saisissez-moi ce coquin et ne le lâchez pas. Vous me répondez de lui sur vos têtes, en attendant que j'aie porté ce papier au palais et que je l'aie fait remettre au Roi.

Il partit en courant, laissant Miles aux griffes des hallebardiers qui le couvaient des yeux comme des oiseaux de proie.

— C'en est fait de moi, murmurait Hendon, ma malechance ne saurait être plus cruelle. Décidément je suis né sous une mauvaise étoile. Je vais faire le grand saut et danser au bout d'une corde, c'est sûr, et tout cela pour des pattes de mouche. Et que deviendra mon pauvre petit fou ? Le bon Dieu seul le sait !

L'officier revint presque aussitôt. Il courait plus vite encore.

Miles prit son courage en brave, et s'il n'eût pas eu les deux mains retenues par les hallebardiers, il les eût sans aucun doute portées à son cou, pour s'assurer si la corde n'y était pas déjà mise.

L'officier commanda :

— Lâchez le prisonnier et rendez-lui sa rapière.

Puis il s'inclina respectueusement et dit :

— Daignez me suivre, messire.

Hendon obéit, en se disant à part lui :

— Si je n'étais pas en route pour le grand voyage qui mène de vie à trépas, et si ce n'était pas le moment plus que jamais de s'abstenir de péché, je tordrais le cou à ce misérable, pour lui apprendre à se moquer de moi.

Ils traversèrent la cour du palais, où il y avait une affluence considérable de gentilshommes en grand apparat. Ils montèrent le grand escalier du palais ; puis l'officier, avec une autre révérence plus profonde encore que la première, confia Hendon à un gentilhomme beau comme une châsse, qui se plia également en deux avec respect, pria Miles de l'accompagner, marcha devant, traversa une grande salle où se trouvait une haie de gens de service en splendide livrée qui se plièrent aussi respectueusement en deux sur leur passage et, quand ils furent passés, mirent la main sur leur bouche pour étouffer les rires provoqués par l'aspect de ce singulier personnage assez semblable à un épouvantail à moineaux. Ils gravirent les larges marches d'un somptueux escalier, où s'échelonnaient des gens si magnifiquement costumés qu'ils paraissaient tous des pairs du royaume ; et ils arrivèrent enfin dans une vaste pièce, plus peuplée encore de beaux seigneurs, qui représentaient, cette fois, réellement la haute noblesse d'Angleterre, et à travers lesquels ils se frayèrent un passage. Puis l'officier de hallebardiers se plia en deux, dit à Miles d'en faire autant et d'ôter son chapeau, et le laissa là tout seul, au milieu de la pièce, tandis que tous les yeux se braquaient sur le pauvre diable, que tous les sourcils se fronçaient, et que toutes les lèvres se plissaient en souriant.

Miles Hendon se tâta pour s'assurer qu'il n'était pas halluciné. Devant lui, à cinq pas, sur une estrade, sous un dais, était assis le jeune Roi, la tête un peu inclinée, et semblant parler à une espèce d'oiseau de paradis, qu'à la cour on nommait un duc.

Miles se dit qu'il était déjà assez dur pour lui d'être condamné à mort, et qu'il était tout à fait barbare d'aggraver son supplice par cette nouvelle humiliation subie devant tout ce monde. Il souhaita que le Roi voulût bien se dépêcher, car il commençait à éprouver une titillation au bout des doigts en voyant plusieurs des effrontés qui l'entouraient s'approcher de lui avec un air passablement railleur.

En ce moment le Roi leva la tête, et Miles Hendon put contempler le visage de l'auguste souverain. Cette contemplation faillit lui donner un coup d'apoplexie. Il regarda le Roi face à face, et ses yeux se clouèrent sur ceux du redoutable monarque ; puis, on entendit une voix dont personne n'eût pu définir l'accent :

— Ah! mon Dieu! le roi du royaume des ombres et des rêves, sur son trône.

Miles avait pris sa tête dans ses mains et se tâtait le crâne, comme s'il avait été subitement frappé de folie ; ses yeux s'ouvraient démesurément, et sa bouche restait béante. Il regardait tous les gens superbes qui étaient là et ce superbe salon dont il occupait le centre, et il murmura :

— Mais, non, ce ne sont pas des ombres, non, ce n'est pas un rêve !

Il leva encore une fois les yeux sur le Roi, et il se dit :

— Ou je suis fou, ou je rêve, ou bien il est réellement le véritable souverain d'Angleterre et non le pauvre petit à cervelle détraquée que j'ai ramassé sur le pont de Londres et que je cherche depuis quarante-huit heures. Qui pourra me sortir de là ?

Soudain une idée lui traversa l'esprit, idée bizarre, étrange, insensée ; mais que pouvait-il lui arriver de pis que la mort, s'il la mettait à exécution ? Il courut au mur, prit une chaise, la planta au milieu de la salle, et s'assit.

Un murmure d'indignation circula dans l'assemblée : une main s'appesantit rudement sur lui ; une voix s'exclama :

— Debout ! saltimbanque impudent ! On ne s'assied pas devant le Roi.

Le bruit avait attiré l'attention du souverain, qui, laissant un moment l'oiseau de paradis, se tourna vers l'assemblée des seigneurs, étendit la main, et dit :

— Ne le touchez pas, il est dans son droit.

Il y eut un mouvement de stupéfaction. Le Roi continua :

— Ladies, lords et gentilshommes, celui qui est devant vous est mon féal et bien-aimé serviteur, Miles Hendon, qui, grâce à sa solide rapière et à son grand courage, a sauvé son prince et roi de bien des maux et peut-être de la mort ; et c'est pour cette raison qu'il a été fait chevalier par le roi même. Sachez aussi qu'en récompense d'un service plus grand encore, par lequel il a sauvé son souverain et maître du pilori et de la hart, il a été créé pair d'Angleterre et comte de Kent, et aura de ce chef les bénéfices et domaines afférents à cette dignité. Sachez encore que le privilège qu'il vient de revendiquer lui appartient par octroi en due forme de notre volonté souveraine, car nous avons mandé et ordonné que les chefs de sa noble maison ont et auront le droit de s'asseoir en présence de Sa Majesté le roi d'Angleterre, de génération en génération, aussi longtemps que subsistera la couronne d'Angleterre. J'ai dit, et que personne n'y contredise.

Tandis que le Roi parlait ainsi, deux personnages qui paraissaient appartenir à la noblesse de campagne, et qui venaient d'arriver dans la salle royale depuis quelques minutes, écoutaient avec une surprise inquiète, tantôt regardant le Roi, tantôt contemplant l'épouvantail à moineaux, puis encore attachant leurs yeux sur le Roi, avec tous les signes de l'égarement.

C'étaient sir Hughes et lady Edith.

Le nouveau comte de Kent ne les avait pas aperçus. Lui aussi écoutait le Roi, mais avec des sentiments différents ; et il se disait, tandis que son cœur battait à rompre sa poitrine :

— Ah ! mon Dieu ! sainte miséricorde ! C'est mon petit pauvre ! Mon petit lunatique ! Fou-Fou, le roi des coqs de combat ! C'est lui à qui je parlais avec vanité de la grandeur de mes domaines, et de mes soixante-dix chambres, et de mes vingt-sept domestiques ; c'est lui qui n'avait jamais eu, je le croyais, que des guenilles pour habits, des coups pour caresses, du pain noir pour nourriture! C'est lui que je voulais adopter pour en faire un homme! Ah! que n'ai-je un sac pour me cacher la tête!

Puis il se rappela qu'il était là, lui, Miles Hendon, assis devant le Roi, sans gêne, presque les mains dans les poches, tandis que tous les hauts barons du royaume étaient debout et tremblaient; et il rougit de son manque d'égards et de déférence envers le souverain de son pays, et il se jeta à genoux au pied du trône, et il mit ses mains dans celles du Roi, et il lui jura fidélité en rendant hommage pour son titre et pour son fief. Puis il se leva et se tint à l'écart, sans que les regards eussent cessé de se braquer sur lui; mais, cette fois, au lieu de regards de mépris, c'étaient des regards d'envie.

Cependant le Roi avait remarqué sir Hughes. Cette apparition lui causa une telle indignation, qu'un flot de sang monta à ses joues. Il eut un soubresaut, se recula avec horreur et, levant la main vers la place où était le tyran de Hendon Hall :

— Qu'on arrête ce faussaire, ce voleur, s'écria-t-il, qu'on le dépouille des titres et des domaines qu'il a usurpés, qu'on le jette en prison jusqu'à ce j'aie décidé de son sort.

Des gardes saisirent Hughes et l'entraînèrent.

Au même moment il se fit un grand bruit à l'autre extrémité de la pièce. L'assistance se rangea, et Tom Canty s'avança, précédé par un huissier. Il était vêtu simplement, mais avec élégance. Il s'agenouilla devant le Roi.

Edouard VI lui dit :

— Je me suis fait rapporter tes récentes aventures et je suis satisfait de toi. Tu as gouverné le royaume avec bonté, avec fermeté, avec clémence. Tu as retrouvé ta mère et tes sœurs, et tu les as reconnues et aimées comme auparavant. C'est bien. Le Roi aura soin d'elles. Quant à ton père, il sera pendu, si la loi le veut, et si tu ne demandes pas sa grâce. Sachez, vous tous qui m'entendez ici, qu'à dater de ce jour, les enfants qui reçoivent asile à l'hospice du Christ et qui y sont nourris grâce aux bienfaits du feu Roi mon père, recevront, outre la nourriture du corps, celle de l'esprit et de l'âme. L'enfant que voici aura le même hospice pour résidence, et il sera le premier des gouverneurs du Christ Hospital. Et attendu qu'il a été roi, et qu'il convient qu'on lui rende des honneurs plus grands que ceux qui sont dus à aucun seigneur de notre royaume, le costume qu'il porte et que veuillez remarquer, afin d'en garder mémoire, lui seul aura droit et privilège de le porter, et personne ne pourra l'imiter. Et partout où il se présentera, afin que mon peuple sache et se rappelle que cet enfant a été roi en son temps, il aura droit au respect royal, et personne n'omettra de le saluer avec le respect dû aux souverains. Il est sous la protection du trône, sous la sauvegarde de la couronne, dont la splendeur rejaillit sur lui, et il sera connu et désigné sous le titre d'*honorable* comme les fils de pair, car il est le *pupille du Roi*.

Tom se leva, se prosterna et baisa la main du Roi. Puis il se retira et alla se jeter dans les bras de sa mère et de Nan et de Bet, à qui il conta la grande nouvelle, et qui pleurèrent de joie en le retrouvant, maintenant qu'elles étaient sûres qu'il n'était pas fou, et qu'il ne les quitterait plus.

EPILOGUE

Miles Hendon n'était pas satisfait. Il lui restait à éclaircir un mystère, qu'il eût voulu pénétrer au prix de sa vie. Mais son tourment ne fut pas de longue durée. Il apprit bientôt pourquoi lady Edith l'avait renié. La malheureuse femme ne l'avait point trompé en disant qu'elle était une esclave enchaînée à la volonté de son maître. Le tyran lui avait commandé de parler et d'agir comme elle l'avait fait, en la menaçant de la livrer aux plus effroyables supplices, si elle ne déclarait point qu'elle ne reconnaissait pas Miles Hendon. Elle s'était révoltée contre cet acte infâme et avait demandé la mort. Alors Hughes, changeant tout à coup de tactique, lui avait donné l'assurance que, si elle refusait d'obéir, ce ne serait pas elle, mais Miles qui périrait. Lady Edith, tremblant pour celui qu'elle aimait, avait cédé et promis de souscrire à l'ordre de son mari, et elle avait tenu parole.

Hughes ne fut pas inquiété pour avoir usurpé les titres et les biens de son frère, car Miles ne voulut pas témoigner contre lui. Mais l'usurpateur abandonna sa femme et ses domaines pour échapper à l'opprobre. Il passa à l'étranger, où il mourut quelques années après. Alors Miles rentra en possession de son manoir.

Le comte de Kent épousa la veuve de son frère,

et l'heureux couple se fixa définitivement à Hendon Hall.

On n'a jamais su ce qu'était devenu le père de Tom Canty,

Le roi fit rechercher le fermier Yokel qui avait été vendu comme esclave, il lui pardonna d'avoir été associé à la bande de l'Hérissé, et lui donna une pension qui lui permit de vivre honnêtement.

Le roi fit aussi rechercher ce vieux magistrat qui pourrissait dans un cachot pour avoir écrit un libelle et le gracia. Il fit élever aux frais de la Couronne les deux petites filles des femmes brûlées sous ses yeux pour leurs croyances religieuses, et fit punir l'homme qui avait fait injustement fouetter Miles Hendon. Il sauva des galères l'apprenti qui avait emporté le faucon et la pauvre idiote qui avait pris un morceau de toile chez un tisserand; mais quand il voulut sauver l'homme qui avait volé un daim dans le parc royal, il n'était plus temps.

Il se montra reconnaissant envers le juge qui avait eu pitié de lui, lors du vol du cochon de lait, et il eut la satisfaction d'apprendre, dans la suite, que cet homme de bien, entouré de l'estime publique, était devenu l'un des jurisconsultes les plus éminents de l'Angleterre.

Le roi aima toute sa vie à raconter ses aventures, depuis l'instant où la sentinelle du palais lui avait donné un grand coup dans le dos, jusqu'à la nuit où, mêlé à l'essaim d'ouvriers qui travaillaient aux préparatifs de la fête du couronnement, il s'était glissé, sans que personne l'en eût empêché, dans l'église de l'abbaye, s'était caché dans le tombeau d'Edouard le Confesseur et y avait dormi d'un si profond sommeil, qu'il s'était réveillé tout juste au moment où l'archevêque de Canterbury allait poser la couronne sur la tête de Tom Canty.

Il se plaisait à dire que le souvenir de ces événements était pour lui une de ces grandes et précieuses leçons dont il voulait profiter constamment pour faire le bonheur de son peuple ; et il ajoutait qu'il ne cesserait de penser à tout ce qu'il avait souffert et vu souffrir, afin que la pitié fût dans son cœur comme une source qui ne tarit jamais.

Miles Hendon et Tom Canty restèrent les favoris du roi, dont le règne fut malheureusement trop court, et pleurèrent sincèrement sa mort. Le brave comte de Kent n'abusa point du privilège qui lui avait été accordé. Il ne l'exerça que deux fois depuis le couronnement d'Edouard VI, la première à l'avènement de la reine Marie, la seconde, à l'avènement de la reine Elisabeth. Un de ses arrière petits-fils le revendiqua à l'avènement de Jacques Ier. Plus d'un quart de siècle s'écoula ensuite avant qu'il fût question du « privilège des Kent », presque tombé dans l'oubli.

Quand le comte de Kent parut devant Charles Ier et sa cour, et s'assit en présence du Roi pour affirmer et perpétuer les droits de sa maison, il y eut une grande agitation parmi la noblesse. Mais le descendant de Miles Hendon montra ses parchemins, et le privilège fut maintenu. Le dernier des comtes de Kent mourut pendant les guerres de la République, en combattant pour le Roi, et le privilège s'éteignit avec lui.

Tom Canty devint très vieux. C'était, sur la fin de ses jours, un beau vieillard aux cheveux de neige, à la barbe d'argent, avec un air doux et paternel. Il jouit toute sa vie des honneurs qui lui avaient été octroyés. On s'inclinait devant lui, car son costume particulier rappelait à tout le monde qu'il y avait eu un temps où il était roi. Et quand il passait dans les rues, la foule s'ouvrait respectueusement, et les mères le montraient à leurs enfants en disant :

— Ote ton bonnet pour lui. C'est le *Pupille du Roi*.

Et les enfants et les hommes se découvraient, et Tom Canty souriait en remerciant le peuple de Londres qui l'aimait, parce que tout le monde savait son histoire.

Edouard VI ne régna que six ans, mais son règne, qui finit en 1553, fut un des plus glorieux et des plus cléments de ces temps lugubres.

Plus d'une fois il arriva qu'un grand dignitaire, un puissant vassal de la Couronne, chamarré d'or et couvert de pierreries, lui fit remarquer combien sa bonté excessive était poussée jusqu'à la faiblesse.

— Il serait préférable, sire, disait le courtisan, que Sa Majesté laissât la justice suivre son cours, sans songer à réformer, à abroger des lois auxquelles Henri VIII a dû la solidité de son trône, et sans se montrer débonnaire pour un peuple qu'on ne peut contenir que par l'oppression.

Le jeune Roi levait alors sur son interlocuteur ses grands yeux éloquents, et il lui disait :

— Vous parlez d'oppression, mylord ; mon peuple et moi, nous savons ce que c'est, mais les grands de ma cour l'ignorent !

FIN.

TABLE DES MATIÈRES

P. ITIELS. — IMP OUD N.

www.ingramcontent.com/pod-product-compliance
Lightning Source LLC
LaVergne TN
LVHW020613110826
845149LV00002B/469

9782011306357